MIRA®

Der Preis dieses Bandes versteht sich einschließlich
der gesetzlichen Mehrwertsteuer.

Umwelthinweis:
Dieses Buch wurde auf chlor- und säurefreiem Papier gedruckt.

Valerie Schönfeld

Gefährliche Wahrheit

Roman

MIRA®

MIRA® TASCHENBUCH
Band 75036
1. Auflage: Juni 2007

MIRA® TASCHENBÜCHER
erscheinen in der Cora Verlag GmbH & Co. KG,
Valentinskamp 24, 20350 Hamburg

Das Buch wurde auf Grundlage der Telenovela im Ersten „Sturm der Liebe" verfasst. Mit freundlicher Genehmigung der ARD. Die bei MIRA Taschenbuch erscheinenden Romane zur Serie „Sturm der Liebe" basieren auf den Originaldrehbüchern von Dr. Peter Süß &Team.

Konzeption/Reihengestaltung: fredebold & partner, Köln
Umschlaggestaltung: pecher und soiron, Köln
Titelabbildung: © ARD/Jo Bischoff

Satz: Buch-Werkstatt GmbH, Bad Aibling
Druck und Bindearbeiten: Ebner & Spiegel, Ulm
Printed in Germany
ISBN 978-3-89941-279-6

www.mira-taschenbuch.de

1. KAPITEL

„Mama, ich kann nicht schlafen!“ Caroline von Heidenberg blickte auf. Ihre kleine Tochter Miriam stand in ihrem langen, geblümten Nachthemd in der großen Flügeltür, die das gemütliche Wohnzimmer von der stattlichen Freihalle der Villa trennte, und blinzelte müde. Sie drückte ihre Puppe fest an sich, tappte langsam zum Sofa, seufzte herzzerreißend und warf sich in die Arme ihrer Mutter. Zärtlich strich Caroline über die weiche Wange des Mädchens.

„Was ist denn los, mein Schatz?“, fragte sie behutsam und hüllte ihre Tochter fürsorglich in eine Decke. Miriam wirkte plötzlich so zerbrechlich.

„Ich will, dass du mitkommst“, wisperte die Kleine. Ihre Augen füllten sich mit Tränen.

Wolfgang von Heidenberg, der gerade eine Flasche Bordeaux aus dem Weinkeller geholt hatte, schloss die Tür leise hinter sich.

„Kann unser kleines Schneeweißchen nicht schlafen?“, fragte er schmunzelnd und betrachtete die beiden voller Liebe. Schon jetzt war Miriam das Ebenbild ihrer Mutter: Ihre Augen waren tiefblau, und ihr langes blondes Haar umspielte in sanften Wellen ihr zartes Gesicht. Eines Tages würde sie genauso bezaubernd sein wie seine Frau.

„Ich glaube, das ist die Aufregung vor der großen Reise“, lächelte diese. „Das ist es doch, nicht wahr?“

Miriam schüttelte entschieden den Kopf. Schließlich

fuhren sie jedes Jahr für ein paar Wochen nach Kitzbühel in ihr hübsches Ferienhaus, und schließlich war sie schon neun Jahre alt – es gab also eigentlich keinen Grund, aufgeregt zu sein. Aber sie hatte heute erfahren, dass ihre Mama nicht mitkommen würde, und das ließ ihr keine Ruhe.

„Habt ihr euch nicht mehr lieb, Papa und du?", fragte sie beklommen.

„Wie kommst du denn darauf?" Überrascht blickte Caroline von Heidenberg zwischen ihrer Tochter und ihrem Mann hin und her.

„Weil du nicht mitkommst!" Miriam drückte die Puppe noch fester an sich. „Daniel hat gesagt, dass seine Eltern auch nicht mehr zusammen mit ihm in den Urlaub fahren."

Wolfgang stellte die Weinflasche auf den Couchtisch und setzte sich zu den beiden. Dabei warf er seiner Frau einen fragenden Blick zu.

„Daniel geht in Miriams Klasse. Seine Eltern lassen sich gerade scheiden", erklärte Caroline leise. Sie zog Miriam an sich. „Aber ich bleibe doch nicht hier, weil ich Papa nicht mehr lieb habe."

„Und warum kommst du dann nicht mit?", fragte Miriam.

„Weil Angelika krank ist. Du würdest doch auch nicht wegfahren wollen, wenn Viktoria plötzlich krank wäre, oder?"

Miriam überlegte kurz und schüttelte dann den Kopf.

Viktoria war ihre beste Freundin, die sie nur im Sommer in Kitzbühel sah.

„Siehst du, und so ist das bei uns auch. Ich möchte Angelika in den nächsten Tagen noch ein bisschen beistehen, bis sie ihre Operation gut überstanden hat. Und sobald es ihr besser geht, komme ich nach, das verspreche ich dir, mein Spatz!"

Sie strich sanft über Miriams Wange.

„Versprochen?", fragte Miriam.

„Versprochen!", wisperte Caroline feierlich in Miriams Ohr, das von den blonden Haaren halb verdeckt war. „Versprichst du mir, jetzt zu schlafen?"

Miriam nickte ernst, blinzelte müde, schlang ihre Arme um den Hals der Mutter und ließ sich widerstandslos die Treppe hinauf ins erste Stockwerk der herrschaftlichen Villa tragen, die sie nun schon seit einigen Jahren bewohnten. In ihrem Zimmer angekommen, legte Caroline sie vorsichtig ins Bett, und noch bevor sie sie richtig zugedeckt hatte, fielen Miriam schon die Augen zu, und sie schien auf der Stelle einzuschlafen.

Caroline von Heidenberg setzte sich an die Bettkante und strich über die Stirn ihrer Tochter. Wie schnell Kinder sich doch von einem Schrecken erholen konnten, der ihnen vor wenigen Minuten noch den Schlaf geraubt hatte!

Sie ging leise zur Tür und blickte noch einmal zurück. Miriam bewegte sich leicht und sah dabei so friedlich aus wie ein kleiner Engel. Schon als kleines Kind war es ihr leicht gefallen, einzuschlafen, und sie wurde nur selten von bösen Träumen geplagt.

Caroline ließ die Tür einen Spalt geöffnet, damit ein Lichtstrahl ins Kinderzimmer fiel, bevor sie zurück ins Wohnzimmer ging und sich aufs Sofa fallen ließ. Wenn Miriam noch einmal aufwachen sollte, würde sie nicht das Gefühl haben, allein zu sein.

„Schläft unser kleines Schneeweißchen nun?“ Wolfgang klang besorgt.

„Tief und fest.“ Caroline beobachtete nachdenklich, wie ihr Mann den purpurfarbenen Wein in dic beiden Gläser goss. „Ich würde viel lieber mit euch nach Kitzbühel fahren, aber Angelika braucht mich, gerade jetzt. Wenn sie alles gut überstanden hat, komme ich sofort nach, das verspreche ich dir.“

Wolfgang setzte sich neben Caroline, reichte ihr das Weinglas und legte den freien Arm um ihre Schulter. Sie schmiegte sich an ihn, und sie stießen an.

„Auf die baldige Genesung deiner Freundin“, sagte er. „Du fehlst mir jetzt schon.“

„Papa, jetzt komm doch endlich!“

Miriam kletterte, ihre Puppe fest an sich gedrückt, auf die Rückbank des bereits gepackten Wagens, zog die Tür mit einem Knall ins Schloss und kurbelte die Scheibe hinunter. Wie lange dauerte das denn noch? Seit dem Frühstück, bei dem sie vor lauter Vorfreude schon nicht hatte still sitzen können, mussten doch schon Stunden vergangen sein! So kam es ihr zumindest vor.

Wolfgang hingegen stand immer noch in der Eingangstür. Er wusste zwar, dass seine kleine Tochter es kaum abwarten konnte, aufzubrechen, aber er konnte sich einfach nicht von seiner Frau lösen. Natürlich war es nicht das erste Mal, dass Miriams Eltern, die sich vor zwölf Jahren kennengelernt und ineinander verliebt hatten, für ein paar Tage getrennt sein würden. Aber Wolfgang konnte sich einfach nicht daran gewöhnen, seine Caroline nicht um sich zu haben. Wie sehr er sie liebte! Und wie glücklich sie ihn machte, jeden Tag aufs Neue!

„Wir telefonieren“, versprach er, küsste sie ein letztes Mal und stieg in den großen Mercedes ein. „Pass auf dich auf!“

Caroline beugte sich zu ihm hinunter.

„Versprich mir, dass du auch aufpasst, ja?“ Ihre Stimme klang heiser.

„Aber natürlich“, sagte er leise und nahm ihr Gesicht in seine Hände. „Ich passe auf unser Töchterchen auf, und ich passe auch auf mich auf. Ich liebe dich.“ Er küsste sie auf den Mund, und Caroline lächelte wieder.

„Ich liebe dich auch. Ich komme so schnell wie möglich nach!“ Noch ein Kuss, dann lief sie zurück zum Haus. Aus den tief hängenden Wolken fielen die ersten Regentropfen.

„Na, Schneeweißchen, worauf freust du dich am meisten?“, fragte Wolfgang, während er den Motor startete und langsam losfuhr.

„Auf Felix und Viktoria“, antwortete Miriam wie aus

der Pistole geschossen, die ihrer Mutter durch die Heckscheibe gewinkt hatte, bis die Villa hinter einer Kurve verschwunden war. „Und darauf, mit dir in die Berge zu gehen, Papa. Du nimmst mich doch mit? Ich möchte so gerne die Gämsen beobachten!“

Wolfgang von Heidenberg lächelte. Er freute sich, dass Miriam seine Liebe zur Natur und seine Leidenschaft fürs Wandern geerbt hatte. Caroline und er hatten in den letzten Jahren aus Rücksicht auf Miriam auf die besonders schwierigen Strecken verzichtet, aber dieses Jahr würden sie sicher die eine oder andere anspruchsvollere Tour mit ihrer Tochter unternehmen.

„Aber natürlich“, sagte er schmunzelnd. „Das habe ich dir doch versprochen.“

Zufrieden lehnte Miriam sich zurück. Jetzt war ihre Welt wieder in Ordnung. Mama und Papa hatten sich noch lieb, Mama würde in ein paar Tagen nachkommen, und sie würde mit dem liebsten Papa der Welt in die Berge gehen.

Als sie Kitzbühel nach eineinhalb Stunden erreichten, klopfte Miriams Herz voller Vorfreude ganz laut. Die Familie besaß hier ein wunderschönes Haus, das ihr Vater schon vor Miriams Geburt gekauft hatte, aber für Miriam bedeutete dieser Ort viel mehr: Kitzbühel war das Versprechen eines unbeschwerten Sommers. Endlich würde sie ihre beste Freundin Viktoria wiedersehen, die sie schon so sehr vermisst hatte, obwohl sie sich in den Monaten zwischen den Ferien fleißig Briefe schrieben. Aber das war natürlich nicht das Gleiche.

„Papa, Papa, darf ich gleich zu Viktoria?“

Aufgeregt hüpfte Miriam auf dem Rücksitz auf und ab. Nur noch das kleine Stück die Bergstraße hinauf, dann konnte sie das kleine Refugium der Familie von Heidenberg, das am höchsten Punkt des Dorfes lag, schon sehen. Natürlich war es bei Weitem nicht so herrschaftlich und groß wie die Münchner Villa, aber Miriam mochte es gerade deshalb so sehr.

Wolfgang von Heidenberg konnte die Aufregung seiner Tochter verstehen, ihm ging es schließlich ganz genauso. Seit Tagen schon spürte er die beinahe kindliche Freude, die jedes Jahr von ihm Besitz ergriff, wenn die Sommerferien nahten. Kitzbühel bedeutete für ihn den verdienten Rückzug von seinem anstrengenden Alltag als Unternehmer, der ihn allzu oft davon abhielt, so viel Zeit mit seiner Familie zu verbringen, wie er es sich eigentlich wünschte. In Kitzbühel holte er alles nach.

Wolfgang hatte sich immer nach einer ganz normalen Familie gesehnt – etwas, was seine Eltern ihm nie hatten geben können. Sie waren stets damit beschäftigt gewesen, ihr Leben entsprechend ihrer adeligen Abstammung zu gestalten, und sie legten allergrößten Wert auf ihre Wirkung in der Öffentlichkeit. Alles musste perfekt sein. Schließlich war das Beste gerade gut genug für die Familie von Heidenberg.

Als Wolfgang erwachsen geworden war, wollte er nur eines: ein ganz normales Leben führen, und als er in Caroline die Gefährtin fand, die diese Sehnsucht mit ihm teilte und sich nicht blenden ließ von seinem Namen, seinem Vermögen oder seinem gesellschaftlichen Status, war er der glücklichste Mann auf Erden. Und so wurden sie eine ganz normale Familie, obwohl sie zur High Society gehörten.

Und er war über jeden Tag froh, an dem es so war.

Wolfgang bestand darauf, dass Miriam wenigstens ihren Koffer auspackte, bevor sie hinüber zum Haus der Tarraschs laufen durfte. Manchmal konnte eben auch der liebste Papa der Welt ein bisschen streng sein.

„Du hast noch sechs Wochen Zeit, in denen du Viktoria jeden Tag sehen kannst“, sagte er mit einem Augenzwinkern. „Da kommt es doch auf die paar Minuten nicht an, Schneeweißchen.“

Miriam beeilte sich. So viel Gepäck hatte sie schließlich auch gar nicht mitgenommen, und wenn sie jetzt schon ihren Koffer auspackte, konnte sie ihr neues Dirndl anziehen, das sie vor wenigen Wochen in München gekauft hatten.

Es war ein ganz schlichtes Dirndl für jeden Tag. Viktoria hatte auch so eins. Der Rock bauschte sich glockenförmig, wenn man sich schnell drehte, und nachdem Miriam es angezogen hatte, fühlte sie sich wie eine echte Kitzbühelerin.

„Bis später!“, rief Miriam fröhlich, und Wolfgang, der auf der Terrasse saß und schon in eines seiner vielen Bücher vertieft war, winkte ihr hinterher. Nur im Sommer kam er so zum Lesen, wie er es wollte.

Das Haus der Familie Tarrasch lag ein Stück hangabwärts. Miriam sprang munter wie eine junge Gämse die Straße hinab und winkte fröhlich, als sie Viktorias Mutter entdeckte, die hinter dem Gartentor ein paar prachtvolle Bauernrosen schnitt und sie in einen Korb legte.

„Nanu, Miriam, ihr seid schon da? Das ist ja eine Überraschung!"

„Guten Tag, Frau Tarrasch", sagte Miriam artig. „Ist Viktoria zu Hause?"

„Schau mal hinten im Garten, die beiden müssten eigentlich dort sein."

„Felix ist auch da?"

Frau Tarrasch nickte lächelnd. Miriams kindliche Begeisterung für ihren älteren Sohn war ihr keineswegs entgangen.

Viktoria hatte auf einem Liegestuhl gesessen und gelesen, doch als ihre liebste Freundin so unverhofft in den Garten stürmte, sprang sie sogleich auf.

„Miriam!"

„Viktoria!"

Die beiden Mädchen fassten sich an den Händen und wirbelten in einem wilden Freudentanz umeinander herum.

„Schau an, da ist ja unsere kleine Münchnerin wieder!" Felix Tarrasch, blond und groß, tauchte auf der Terrasse auf. Er trug ein Tablett mit Gläsern und einem Krug Eistee. „Da komme ich ja gerade recht mit meiner Erfrischung."

„Hallo, Felix!" Miriam hatte sich vorgenommen, dieses Jahr nicht allzu wild und albern um Felix herumzuspringen. Immerhin war er mit seinen zwanzig Jahren schon ein erwachsener Mann, und bestimmt hatte er keine Lust, sich mit einem albernen kleinen Mädchen abzugeben. Doch Felix durchschaute sie sofort.

„So artig heute, junge Dame?“ Er grinste. „Na kommt, ich habe auch Kekse mitgebracht. Du musst uns alles erzählen. Was gibt es Neues in der großen Stadt?“

Miriam setzte sich mit den beiden auf die Terrasse. Wie sehr hatte sie sich darauf gefreut! Alles war noch genau so, wie sie es in Erinnerung gehabt hatte. Ach, es war einfach herrlich, endlich wieder hier zu sein!

„Felix macht seit letztem Herbst eine Ausbildung“, berichtete Viktoria stolz. „Er wird Hotelmanager und führt eines Tages die größten und schönsten Hotels, die es auf der Welt gibt. Stimmt doch, oder, Felix?“

Felix lehnte sich in seinem Stuhl zurück. „Aber klar doch. Eines Tages werdet ihr beiden um die Welt reisen, und wo auch immer ihr auftaucht, werde ich schon gewesen sein.“ Er zwinkerte Miriam verschwörerisch zu.

„Aber jetzt gehst du doch nicht weg von hier?“, fragte sie.

„Nein, jetzt noch nicht. Wie könnte ich? Übermorgen ist schließlich dein Geburtstag!“

Miriam strahlte. Er hatte es nicht vergessen!

Der Anruf kam am späten Abend. Wolfgang von Heidenberg und seine Tochter hatten es sich im Wohnzimmer gemütlich gemacht, und Miriam sprang sofort auf und lief zum Telefon, als es klingelte. Es war Tradition, dass sie so lange wach bleiben durfte, bis Mama angerufen hatte.

„Mama?", rief sie aufgeregt in den Hörer. „Mama, endlich rufst du an …"

„Hier spricht Doktor Berger." Die Stimme am anderen Ende klang ernst. „Ich möchte gern mit Wolfgang von Heidenberg sprechen."

Verwirrt reichte Miriam das Telefon weiter. „Das ist für dich."

Wolfgang nahm den Hörer und presste ihn ans Ohr. Er lauschte. Miriam beobachtete ihn neugierig, doch er wandte ihr den Rücken zu. Sie konnte nicht verstehen, was er sagte, aber während er sprach, sackten seine Schultern nach unten, als würde eine schwere Last auf ihm abgelegt. Schließlich räusperte er sich und sagte mit lauter Stimme: „Ja, wir kommen sofort."

Dann legte er langsam den Hörer auf die Gabel und drehte sich zu Miriam um. Sie erschrak. Ihr geliebter, fröhlicher Papa wirkte plötzlich so müde und traurig. Es musste etwas Schlimmes passiert sein.

„Papa, was ist denn los?", fragte Miriam. „Papa!"

„Miriam …" Wolfgang straffte die Schultern, trat zu seiner Tochter und nahm sie fest in den Arm. „Miriam … Wir müssen zur Mama. Sie braucht uns jetzt ganz dringend."

„Ist was passiert?", fragte Miriam. Angst kroch ihr den Rücken hinauf. „Geht es Mama nicht gut?"

Wolfgang von Heidenberg schüttelte den Kopf. „Nein", flüsterte er heiser. „Komm, Schneeweißchen. Sie haben gesagt, wir sollen uns beeilen."

So schnell hatte Miriam noch nie ihre Schuhe angezogen. Sie stand schon fertig neben der Tür, als Wolfgang von Heidenberg noch nach seinem Autoschlüssel suchte. „Papa, komm!“, rief sie. Noch immer schnürte ihr die Angst fast die Kehle zu, aber sie wollte keine Zeit verlieren, und solange Papa ihr nicht sagte, was mit Mama wirklich los war, wollte sie nur eines: so schnell wie möglich bei ihr sein.

Wolfgang von Heidenberg schien sich für den Moment gefangen zu haben, nachdem Miriam ihrem Vater nachdrücklich den Autoschlüssel in die Hand gedrückt hatte. Mit der freien Hand fuhr er sich müde durch das Gesicht. Noch weigerte sich alles in ihm, die Worte des Arztes, der vor wenigen Minuten angerufen hatte, zu begreifen.

„Kommen Sie schnell ins Klinikum. Ihre Frau hatte einen Unfall, und es geht ihr sehr schlecht.“ Die Situation war lebensbedrohlich. Es war nicht gewiss, ob Caroline die Nacht überleben würde.

Sie hatte sich am Abend noch ins Auto gesetzt, um nach Kitzbühel zu fahren und Miriam und ihn zu überraschen. Wolfgang wusste, dass Caroline es eigentlich hasste, lange Strecken bei Dunkelheit zu fahren, aber ihre Sehnsucht nach ihrem Mann und ihrem Kind war wohl zu groß gewesen. Und dann war es passiert …

Miriam saß auf dem Rücksitz und beobachtete mit weit aufgerissenen Augen, wie ihr Vater mit überhöhter Geschwindigkeit durch Kitzbühel raste.

„Papa? Papa, wo ist Mama?“

Doch Wolfgang antwortete nicht. Er lenkte den Wagen zum Klinikum und brachte ihn in der Nähe der Notaufnahme zum Stehen. Nur keine Zeit verlieren …

„Papa, was ist mit Mama?“

Erst als Miriam nach seiner Hand griff, nahm Wolfgang von Heidenberg seine kleine Tochter wieder wahr. Miriams Stimme zitterte. „Ist Mama hier?“

Wolfgang von Heidenberg nickte stumm und steuerte auf einen Arzt zu, der im Gang der Notaufnahme stand und ihnen entgegenblickte.

„Herr von Heidenberg?“

„Ja?“, antwortete Wolfgang mit brüchiger Stimme.

Der Arzt reichte ihm die Hand. „Ich bin Dr. Berger. Wir haben telefoniert.“

„Wo ist meine Frau? Wie geht es ihr?“

„Ihre Frau …“ Dr. Berger blickte ihm offen in die Augen. „Es tut mir leid, Herr von Heidenberg, wir können nichts mehr für Ihre Frau tun. Ihre inneren Verletzungen sind zu schwer. Wir haben ihr Schmerzmittel gegeben. Sie wird sterben.“

Miriam stand wie erstarrt neben ihrem Vater. Er schlug die Hände vors Gesicht. Er weinte. Ihr großer, starker Papa weinte. Miriam streckte die Hand nach ihm aus und zupfte an seiner Jacke. Er legte eine Hand auf Miriams Schulter. Sie spürte die Wärme seiner Hand, aber sonst spürte sie nichts mehr.

„Können wir zu ihr?“

„Natürlich", sagte Dr. Berger und führte sie zu einem Raum am Ende des Ganges.

„Mama!"

Miriam ließ die Hand ihres Vaters, die sie bisher fest umklammert hatte, los und lief zu dem einzigen Bett, das im Zimmer stand, während Dr. Berger diskret in den Hintergrund trat und dezent einige Geräte kontrollierte.

Caroline schlug die Augen auf und wandte leicht den Kopf. Ihre Bewegungen waren langsam, als bereiteten sie ihr starke Schmerzen. Sie sah so klein und blass aus. Der Kloß in Miriams Hals wurde immer größer.

„Miriam, mein Spatz", flüsterte sie und versuchte zu lächeln. „Ich wollte dich so gerne überraschen." Mühsam griff sie nach der Hand ihrer Tochter. Miriam erschrak. Carolines Hand war eiskalt.

„Mama", sagte sie. „Mama, du wirst doch wieder gesund werden?"

Caroline lächelte, doch es war ein so trauriges Lächeln, dass Miriam spürte, wie ihr die Tränen in die Augen schossen. Hastig wischte sie sie beiseite. Mama sollte sie nicht weinen sehen.

„Versprichst du mir was, mein kleines Mädchen?"

Miriam nickte stumm.

„Versprichst du mir, auf Papa aufzupassen? Du bist doch alles für ihn. Versprich mir, dass du auf ihn aufpasst, ja?"

Erneut nickte Miriam.

Caroline sank ermattet in die Kissen zurück. „Das ist

gut", flüsterte sie.

Wolfgang von Heidenberg trat hinter Miriam und legte seine Hände auf ihre Schultern.

„Hallo, Wolfgang", sagte Caroline leise.

„Oh, Caroline ..." Wolfgang griff nach ihrer Hand, die noch immer in Miriams ruhte. Für ein letztes Mal war die Familie in dieser liebevollen Geste vereint. Miriam schluchzte leise.

„Es tut mir so leid", wisperte Caroline von Heidenberg. „Ich wollte euch nicht alleinlassen."

Drei Tage später fand die Beerdigung in München statt. Wolfgang von Heidenberg war froh, dass Isolde und Hans Tarrasch kurzerhand angeboten hatten, ihm zu helfen, und für die beiden war es eine Selbstverständlichkeit, Wolfgang und Miriam in dieser schweren Zeit beizustehen.

Der Tod von Caroline von Heidenberg löste im ganzen Ort tiefe Bestürzung und Trauer aus. Wie hatte dieser tragische Unfall nur passieren können? Bisher hatte man geglaubt, die Straßen rund um Kitzbühel seien sicher, solange man umsichtig fuhr. Doch Caroline von Heidenberg hatte versucht, dem angetrunkenen Fahrer eines Sportwagens auszuweichen, und als sie im letzten Moment das Steuer herumriss, durchbrach ihr Wagen die Leitplanken und stürzte einen Abhang hinunter. Der Mann überlebte mit leichten Verletzungen.

Auch Felix und Viktoria fuhren mit nach München. Felix übernahm es, den großen Mercedes zu steuern. Stumm saß

Wolfgang von Heidenberg auf dem Beifahrersitz, während Viktoria und Miriam auf dem Rücksitz Platz genommen hatten. Immer wieder blickte Felix in den Rückspiegel. Miriam war blass, und ihre blauen Augen wirkten noch größer als sonst. Das schwarze Kleid, das Isolde Tarrasch für sie besorgt hatte, ließ sie fast durchsichtig erscheinen. Sie stand immer noch unter Schock.

Es war einfach schrecklich. Felix seufzte und richtete seine Aufmerksamkeit wieder auf die Straße, wobei er flüchtig neben sich blickte. Der tragische Tod von Caroline von Heidenberg hatte nicht nur von heute auf morgen das Glück der Familie zerstört, er hatte auch aus dem fröhlichen Wolfgang von Heidenberg über Nacht einen Schatten seiner selbst gemacht.

Spätabends erreichten sie die herrschaftliche Villa am Rande von München.

„Wir sind dir wirklich zu Dank verpflichtet, Felix“, sagte Wolfgang. Seine Stimme klang leblos, obwohl er aus seiner Erstarrung erwacht zu sein schien.

Felix winkte ab. „Das ist doch selbstverständlich.“

Wolfgang von Heidenberg nickte dankbar, dann stieg er aus dem Wagen. Felix folgte ihm. Viktoria und Miriam schlichen Hand in Hand hinter den beiden Männern her.

„Wenn wir noch irgendwas tun können …?“ Felix stellte die Koffer neben die Haustür.

„Danke.“ Wolfgang von Heidenberg kramte in der Jackentasche nach den Schlüsseln. „Aber wir kommen schon klar.“

Erst am nächsten Tag in der Kapelle begann Miriam zu begreifen, was passiert war. Wolfgang von Heidenberg und seine Tochter saßen in der ersten Reihe, hielten einander an den Händen und starrten auf den hellen Sarg, der unter riesigen Blumengestecken förmlich versank. Unzählige Kränze und Gestecke lagen und standen im Altarraum; er war ein einziges Blumenmeer.

Viele Menschen hatten Caroline von Heidenberg gekannt und geliebt. Ihr plötzlicher Unfalltod war für alle ein Schock. Manch ein Trauergast wussten nicht, wie sie mit dem erstarrt wirkenden Ehemann und seiner kleinen Tochter umgehen sollten. Einige traten zu ihnen, blickten ihnen fest ins Gesicht, schüttelten ihre Hände und drückten mit leisem Flüstern ihr Mitleid aus. Wolfgang von Heidenberg stand jedes Mal auf, sobald jemand zu ihm trat, und nickte leicht, doch sein Blick ging immer wieder vorbei nach vorne, zum Sarg seiner geliebten Frau.

Die kleine Kapelle des Friedhofs war zum Bersten voll. So viele Menschen waren gekommen, um von Caroline von Heidenberg Abschied zu nehmen – so viele, dass einige sogar stehen blieben, weil es nicht genügend Sitzplätze für alle gab. Miriam kannte die meisten von ihnen nicht. Auch die junge Frau, die nach der Trauerfeier zu Wolfgang trat, um zu kondolieren, hatte sie noch nie gesehen.

„Mein Beileid“, sagte sie leise, und ihr Gesichtsausdruck strahlte genau jene Betroffenheit aus, die Miriam in den letzten Stunden in den Gesichtern so vieler Menschen gesehen hatte. „Der Verlust Ihrer Frau muss Sie sehr schmerzen, Herr von Heidenberg."

„Ja", sagte Wolfgang von Heidenberg gedankenverloren. „Ja, das tut er, in der Tat."

Die fremde Frau lächelte noch einmal, strich Miriam mit der schwarz behandschuhten Hand übers Haar und wandte sich ab. Wolfgang von Heidenberg starrte ihr nach. Er kannte sie nicht und war ihr noch nie begegnet. Sie schien unglaublich jung zu sein. War sie eine Bekannte von Caroline?

Er seufzte. Seine Trauer hielt ihn gefangen, und nur Miriams kleine Hand, die immer wie ein tröstender Anker in seiner lag, erinnerte ihn daran, dass er nicht alleine war.

Wenige Tage später stand die fremde Frau vor der Haustür der Villa Heidenberg. Wolfgang prallte zurück, als er ihr die Tür öffnete. Er hatte sie sofort erkannt, obgleich sie heute ein schlichtes, helles Kostüm trug.

„Was wollen Sie?", fragte er barsch und bereute seinen unfreundlichen Ton im selben Moment. Aber die letzten Tage waren anstrengend für ihn gewesen, und er musste so schnell wie möglich eine Haushälterin suchen, eine Frau, die sich zuverlässig um Miriam und ihn kümmerte. Es widerstrebte ihm zwar, eine Fremde ins Haus zu holen, aber es schien ihm im Moment die einzige Möglichkeit zu sein, um einen halbwegs normalen Tagesablauf aufrechtzuerhalten. Irgendwann musste schließlich alles wieder seinen gewohnten Gang gehen, und er konnte dem Büro nicht ewig fernbleiben. Hier in ihrem Haus, in dem er so viele glückliche Stunden mit Caroline hatte erleben dürfen, herumzusitzen, schmerzte ihn so sehr.

„Entschuldigen Sie, wenn ich Sie störe, Herr von Heidenberg. Ich habe nur gedacht, dass ich vielleicht noch einmal vorbeikommen sollte, um Ihnen mein Beileid auszudrücken. Sie wirkten bei der Beerdigung so traurig …"

„Ist das ein Wunder?", gab er feindselig zurück. „Ich habe meine Frau verloren!"

„Natürlich", sagte die Fremde hastig. „Darf ich hereinkommen? Vielleicht auf einen Kaffee?"

Sie brachte die Frage so liebenswürdig vor, dass Wolfgangs schlechtes Gewissen sich regte, weil er sie so unfreundlich angefahren hatte.

„Wieso nicht?", sagte er und ließ sie eintreten. Sie blickte sich prüfend in der Halle um. „Kommen Sie. Sie müssen schon entschuldigen, es sieht hier im Moment reichlich chaotisch aus."

Er führte sie in die Küche und machte sich an der Kaffeemaschine zu schaffen. Die junge Frau trat neben ihn und lächelte ihn an.

„Lassen Sie mich das ruhig machen", sagte sie, nahm Wolfgang wie selbstverständlich den Filter aus der Hand. Nachdem sie den Kaffee aufgesetzt hatte, blickte sie sich suchend um.

„Wo ist denn das Geschirr?", fragte sie.

„Warten Sie, das müsste ich doch eigentlich machen."

„Lassen Sie nur." Sie legte die Hand auf Wolfgangs Arm. „Sagen Sie mir einfach, wo ich alles finde."

Wolfgang ließ sich von ihr auf einen Küchenstuhl schieben. „Im Schrank über der Spülmaschine“, sagte er. „Links vom Herd ist das Besteck.“

Sie stellte Tassen, Untertassen, Löffel, Milch und Zucker auf den Küchentisch.

„Sehen Sie, so ist es schon viel besser.“

Etwas später goss sie Kaffee ein und setzte sich auf einen freien Stuhl.

„Wie heißen Sie überhaupt?“ Wolfgang von Heidenberg hatte sie schon eher nach ihrem Namen fragen wollen, doch sie hatte so beschäftigt gewirkt, dass er sie nicht hatte stören wollen. Sie lächelte geheimnisvoll und rührte Milch in ihren Kaffee.

„Nennen Sie mich doch einfach Barbara“, sagte sie.

„Nun gut ... Barbara.“ Wolfgang von Heidenberg nahm einen Schluck vom Kaffee. Der war wirklich erstaunlich gut, stellte er überrascht fest. Fast so gut wie der, den Caroline immer gekocht hatte.

„Und warum sind Sie wirklich hier, Barbara?“, fragte er schließlich.

„Ich dachte, das wäre offensichtlich.“ Barbara hob in gespieltem Erstaunen die Augenbrauen. „Ich meine – Sie brauchen doch eine Haushälterin, oder nicht?“

Ihre direkte Art überraschte ihn. Nun, natürlich hatte sie recht, genau darüber hatte er vorhin noch nachgedacht. Allerdings hatte ihm dabei eher eine ältere Dame vorgeschwebt.

„Das stimmt schon. Aber ... Sie müssen entschuldigen … Sie sind nicht gerade die typische Kandidatin. Sie sind so … jung."

Barbara senkte den Blick. „Ich weiß", sagte sie leise. „Ich weiß schon, Sie werfen mir sicher mangelnde Erfahrung vor. Aber glauben Sie mir, Herr von Heidenberg – ich werde alles tun, um Ihnen und Ihre Tochter ein Heim zu schaffen. Ich kann alles – kochen, putzen, bügeln –, und ich habe im Moment leider keinen Job."

„Trotzdem", sagte Wolfgang von Heidenberg. „Ich glaube nicht, dass Sie die Richtige für diese Aufgabe sind. Sie wollen sicher noch die Welt entdecken – und wenn Sie dann kündigen … Ich will nicht, dass Miriam sich immer wieder an eine neue Bezugsperson gewöhnen muss."

Barbara blickte ihn offen an. In ihren Augenwinkeln schimmerten Tränen.

„Wenn Sie wüssten …", flüsterte sie mit tränenerstickter Stimme.

Wolfgang sah sie betroffen an. „Entschuldigen Sie bitte, ich wollte nicht …"

„Nein, ist schon in Ordnung." Barbara tupfte sich mit einem Taschentuch die Tränen aus den Augenwinkeln. „Sie konnten ja nicht wissen, dass …" Sie seufzte, schüttelte den Kopf und verfiel in Schweigen.

„Also gut", sagte er schließlich. „Vielleicht sollten wir es probieren." Er überlegte. „Wenn es für Sie kein Problem ist, bei uns zu wohnen und damit auch Tag und Nacht für meine Tochter Miriam da zu sein … Ich würde es erst mal für einen Monat zur Probe mit Ihnen versuchen."

Barbara blickte ihn an. In ihren Augen schimmerten noch immer die Tränen, doch sie lächelte schon wieder. „Ist das wirklich Ihr Ernst, Herr von Heidenberg?"

Wolfgang zuckte mit den Schultern. „Warum nicht? Es kommt auf einen Versuch an."

„Danke!" Barbara griff nach seinen Händen und drückte sie. „Ich werde Sie nicht enttäuschen, das verspreche ich Ihnen!"

„Gut", sagte er. „Wann können Sie anfangen?"

Sie lachte. „Wenn Sie wünschen, schon heute. Ich müsste nur meine Sachen holen. Bisher habe ich bei einer Freundin zur Untermiete gewohnt."

Sie stand auf, räumte das Kaffeegeschirr in die Spüle und wischte den Tisch ab. Wolfgang von Heidenberg beobachtete sie, und es gefiel ihm, was er sah. Ja, bestimmt würde auch Miriam mit Barbara gut auskommen. Vielleicht war ihre Jugend ja ein Vorteil, weil sie Miriam besser verstand?

Wolfgang lachte erleichtert auf. „Dann schlage ich vor, Sie treten morgen Ihren Dienst bei uns an, damit meine Miriam sich an Sie gewöhnen kann. Und wenn's gut läuft, ziehen Sie nächste Woche ein."

Barbara blickte sich zufrieden in ihrem Zimmer um. Ja, genau so hatte sie sich das vorgestellt. Ihr Zimmer lag im obersten Stockwerk der Villa. Es hatte einen großzügigen Balkon nach Süden und ein eigenes, luxuriöses Badezimmer. Die Einrichtung war schlicht und geschmackvoll.

Barbara lächelte, löschte das Licht im Badezimmer und trat noch einmal auf den Balkon hinaus.

Sie hatte es tatsächlich geschafft. Ihr Plan hätte kaum besser aufgehen können …

Als sie vor einer Woche in der Zeitung vom tragischen Unfalltod von Caroline von Heidenberg gelesen hatte, war ihr sofort klar gewesen, dass dies ihre große Chance war, und so war sie zusammen mit halb München bei der Beerdigung aufgetaucht. Sie war gar nicht weiter aufgefallen, und niemand wunderte sich, dass auch sie zum Witwer trat und ihm ihr Beileid ausdrückte.

Danach hatte sie ihm ein paar Tage Zeit gewährt, ehe sie zur Villa Heidenberg gefahren war – und auch hier hatte alles wie am Schnürchen geklappt. Und nun war sie Haushälterin und Kindermädchen der von Heidenbergs. Die kleine Miriam hatte allerdings schon skeptisch geguckt, als ihr Vater ihr Barbara als neues Kindermädchen vorgestellt hatte.

Eigentlich hatte Barbara keine Erfahrung als Haushälterin. Aber das machte nichts, denn sie wollte diesen Job ja nicht ewig machen. Nein, wenn alles so lief, wie sie es geplant hatte – und bei diesem Gedanken lächelte sie geradezu verzückt –, dann würde sie schon in wenigen Jahren ihr wahres Ziel erreichen. Sie hatte mehr verdient. Sie brauchte nur etwas Geduld …

Sie hatte eine Flasche Prosecco in ihrer Reisetasche in ihr neues Heim geschmuggelt, und sie hatte aus der Vitrine im Wohnzimmer eine Sektflöte stibitzt. Schließlich hatte Wolfgang von Heidenberg sie dazu ermuntert, sich ganz daheim zu fühlen und sich alles zu nehmen, was sie brauchte – warum also nicht auch vom feinsten Kristall? Sie drehte das hauchdünne Glas bewundernd zwischen ihren perfekt manikürten Fingern. Das Leben hatte es bisher nicht allzu gut mit ihr gemeint, und allein ihre Ausstrahlung hatte sie bis zu diesem Punkt gebracht.

Der Korken ploppte leise, und Barbara genoss den ersten Schluck des trockenen Schaumweins mit geschlossenen Augen. Herrlich! Aber wenn es nach ihr ging, würde sie schon in wenigen Monaten den teuren Champagner kosten, den man in der High Society trank …

Oh ja, Barbara wusste, was sie wollte. Sie wusste es ganz genau.

Und Wolfgang von Heidenberg war der Schlüssel zu ihrem Erfolg.

2. KAPITEL

„Miriam, beeil dich!“ Ungeduldig blickte Barbara die Treppe hinauf. Als sie keine Antwort bekam, seufzte sie übertrieben und ging nach oben. Es war doch immer dasselbe mit diesem Kind!

„Gleich kommt dein Vater nach Hause, und wir wollen dann sofort losfahren.“ Barbara stieß die Tür zum Kinderzimmer auf. Inmitten ihrer Bücher, Puppen und anderen Spielsachen saß Miriam auf dem Fußboden und wählte mit Bedacht die Dinge aus, die sie dieses Jahr in die Sommerferien nach Kitzbühel begleiten durften.

„Herrgott, bist du denn immer noch nicht fertig?“ Barbara stand in der Tür und blickte auf das Mädchen hinab.

„Nein“, erwiderte die Kleine trotzig. Sie legte drei Bücher in die Stofftasche, in der schon ihr liebstes Spiel und ein paar andere persönliche Dinge versteckt waren, von denen Barbara nichts wissen sollte. „Solange Papa noch nicht aus der Stadt zurück ist, können wir doch sowieso noch nicht losfahren.“

Natürlich hatte sie damit recht, doch Barbara verschränkte nur die Arme vor der Brust und verzog gereizt den Mund. „Sieh einfach zu, dass du fertig wirst, und zwar flott.“

Sie verließ das Zimmer und stöckelte die Treppe wieder hinunter. In der Halle redete sie mit dem Gärtner, der sich während der nächsten Wochen um den parkähnlichen Garten kümmern würde.

Miriam seufzte und blickte sich in ihrem Zimmer um. Sie wollte nicht weg, schon gar nicht nach Kitzbühel! Alles, was sie mit diesem Ort verband, war der schreckliche Schmerz, den sie vorletztes Jahr hatte erleiden müssen, als ihre Mutter gestorben war. Und ausgerechnet dort wollten Barbara und Papa jetzt heiraten!

Letztes Jahr am Weihnachtsmorgen hatten die beiden ihr eröffnet, dass sie sich im Sommer vermählen wollten. In Kitzbühel zu feiern, war Barbaras Idee gewesen, und obwohl Wolfgang anfangs gezögert hatte, hatte er schließlich doch zugestimmt. Er liebte Kitzbühel, auch wenn ihm dort vor zwei Jahren seine geliebte Caroline genommen worden war. Es war Zeit, diesen Schmerz zu überwinden.

Miriam indes war noch lange nicht so weit. Sie konnte weder verstehen, warum ihr Vater Barbara heiraten wollte, noch, warum er es ausgerechnet dort tun wollte. Es erschien ihr falsch, falsch, falsch.

Von Anfang an hatte es zwischen dem Mädchen und der jungen Frau Probleme gegeben. Miriam mochte Barbara nicht besonders, was sie ihrem Vater zuliebe für sich behielt. Er hatte genug Kummer. Barbara dagegen hielt Wolfgangs Tochter für verstockt und unwillig und ließ sie genau das spüren.

Nun aber war Miriam wirklich wütend auf Barbara. Warum konnte sie ihren Vater nicht in Ruhe lassen? Warum musste sie ihn unbedingt heiraten?

Und Papa … Wie konnte er Mama nur so schnell vergessen?

Nein, Miriam wollte nicht nach Kitzbühel fahren, dieses Jahr nicht!

Als sie ein Auto kommen hörte, sprang sie auf, trat an das Fenster und blickte auf die Auffahrt hinunter. Papas Mercedes bog in die Einfahrt, und Barbara eilte ihm entgegen. Er war kaum ausgestiegen, da hing sie schon an seinem Hals und küsste ihn stürmisch. Wolfgang lachte, hob Barbara spielerisch in die Höhe und wirbelte sie herum.

Sie schien ihn glücklich zu machen … Miriam seufzte und wandte sich ab. Trotzdem! Es war einfach nicht richtig!

Ihre ursprüngliche Aufgabe hatte Barbara schon seit dem letzten Sommer kaum mehr erfüllt, sodass es inzwischen eine zweite Haushälterin gab. Barbara behauptete, mit Miriams Erziehung schon völlig beansprucht zu sein, obwohl sie sich tatsächlich kaum um ihren Schützling kümmerte – seit die Vorbereitungen für die Hochzeit liefen, fast gar nicht mehr. Miriam war heilfroh darüber.

„Hey, Schneeweißchen."

„Papa!" Miriam flog in Wolfgangs Arme.

„Na, hast du auch schon alles für die große Reise gepackt?"

Miriam schüttelte stumm den Kopf und löste sich aus der Umarmung ihres Vaters.

„Nicht? Warum denn nicht?"

„Ach, ich weiß nicht", sagte sie traurig und sah ihn eine

Weile stumm an. „Ich will nicht nach Kitzbühel, Papa!", brach es dann plötzlich aus ihr heraus. „Können wir nicht woanders hinfahren, nur wir zwei?"

„So schlimm?" Wolfgang strich ihr sanft die Haare aus dem erhitzten Gesicht. „Freust du dich denn gar nicht auf Viktoria? Du hast sie doch so vermisst. Und wir wollen doch deinen Geburtstag feiern ..."

Miriam nickte stumm. Sie brachte es einfach nicht übers Herz, ihrem Vater zu sagen, dass sie seine neue Frau nicht mochte. Und selbst, wenn sie das tun würde – würde es etwas ändern? Sie wollte ihrem Vater doch keinen Kummer bereiten ...

„Na komm." Wolfgang von Heidenberg streckte ihr seine große, warme Hand entgegen. „Heute Abend sind wir schon da. Und wir werden eine Menge Spaß haben, das verspreche ich dir ..."

Kaum hatte Barbara ihn begrüßt, war Wolfgang schon im Obergeschoss verschwunden. Sie nahm seine Aktentasche und trug sie in die Bibliothek, die Wolfgang schon seit jeher als Arbeitszimmer diente. Barbara konnte es egal sein, sie interessierte sich nicht für Bücher, und wenn Wolfgang sich mit seiner Tochter ganze Abende in der Bibliothek verschanzte und beide in den tiefen, ledernen Ohrensesseln saßen und schmökerten – nun, ihr konnte es recht sein. Sie hatte wahrlich Besseres zu tun.

Das Schloss der ledernen Aktentasche schnappte leise auf, und Barbara lächelte maliziös. Ihre perfekt manikürten

Finger glitten über die Papphefter und die dicke Unterschriftenmappe. Natürlich hatte Wolfgang sich wieder Arbeit mit nach Hause gebracht. Aber darum ging es heute nicht.

Mit fliegenden Fingern zog sie eine schmale Mappe hervor, die sie noch nie zuvor gesehen hatte. Ihr Herz klopfte ihr bis zum Hals, als sie sie öffnete und die Zeilen überflog. Es handelte sich, das erkannte sie sofort, um Wolfgangs Testament.

Hastig blätterte sie zur letzten Seite. Wolfgangs Handschrift, die Unterschrift des Notars, das Datum von heute ... Barbara atmete tief durch. Wolfgang hatte sein Testament geändert!

Sie lauschte, doch aus dem oberen Stockwerk war nichts zu hören. Offenbar beschäftigte ihr Verlobter sich immer noch mit seinem geliebten Töchterchen. Ihr sollte es recht sein. Das verschaffte ihr wenigstens noch etwas Zeit ...

Ihre Augen flogen über die Seiten, und endlich, am Ende der ersten Seite, fand sie die gesuchte Passage:

> *Außerdem soll meine Frau Barbara von Heidenberg die Villa in München, das Ferienhaus in Kitzbühel und meinen Anteil an der Firma Heidenberg & Co. erben. Zudem überschreibe ich ihr meine Wertpapierdepots ...*

Barbara ließ die Papiere sinken. Da stand es, schwarz auf weiß. Sie hatte es geschafft! Endlich hatte er sie als Erbin eingesetzt.

Sie hörte Schritte auf der Treppe. Eilig stopfte sie die Papiere zurück in die Aktentasche.

„Ich glaube, wir können aufbrechen, mein Schatz." Wolfgang betrat das Arbeitszimmer. „Miriam ist jetzt auch so weit."

Barbara lächelte. „Wunderbar. Möchtest du die auch mitnehmen?" Sie wies auf seine Aktentasche.

Doch Wolfgang schüttelte den Kopf. „In diesem Urlaub wird nicht gearbeitet", versprach er ihr, zog sie an sich und küsste sie sanft auf die Stirn.

„Ich freu mich so", seufzte Barbara und schmiegte sich in seine Umarmung.

Weil sie am Vorabend sehr spät in Kitzbühel ankamen, lief Miriam erst am nächsten Morgen gleich nach dem Frühstück zu den Tarraschs hinüber. Viktoria war im Garten und damit beschäftigt, Johannisbeeren zu ernten.

„Viktoria!"

„Miriam!" Viktoria schlängelte sich zwischen den Sträuchern hindurch zu ihrer Freundin und fiel ihr um den Hals. „Toll, dass du endlich da bist."

„Ja, endlich!", seufzte Miriam und lächelte traurig.

„Was ist los? Irgendwas stimmt doch nicht mit dir …" Viktoria sah sie aufmerksam an. Sie kannte ihre Freundin viel zu gut, als dass sie ihr etwas vormachen könnte.

Miriam verzog das Gesicht. „Ach …"

„Raus mit der Sprache!" Viktoria hakte Miriam unter und schlenderte mit ihr zur Terrasse, wo sich die beiden

Mädchen auf die Holzbank setzten.

„Mein Papa und Barbara heiraten nächste Woche."

Viktorias Augenbrauen schnellten nach oben. „Ehrlich? Davon hast du mir gar nichts geschrieben."

Miriam zuckte mit den Schultern. Viktoria hatte recht. Aber warum hatte sie ihr eigentlich nichts davon erzählt? „Ich weiß es nicht. Ich mag Barbara nicht."

Viktoria sah sie nachdenklich an. „Aber dein Papa hat sie lieb?"

„Ich glaube schon", sagte sie vorsichtig. Es musste doch so sein, oder? Sonst würde er sie ja nicht heiraten …

Hatte er ihre Mama wirklich so schnell vergessen?

Wahrscheinlich war das der Grund, warum sie ihre Gefühle mit niemandem geteilt hatte, nicht einmal mit ihrer allerbesten Freundin: Solange niemand darüber sprach, blieb die Hochzeit ein Hirngespinst, ein böser Traum.

Doch aus Miriams bösem Traum wurde Realität, und in den nächsten Tagen gab es im Hause der Familie von Heidenberg nur ein Thema: die bevorstehende Hochzeit. Viele Freunde und Bekannte der Familie würden nach Kitzbühel kommen, um mit ihnen den großen Tag zu feiern. Auch die Presse hatte sich angekündigt. Es war *das* gesellschaftliche Ereignis des Sommers, und jeder wollte dabei sein.

Barbara war ganz in ihrem Element. Oh, wie sehr sie diesen Tag herbeisehnte! Endlich würde Wolfgang von Heidenberg sie in die High Society einführen, so wie sie es sich immer gewünscht hatte. Schließlich hatte sie in den letzten zwei Jahren hart für diesen Traum gearbeitet und eigentlich damit gerechnet, bereits anlässlich ihrer Verlobungsfeier in die bessere Gesellschaft eingeführt zu werden. Doch Wolfgang hatte diese Hoffnung zunichtegemacht – er hatte die Verlobung ja unbedingt im kleinen Kreis feiern wollen.

„Ich möchte dich noch nicht überfordern“, hatte er gesagt, und Barbara hatte sich gefügt. Wenn er unbedingt eine stille Verlobungsfeier wollte, gut, dann sollte er sie bekommen. Barbara hatte sich schrecklich gelangweilt. Aber all das war jetzt egal. Denn schon nächste Woche würde sie Barbara von Heidenberg werden, und mit diesem Tag würden ihre Träume in Erfüllung gehen.

Natürlich gab es noch viel vorzubereiten, und Barbara passte es überhaupt nicht, dass Miriam ausgerechnet jetzt auch noch Geburtstag hatte – fünf Tage vor der Hochzeit! Nun, sie würde kein großes Brimborium veranstalten. Dafür hatte sie einfach keine Zeit.

Am Vorabend von Miriams Geburtstag fuhr Wolfgang von Heidenberg noch einmal los. Er hatte zwar schon alle Geschenke beisammen, aber er musste etwas abholen. Miriam hatte sich nämlich schon immer ein Taschenmesser gewünscht – und bisher hatte er sich geweigert, ihr eines zu kaufen. Sie war doch noch ein Kind, und ein Taschenmesser war für ein Kind viel zu gefährlich.

Aber inzwischen hatte er seine Meinung geändert, und das nicht nur, weil sein Schneeweißchen so schnell älter wurde. Er selbst wusste ja am besten, wie nützlich ein Taschenmesser auf einer Bergtour sein konnte – und Miriam liebte die ausgedehnten Bergtouren, die sie im Sommer unternahmen. Und als sie im Frühling mal für einen Tag in den Bergen waren, war ihm Miriams neu entfachte Leidenschaft für die Wildpflanzen aufgefallen, die sie mit Begeisterung sammelte. Auch dafür wäre das Taschenmesser sehr nützlich.

Am nächsten Tag wachte Miriam schon vor Sonnenaufgang auf. Gerade schob sich die goldene Sonne glänzend über den Horizont und tauchte Miriams Zimmer in gleißendes Licht. Sie blinzelte, und dann sprang sie sogleich aus dem Bett und lief noch im Schlafanzug die Treppe hinunter.

„Ich habe Geburtstag!"

Im Haus war alles ruhig. Papa und Barbara schliefen noch, aber das war Miriam egal. Sie würden diesen wunderbaren Tag genießen, das hatte sie schon gestern beschlossen. Schließlich wurde sie heute elf Jahre alt!

Sie lief in die Küche und machte sich an der Kaffeemaschine und am Kühlschrank zu schaffen. Heute machte sie das Frühstück. Viktorias Mutter hatte ihr vorgestern noch ein Glas Johannisbeergelee mitgegeben, weil Miriam so toll bei der Ernte geholfen hatte. Barbara hatte angesichts ihrer bekleckster Kleidung die Nase gerümpft, während Papa nur gelacht hatte. Es war doch sonnenklar, dass Miriam ihr Temperament im Urlaub nicht bremsen würde und auch dieses Jahr nicht nur zusammen mit Viktoria Himbeeren und Stachelbeeren pflücken, sondern auch auf die höchsten Bäume klettern würde.

Als sie vorgestern im höchsten Wipfel des Kirschbaums der Tarraschs gehockt hatte und sich die letzten süßen Kirschen schmecken ließ, die nicht schon von den Drosseln angeknabbert waren, war Felix in den Garten gekommen. Viktoria, die auf halber Höhe im Baum saß – sie hatte sich längst nicht so hoch hinauf gewagt wie Miriam – hatte gekichert.

Übermütig hatte Miriam ein paar Kirschen nach unten geworfen, und eine traf Felix im Nacken. Er blickte suchend nach oben, bis er sie entdeckte.

„Wild wie eh und je, was?“, fragte er lachend. Er konnte ihr einfach nicht böse sein. Manchmal war Felix auch für sie wie ein großer Bruder.

Leider hatte er inzwischen kaum noch Zeit. Er musste immer schrecklich viel arbeiten, seit er eine Ausbildung in einem Kitzbüheler Hotel, einem der ersten Häuser am Platz, angefangen hatte.

Miriam dachte wehmütig an ihren Geburtstag im letzten Jahr. Da hatten Felix und Viktoria auf ganz besondere Weise mit Miriam gefeiert.

Aber das würde dieses Jahr bestimmt nicht klappen …

„Da ist ja mein Geburtstagskind!“ Wolfgang von Heidenberg kam in die Küche, bereits angezogen und das Haar noch feucht von der Dusche. Er umarmte Miriam. „Alles, alles Gute zum Geburtstag, meine Große.“

Dann sah er den gedeckten Frühstückstisch. Miriam hatte an alles gedacht: frisch gepresster Orangensaft, Kaffee, der sein feines Aroma verströmte, Wurst, Käse, Schinken, das leckere Johannisbeergelee, hart gekochte Eier. Es war genau so, wie ihr Papa und sie es mochten.

Barbara kam nun auch in die Küche. Sie hatte sich schon in die beste Kleidung geworfen, und sie presste missmutig die Lippen zusammen, als sie die Situation erfasste. Miriam wusste, dass Barbara nichts für so ein tolles Frühstück übrighatte – umso mehr freute sie sich, weil schon alles bereit war.

„Guten Morgen, Miriam. Alles Gute zum Geburtstag."

Barbara umarmte das Mädchen. Sie hatte schon so früh am Morgen ein Parfum aufgelegt, das blumig und schwer war. Miriam rümpfte die Nase, und Wolfgang von Heidenberg musste unwillkürlich lachen.

„Na, Schneeweißchen – wie sieht's aus? Möchtest du jetzt schon alle Geschenke auspacken oder hat das Zeit bis nach dem Frühstück?"

Miriam überlegte. „Erst die Geschenke!", entschied sie schließlich. Ihre Augen glänzten vor Aufregung.

„Abgemacht." Wolfgang von Heidenberg hatte sich schon so etwas gedacht. Aus der Innentasche seines Jacketts zog er ein kleines, flaches Päckchen und überreichte es feierlich Miriam.

„Oh, das ist aber klein!" Ungeduldig riss Miriam das Geschenkpapier auf. Das Schweizer Taschenmesser kam zum Vorschein. Einen Moment war Miriam ganz starr vor Erstaunen, doch dann fiel sie ihrem Vater um den Hals. „Endlich habe ich auch ein Taschenmesser!", jubelte sie. „Danke, Papa, das ist ja so ein schönes Geschenk!"

Sie probierte sogleich alle verschiedenen Funktionen aus. Es gab ein großes Messer, ein kleines Messer, einen Korkenzieher und noch viele andere Kleinigkeiten, die man draußen auf langen Bergtouren immer brauchen konnte. Miriam strahlte. So ein tolles Geschenk hatte sie selten bekommen!

Barbara hatte sich indes an den Frühstückstisch gesetzt und nippte verdrießlich am Kaffee. Wie sollte sie eigentlich jemals aus Miriam eine richtige Dame machen? Miriam sollte schließlich so erzogen werden, dass sie ihrem Status als junge Adelige gerecht wurde. Aber das war ja wohl schwer möglich, wenn Wolfgang ihr selbst so unpassende Dinge schenkte! Ein Taschenmesser! Was sollte Miriam denn ausgerechnet damit anfangen?

„Die anderen Geschenke sind im Wohnzimmer. Komm, wir schauen sie uns an!“ Lachend befreite Wolfgang sich aus der Umarmung seiner Tochter. „Und nächste Woche gehen wir zusammen auf eine große Bergtour, das verspreche ich dir!“

Miriam strahlte, aber Barbara schaute nur noch verbissener drein. Wolfgang schien allen Ernstes zu vergessen, dass in wenigen Tagen die große Hochzeit anstand. Wo blieb denn bei all den Terminen noch Zeit für eine große Bergtour? Sie hatte letztes Jahr einmal versucht, mit Wolfgang und Miriam eine dieser Bergtouren zu bestreiten, bei denen die beiden wie die Gämsen die gewagtesten Steigungen hochkletterten, aber sie hatte schon nach wenigen Stunden entnervt aufgegeben. Nein, für Barbara war das definitiv nicht die richtige Freizeitbeschäftigung.

„Denkst du nicht, dass wir in der nächsten Woche genug zu tun haben?“, fragte sie Wolfgang herausfordernd.

Wolfgang wiegte den Kopf. „Ach“, sagte er leichthin, „das wird zum Wochenende schon nachlassen.“

„Ach so“, sagte Barbara. „Ich dachte, wir fahren am Wochenende nach München …“

„Nach München?“ Wolfgang runzelte die Stirn. „Warum denn das? Wir heiraten doch extra hier, um dem Trubel in der Stadt entkommen.“

Miriam blickte zwischen ihrem Papa und Barbara hin und her. Die beiden führten nur selten Auseinandersetzungen, noch seltener in Miriams Anwesenheit.

„Ich dachte nur …“ Barbara biss sich auf die Lippen, doch dann hellte sich ihr Gesicht auf. „Du hast natürlich recht, Wolfgang.“ Sie legte die Hand auf seinen Unterarm. „Wie dumm von mir! Ich dachte, es wäre schön, nach München zu fahren. Aber wir sollten die Flitterwochen genießen, solange sie dauern, nicht wahr …? Ganz für uns, das ist viel schöner …“

Wolfgang lächelte sie liebevoll an, während Miriam auf ihrem Honigbrötchen herumkaute. Auch wenn sie ihren Papa glücklich machte – sie mochte Barbara immer noch nicht …

„Und wie gestalten wir den heutigen Tag?“, fragte Barbara.

„Tja, ich weiß nicht …“ Wolfgang sah Miriam an. „Wozu hast du denn Lust, kleines Schneeweißchen? Es ist immerhin dein Ehrentag.“

„Ach, wie wäre es denn, wenn wir heute Mittag im Goldenen Hirschen essen? Danach können wir da oben einen kleinen Spaziergang machen und nachmittags Kuchen essen“, schlug Barbara vor. Der „Goldene Hirsch“ war ein Ausflugslokal, das gehobene Küche bot, es war ein richtiges Feinschmeckerrestaurant. Rings um das Restaurant gab es ausgewiesene Wanderwege, die auch Barbara durchaus bereit war, entlangzulaufen. Dort traf man bei so schönem Wetter bestimmt schon den einen oder anderen der angereisten Hochzeitsgäste. Sicher ergaben sich interessante Gespräche.

„Und heute Abend müssen wir wieder hier sein“, sagte Barbara bestimmt. „Meine Schneiderin kommt aus München.“

„Ach, das Hochzeitskleid, ja natürlich.“ Wolfgang seufzte. Er hatte ganz vergessen, dass der Termin heute war, ausgerechnet. Doch Barbara blickte ihn aus ihren dunklen Augen so zärtlich an, dass er sie unwillkürlich liebevoll anlächelte. „Natürlich, mein Herz. Wir werden rechtzeitig wieder hier sein.“

Miriam war enttäuscht. Das sollte also ihr Geburtstag sein? Eine anspruchslose Wanderung und ein Mittagessen im „Goldenen Hirschen“?

Es war der langweiligste Geburtstag, den sie in ihrem ganzen Leben erlebt hatte. Der Ausflug in das Feinschmeckerrestaurant zog sich so lange hin, dass nicht mal Zeit blieb, um zwischen dem Mittagessen und dem nachmittäglichen Kaffeetrinken einen Spaziergang zu machen. Immer wieder trafen Wolfgang und Barbara irgendwelche

Bekannte, die die Hochzeit mit ein paar freien Tagen im schönen Kitzbühel verbunden hatten und die angenehme Ruhe genossen. Barbara, die am Morgen noch so missmutig gewesen war, blühte in der Gesellschaft all der Reichen und Adeligen förmlich auf. Sie hatte sich ein kleines, in Leder gebundenes Adressbuch angeschafft und Wolfgang schon vor Wochen gebeten, ihr eigene Visitenkarten zu drucken. Diese verteilte sie jetzt großzügig an all jene, die eines Tages für sie wichtig sein könnten – und Barbara hatte ein feines Gespür dafür, wer das sein würde.

Am nächsten Tag stand Miriam in aller Herrgottsfrühe auf und lief hinüber zum Haus der Tarraschs. Viktoria hatte angedeutet, dass sie eine ganz besondere Überraschung für Miriam geplant habe. Doch Miriam hatte nichts aus ihr heraus bekommen können. Was wohl diese große Überraschung war?

„Miriam! Alles Gute zum Geburtstag nachträglich!" Frau Tarrasch stand im Garten hängte die Wäsche auf. „Na, hast du gestern schön gefeiert?"

„Guten Morgen, Frau Tarrasch! Oh, es war sehr schön", log sie. „Ist Viktoria da?"

„Ja, sie müsste in ihrem Zimmer sein." Frau Tarrasch zwinkerte Miriam verschwörerisch zu. „Ich glaube, sie hat sich für dich ein ganz besonderes Geschenk einfallen lassen."

Die Überraschung war perfekt: Nicht nur Viktoria saß in ihrem Zimmer, sondern auch Felix.

„Hallo, Geburtstagskind!“ Nachdem Viktoria ihr gratuliert hatte, umarmte Felix Miriam.

„Na, ist mir die Überraschung gelungen?“

„Musst du denn heute gar nicht arbeiten?“, fragte Miriam.

„Felix hat sich extra freigenommen“, verriet Viktoria. „Er hat gesagt, an deinem elften Geburtstag müssen wir auf jeden Fall was unternehmen!“

„War gar nicht so leicht“, lachte Felix. „Wir haben das Haus voller Gäste, aber mein Chef hatte ein Einsehen, als ich ihm sagte, ich würde den Tag mit zwei bezaubernden, jungen Damen verbringen ...“

„Dann hast du den ganzen Tag für uns Zeit?“ Miriams Herz machte vor lauter Freude einen Hüpfer. „Ja, und was machen wir dann?“

„Das ist eine Überraschung!“, tat Felix geheimnisvoll. „Aber du wirst es bestimmt nicht bereuen ...“

Felix und Viktoria hatten einen großen Korb mit Köstlichkeiten gepackt, und schließlich wanderten sie einfach los, hinein in die Berge, und genossen diesen wunderbaren Sommertag.

„Was ist denn mit dir los?“

Sie hatten an einem kleinen Bergbach Rast gemacht, und während Viktoria in dem Picknickkorb nach den verschiedenen Schüsseln kramte, setzte sich Felix neben Miriam. Sie wirkte seltsam verschlossen. So kannte er sie gar nicht.

„Welche Laus ist dir denn über die Leber gelaufen?“

„Ach, es ist nichts.“ Miriam warf einen Kiesel in den

Bach und starrte düster vor sich hin.

„Hat es was mit Barbara zu tun?“, fragte Felix mitfühlend.

Miriam verschränkte die Arme und rollte mit den Augen. Jetzt fing ausgerechnet Felix auch noch damit an! Als gäbe es nur noch ein einziges Thema auf der Welt – die Hochzeit. Oh, wie sehr sie sich wünschte, dass endlich alles vorbei wäre. Aber dann wäre Barbara ihre Stiefmutter … Ob sie das ertragen würde?

Felix nickte leicht. Letzten Sommer hatte Wolfgang von Heidenberg Barbara das erste Mal mit nach Kitzbühel gebracht. Felix hatte sie bei einem Grillfest kennengelernt. Und auch wenn er verstehen konnte, dass Wolfgang von Heidenberg sich nach dem tragischen Tod seiner Frau so schnell wie möglich wieder normale Familienverhältnisse wünschte – dass er ausgerechnet Barbara auserwählt hatte, wollte Felix einfach nicht in den Kopf. Denn ihm war nicht entgangen, welch herablassenden Ton Miriams Stiefmutter in spe ihr gegenüber angeschlagen hatte. Wolfgang schien das allerdings nicht zu bemerken. Das war schon seltsam, schließlich trug er sein geliebtes Töchterchen doch sonst auf Händen.

„Du magst sie wohl nicht besonders?“

„Ach, ich weiß nicht“, antwortete Miriam ausweichend. „Sie ist ja ganz nett, aber …“

„Aber sie ist nicht deine Mutter, stimmt’s?“, fragte Felix leise.

Miriam nickte. „Vielleicht mag ich sie nicht, weil sie

Mama ihren Platz wegnimmt."

„Aber das tut sie doch gar nicht." Felix war ehrlich betroffen. „Sie nimmt weder in deinem Herzen noch im Herzen deines Vaters irgendeinen Platz weg, oder?"

„Nein", gab Miriam zögernd zu.

„Na siehst du. Und dein Vater und du, ihr gehört zusammen. Daran wird sich nie etwas ändern." Er stupste sie am Arm. „Und jetzt komm ... ich weiß nämlich zufällig, dass im Korb richtig leckere Sachen sind! Kartoffelsalat zum Beispiel ..."

„Oh, Kartoffelsalat!" Miriam sprang auf. „Ich liiiiebe Kartoffelsalat!"

Felix lachte zufrieden. „Wusste ich's doch."

Sie setzten sich auf die karierte Decke, die Viktoria inzwischen ausgebreitet hatte, und schmausten vergnügt. Es gab Hackbällchen und Bockwürstchen zum Kartoffelsalat, Tomaten und gekochte Eier und Gurken und zum Nachtisch die letzten Kirschen aus dem Garten. Es schmeckte einfach herrlich, und nach dem langen Marsch hatten sie alle drei auch großen Hunger.

Nach der Pause lagen sie nebeneinander auf der Decke und blickten in den Himmel.

„Also, ich sehe eine Kuh." Felix wies mit dem Finger auf ein Wolkengebirge. Miriam kniff die Augen zusammen, aber Viktoria war schneller.

„Da vorne ist ein Mann mit einem Fahrrad", rief sie aufgeregt und zeigte auf eine andere Wolke, die sich am Himmel langsam vom Wind getrieben auflöste.

Am Nachmittag packten sie schließlich zusammen und machten sich langsam auf den Heimweg. Denn für den Abend hatten Viktoria und Felix sich noch etwas ausgedacht.

„Wir treffen uns bei Sonnenuntergang", sagte Viktoria, als sie sich verabschiedeten.

„Ein Lagerfeuer!" Miriam konnte den Feuerschein schon von Weitem durch die Bäume sehen. Felix hatte tatsächlich ein Lagerfeuer für sie organisiert!

Das Feuer flackerte munter, rundherum waren Steine platziert, auf die man sich setzen konnte. Felix hantierte mit einer Schüssel unter einem Geschirrtuch, dann reichte er Miriam einen Spieß.

„Hier", sagte er, „wir machen uns heute richtiges Stockbrot!"

Es war der schönste Geburtstag ihres Lebens! Sie saßen bis spät in der Nacht im Schein des Lagerfeuers beisammen, erzählten sich gruselige Geschichten und genossen das Stockbrot, das über dem Feuer langsam gar wurde, bis sie es von den Stöcken zupfen und essen konnten.

„Und jetzt muss ich euch noch was ganz Besonderes zeigen."

Felix stand auf und winkte den beiden Mädchen, ihm zu folgen. Wenige hundert Meter vom Lagerfeuer entfernt ragten steil die Felswände in den Himmel. Und hier, verborgen hinter einem dornigen Gebüsch, das Felix vorsichtig beiseiteschob …

„Eine Höhle!“, rief Miriam. „Das ist ja cool!“

„Bestimmt haben sich hier früher die Menschen versteckt, wenn das Dorf überfallen wurde“, vermutete Viktoria begeistert. „Oder ein Bär hat im Winter darin geschlafen …“

Miriam schauderte. „Meinst du wirklich?“, fragte sie ängstlich.

„Ach was!“, meinte Felix lachend. Er hatte eine Taschenlampe dabei, und während Viktoria, die sonst überhaupt keine Angst zeigte, dann doch lieber draußen blieb, schlich Miriam tapfer und mit flattrigem Gefühl im Bauch hinter Felix her.

Doch die Höhle war wirklich leer. Nur ein paar Äste und Laub hatten sich in einer Ecke angesammelt. Nach einigen Metern verbreiterte sich der Gang zu einem Raum, in dem sogar Felix problemlos stehen konnte. Er grinste Miriam an.

„Na“, sagte er, „wenn ich eines Tages ein Versteck brauche, dann weiß ich jetzt, wohin ich gehen würde …“

Miriam blickte bewundernd zu ihm auf. Das mulmige Gefühl, das sie befallen hatte, als sie die Höhle betraten, war plötzlich verschwunden. Felix ging zum hinteren Ende der Höhle und bückte sich.

„Schau mal“, sagte er und winkte sie heran.

Vorsichtig trat Miriam näher. Felix schob das Laub und die Äste auseinander, und darunter kam ein winziges Mäuseskelett zum Vorschein. Miriam stieß einen spitzen Schrei aus.

„Das ist ja eklig", sagte sie. Am liebsten wäre sie so schnell wie möglich aus der Höhle gelaufen, aber sie wollte Felix, der am Boden hockte und jetzt mit einem Stock, den er aus dem Laub gefischt hatte, vorsichtig das Skelett anstupste, nicht enttäuschen. Sie wollte ihm doch beweisen, wie mutig sie war!

„Schau doch mal, hier ist der Schädel, und das hier, das ist die Wirbelsäule."

Miriam runzelte die Stirn, beugte sich jetzt aber doch über Felix' gruseligen Fund und ließ sich alles erklären, bis er sich aufrichtete und den zuckenden Strahl der Taschenlampe über die Wände der Höhle wandern ließ.

„Früher hatten hier bestimmt auch Schmugglerbanden ihr Lager", sagte Felix. „Sie waren nah genug am Dorf, um ihre Ware zu verstecken, aber wer die Höhle nicht kannte, hatte keine Chance, sie zu finden."

„Meinst du, sie haben hier gelebt?", fragte Miriam atemlos.

Felix wiegte nachdenklich den Kopf. „Möglich", sagte er. „Man braucht ja nicht viel, um hier zu überleben."

Miriam hörte ihm fasziniert zu. Vielleicht war das ja die Lösung ihrer Probleme? Sie musste wieder an Barbara denken und atmete tief durch.

Felix beobachtete, wie Miriam sich konzentriert umsah. „Du bist doch nicht etwa eine Schmugglerin?", neckte er sie.

„Nein, natürlich nicht!", rief Miriam hastig. „Ich dachte nur …" Sie verstummte.

„Na, dann komm", sagte Felix. „Wir wollen Viktoria nicht allzu lange warten lassen."

Miriam ließ den Blick noch einmal über all die Dinge gleiten, die sie auf dem Bett ausgebreitet hatte: ihr Taschenmesser, eine Wolldecke, eine Taschenlampe, Ersatzbatterien, Proviant, den sie aus der Küche stibitzt hatte – frisches Brot und Äpfel, eine Flasche Wasser. Außerdem lagen noch ein dickes Buch und eine Tafel Schokolade dabei, die sie zum Geburtstag bekommen hatte.

Doch, sie hatte an alles gedacht. Sie konnte sich auf den Weg machen.

Sie war inzwischen nur noch wütend und traurig, wenn sie an die Hochzeit dachte. Nicht nur Barbara gab ihr das Gefühl, nicht dazuzugehören – inzwischen, so kurz vor dem Ereignis, hatte nicht mal mehr ihr Vater Zeit für sie.

Nein, sie würde das scheußliche rosafarbene Kleid nicht anziehen, das Barbara für sie ausgesucht hatte. Nein, sie würde nicht lächelnd danebenstehen, wenn ihr Vater „ja" zu dieser Frau sagen würde. Und nein, sie würde nicht da sein, um mit allen anderen zu feiern.

Es war noch früh, als Miriam sich aus dem Haus schlich. Sie hatte ihren Wecker extra auf fünf Uhr gestellt, damit sie weg sein würde, bevor Barbara wieder alle in helle Aufregung versetzte, weil irgendwas nicht so perfekt war, wie sie es sich wünschte.

Die schmalen Straßen von Kitzbühel lagen ruhig im Schein der ersten Sonnenstrahlen. Wer jetzt schon wach war, saß beim Frühstück oder kümmerte sich um das Vieh in den Ställen. Miriam schulterte ihren Rucksack und trabte leise Richtung Wald. Die Hochzeit am nächsten Tag würde ohne sie stattfinden.

Als Barbara drei Stunden später an die Tür von Miriams Zimmer klopfte, kam keine Antwort. „Frühstück ist fertig“, rief sie, doch von drinnen drang kein Laut. „Du kannst ja nachkommen, wenn du magst.“

„Na, was macht unser Schneeweißchen?“ Wolfgang von Heidenberg blätterte gut gelaunt in der Zeitung.

„Ich glaube, sie schläft noch“, sagte Barbara und griff nach einem Brötchen. „Lassen wir sie. Die nächsten Tage werden anstrengend genug.“

In Wahrheit war Barbara froh, dass Miriam nicht mit ihnen am Frühstückstisch saß. Mit Kindern hatte sie noch nie etwas anfangen können, und sie hatte nicht vor, jemals eigene zu bekommen. Miriam von Heidenberg betrachtete sie als notwendiges Übel – schließlich hätte sie damals den Job nicht bekommen, wenn Wolfgang von Heidenberg nicht in Sorge um sein Kind gewesen wäre.

Und am Anfang hatte ja alles auch prima geklappt. Erst, seit Miriam von der Hochzeit wusste, benahm sie sich, als würde Barbara ihr den Vater wegnehmen.

Nach dem Frühstück standen schon wieder zahlreiche Termine an. Erst als sie Stunden später zurückkehrten und Miriams Zimmertür immer noch geschlossen war, öffnete Wolfgang nach einem leisen Klopfen die Tür.

„Miriam? Schneeweißchen?“

Das Bett war leer. War Miriam in der Zwischenzeit aufgestanden und zu den Tarraschs hinübergelaufen? Das tat sie schließlich fast jeden Tag. Allerdings war es völlig untypisch für seine Tochter, dass sie keine Nachricht hinterlassen hatte. Wahrscheinlich hatte sie Barbara Bescheid gesagt, vermutete Wolfgang. Doch die zuckte nur mit den Schultern. Sie hatte auf dem Küchentisch kleine Kärtchen ausgebreitet, mit denen sie schon seit Tagen die Sitzordnung plante.

„Ich kann doch nicht den ganzen Tag auf das Kind aufpassen!“

„Doch, eigentlich ist genau das deine Aufgabe“, sagte Wolfgang leise.

Barbaras Kopf fuhr zu ihm herum. „Ich habe dir zwar versprochen, deine Frau zu werden, aber davon, dass ich Miriam die Mutter ersetze, war nie die Rede“, sagte sie kalt.

Wolfgang musterte sie stumm. Dann stand er vom Küchenstuhl auf. „Ich werde sie suchen gehen“, sagte er knapp.

„Warte, Wolfgang!“ Barbara stand auf und griff nach seinem Arm, aber er machte sich von ihr los, als bereite ihre Berührung ihm Unbehagen.

„Gib dir keine Mühe“, sagte er leise. „Ich verstehe schon.“

Er ging. Barbara sank auf den Stuhl. Sie fegte mit dem Arm über die Kärtchen auf dem Tisch und brachte alles in Unordnung. Verdammt! Warum nur hatte sie sich nicht zügeln können?

Sie spürte, wie ihr Tränen der Wut in die Augen stiegen. Sie sprang auf, stolperte, hastete weiter und stürmte aus dem Haus.

„Wolfgang!“, rief sie. „Wolfgang, so warte doch, bitte!“

Wolfgang war auf dem Weg zum Haus der Tarraschs. Als er Barbaras Stimme hörte, wandte er sich um. Sie war völlig in Tränen aufgelöst. Sie stürzte auf ihn zu, fiel beinahe hin, wenn er sie nicht gehalten hätte.

„Lass uns gemeinsam nach Miriam suchen“, sagte sie leise. „Verzeih meinen Ausbruch, ich dachte nur ...“ Sie rang nach den richtigen Worten.

Wolfgang betrachtete seine junge Verlobte, die ihn aus verweinten Augen anblickte. In ihren Augen las er nur die Sorge um Miriam und die große Unsicherheit, die Barbara im Umgang mit seiner Tochter immer wieder verspürte. Aber Wolfgang wusste auch, wie Barbara sein konnte, wenn ihr etwas nicht in den Kram passte, und diese Stimmungswechsel verwirrten ihn. War es reine Unsicherheit? Oder sah sie sich wirklich nicht in der Lage, die Mutterrolle zu übernehmen? Andererseits: Er durfte nicht zu viel von ihr verlangen. Natürlich war Barbara Miriam nicht gleichgültig, nur war sie in manchen Dingen vielleicht selbst noch ein halbes Kind ...

„Es tut mir doch auch leid“, flüsterte er. „Ich hätte nicht so ungnädig sein dürfen. Verzeih mir, Barbara.“

Sie nickte ihn dankbar an, dann hakte sie sich bei Wolfgang unter.

„Ach herrje“, sagte Frau Tarrasch bestürzt, nachdem

Wolfgang sie darüber in Kenntnis gesetzt hatte, dass Miriam verschwunden war, und sie beeilte sich, ihre Tochter zu holen. Aber auch Viktoria hatte keine Ahnung, wo Miriam sein könnte.

„Hat sie dir gegenüber denn nichts gesagt?", fragte Wolfgang von Heidenberg eindringlich. „Keine Andeutung darüber, dass ihr euch heute nicht treffen wollt?"

Viktoria schüttelte den Kopf. „Tut mir leid", sagte sie. „Wir waren verabredet! Ich habe mich schon gewundert, weil sie nicht gekommen ist. Ich war gerade auf dem Weg zu ihr ..."

Resigniert machten sich Wolfgang und Barbara auf den Heimweg.

„Sie muss irgendwann zwischen dem Frühstück und unserer Rückkehr verschwunden sein", überlegte Wolfgang. „Und wenn das so ist, dann muss sie doch jemand im Dorf gesehen haben. Ein Kind verschwindet doch nicht einfach am helllichten Tag!" Im gleichen Atemzug drehte er sich auf dem Absatz um und lief die Straße hinunter.

„Was hast du vor?", rief Barbara ihm hinterher.

„Ich suche meine Tochter! Ich werde jeden fragen, ob er sie gesehen hat. Oder hast du eine bessere Idee?"

Nein, natürlich nicht. Barbara seufzte und folgte Wolfgang. Sie war so wütend auf Miriam, sie hätte platzen können. Die kleine, ungezogene Kröte würde was erleben ... Aber ausgerechnet heute durfte sie ihre Wut nicht zeigen. Nein, sie musste weiterhin die besorgte Mutter mimen, die sie nie hatte sein wollen.

Felix Tarrasch erfuhr am frühen Nachmittag von Miriams Verschwinden. Zwei Hotelgäste unterhielten sich nämlich lautstark darüber, wie schrecklich es doch wäre, dass das Mädchen fort sei, und das ausgerechnet am Tag vor der Hochzeit.

Felix horchte auf, reichte die Zimmerschlüssel über den Empfangstresen und räusperte sich. „Entschuldigen Sie, ich möchte nicht unhöflich sein. Ich kam nicht umhin, Ihr Gespräch mitzuhören. Miriam von Heidenberg ist verschwunden?"

„Ja, eine schreckliche Geschichte." Die ältere Frau, die selbst bei diesem sonnigen Wetter nicht auf ihren mit Pelz besetzten Mantel verzichtete, beugte sich über den Tisch der Rezeption. „Heute Morgen war sie noch zu Hause, und jetzt ist sie wie vom Erdboden verschluckt. Das ganze Dorf sucht nach ihr."

„Das ist ja schrecklich", murmelte Felix.

„Ja, stellen Sie sich nur vor, in welcher Sorge die Eltern sein müssen", fügte die andere Dame hinzu. „Erst verliert Herr von Heidenberg unter so dramatischen Umständen seine Frau, und nun, da er sein zweites Glück besiegeln will, ist seine Tochter verschwunden."

„Vielleicht wurde sie ja auch entführt!" Diese grauenvolle Vorstellung, von der dicken Dame im Pelz ausgesprochen, ließ die beiden Hotelgäste wohlig schaudern. „Wie schrecklich", pflichteten sie einander bei und schwebten von dannen.

Felix schaute ihnen perplex hinterher. „Leute gibt's",

murmelte er und wandte sich wieder seinen Aufgaben zu. Doch in Gedanken war er bei Miriam.

Wo konnte sie nur sein?

Und plötzlich hatte er eine Idee …

Es war schon dunkel, ehe Felix sich auf den Weg machen konnte. Ihm war die Höhle wieder eingefallen, die er Miriam vor wenigen Tagen gezeigt hatte. Er war sicher, dass sie sich dort versteckt hielt, um ihrer Stiefmutter einen Denkzettel zu verpassen. Dass Miriam Barbara nicht mochte, wusste er ja nur zu gut …

Die Höhle war in der Dunkelheit kaum mehr auszumachen, und Felix war nach seinem Dienst so eilig aufgebrochen, dass er keine Taschenlampe dabeihatte. Er näherte sich tastend, bis er den Höhleneingang erreicht hatte. Er gab seinen Augen ein bisschen Zeit, sich an die absolute Finsternis zu gewöhnen, damit er wenigstens größere Hindernisse erkennen konnte. Dann betrat er die Höhle – und schlug im nächsten Moment der Länge nach hin.

„Verdammt!“, fluchte er. Er richtete sich vorsichtig auf. In seiner Hose klaffte am Knie ein tiefer Riss, und er spürte, wie warmes Blut über sein Schienbein lief.

Ein Licht flackerte am Ende der Höhle auf. Eine Taschenlampe! Felix blinzelte geblendet, eine kleine Gestalt kam auf ihn zugetapst. Er erkannte Miriam.

„Gott sei Dank!“, entfuhr es ihm.

„Bleiben Sie, wo Sie sind! Ich habe ein Messer!“ Miriam

hielt in der anderen Hand das Taschenmesser fest umklammert.

„Miriam, ich bin's", rief Felix. Er stöhnte. Sein Knie brannte höllisch!

„Felix!" Miriam kniete neben ihm nieder. „Was machst du denn hier?"

„Na, was schon?" Mühsam richtete Felix sich auf und stöhnte, als er versuchte, sein Knie zu bewegen. „Ich rette dich!"

Miriam schüttelte den Kopf. „Du sollst mich aber gar nicht retten", sagte sie.

„Ach so? Ja, dann gehe ich wohl lieber wieder. Ich werde nur nicht weit kommen, nachdem du mich hier zu Fall gebracht hast."

Er wies anklagend auf sein Knie.

„Ich habe einen Stolperdraht angebracht", gestand Miriam. „Ich dachte, wenn jemand mich nachts hier überrascht ..."

„Du bist wirklich ein kluges Mädchen", sagte Felix. Er lächelte sie aufmunternd an. Endlich schaffte er es, sich an die Höhlenwand zu lehnen und in eine halbwegs bequeme Position zu kommen.

„Aber warum machst du das? Dein Vater und Barbara sind in schrecklicher Sorge, das ganze Dorf sucht nach dir."

Miriam senkte den Blick. „Ich will nicht, dass Papa Barbara heiratet. Sie mag mich nicht."

„Hm", machte Felix. „Das glaube ich nicht. Dein Vater

liebt Barbara. Und sie liebt ihn auch. Sie sind glücklich miteinander. Und dein Vater würde nie zulassen, dass du unglücklich bist."

„Ich weiß. Aber ..." Miriam wiegte den Kopf.

„Du solltest deinen Vater sehen. Er ist krank vor Sorge um dich. Und glaub mir – er wird immer für dich da sein. Auch wenn Barbara seine Frau wird – du bist doch seine Tochter, sein Ein und Alles."

Miriam überlegte.

„Komm mit nach Hause", beschwor Felix sie eindringlich. „Niemand wird dir den Kopf abreißen. Niemand wird dir böse sein. Versprochen."

„Also gut." Miriam seufzte. Ihr behagte es ohnehin nicht, über Nacht in der Höhle bleiben zu müssen. „Aber ich möchte heute Abend noch nicht heim. Darf ich bei euch bleiben?"

Sie blickte ihn so bittend an, dass Felix ihr kaum widerstehen konnte. „Aber wir sagen deinem Vater Bescheid, dass er sich keine Sorgen mehr machen muss."

Miriam nickte. Sie lief zurück in den hinteren Teil der Höhle, suchte ihre Sachen zusammen und stopfte alles in den Rucksack. Dann machten sie sich auf den Heimweg.

„Miriam!" Überglücklich schloss Wolfgang von Heidenberg seine Tochter in die Arme. „Warum bist du denn nur weggelaufen?"

Miriam drückte ihn fest an sich. Felix hatte ihn angerufen, als sie endlich bei den Tarraschs angekommen waren, und er stand schon wenige Minuten später vor der Tür.

„Ich …" Miriam suchte nach den richtigen Worten. Konnte sie ihm wirklich sagen, dass sie Barbara nicht mochte?

„Vielleicht war es einfach ein bisschen viel für Miriam in den letzten Tagen", sagte Felix zu ihrer Rettung.

„Aber das ist doch kein Grund wegzulaufen!" Wolfgang von Heidenberg drückte seine Tochter noch einmal fest an sich. „Mach das bitte nie wieder!"

„Versprochen", nickte Miriam. „Darf ich heute Nacht bei Viktoria bleiben? Bitte, Papa!"

Wolfgang von Heidenberg zögerte. Er blickte von Isolde zu Hans Tarrasch und weiter zu Felix. „Tja, ich weiß nicht", sagte er ratlos. „Morgen ist immerhin unsere Hochzeit."

„Also, für uns ist es wirklich kein Problem", sagte Frau Tarrasch. „Ich kann Miriam morgen zu Ihnen bringen, Herr von Heidenberg."

„Also gut." Wolfgang widerstrebte es, Miriam gerade heute woanders übernachten zu lassen. Aber vielleicht tat es ihr ganz gut, nach all der Aufregung. Und morgen stand wiederum ein langer Tag an, und da schon frühmorgens die ersten Leute kommen würden, war es sicher besser, Miriam hier etwas ausschlafen zu lassen.

„Gute Nacht, Schneeweißchen. Lauf mir nur nicht wieder weg."

„Versprochen, Papa." Miriam drückte ihren Papa noch

einmal an sich. Wolfgang von Heidenberg verabschiedete sich von Familie Tarrasch und machte sich auf den Heimweg.

Barbara erwartete ihn im Wohnzimmer. „Und?", fragte sie.

„Ach, ich weiß nicht, was mit ihr los ist." Wolfgang ließ sich auf das Sofa fallen und seufzte. „Sie ist einerseits so froh, wieder da zu sein, aber sie wird schon ihren Grund haben, warum sie weggelaufen ist."

Barbara antwortete nicht. Oh, sie kannte den Grund. Sie war nicht dumm. Miriam spürte ihre Ablehnung und hatte ihre eigenen Mittel und Wege, um Barbara die Grenzen aufzuzeigen. Sie wusste jetzt, dass es sehr schwer werden würde, Miriams Vertrauen zu gewinnen ...

Viktoria schlief schon tief und fest, als Miriam sich noch einmal aus dem Zimmer schlich. Bei Felix brannte noch Licht, und er schien überhaupt nicht erstaunt, als Miriam zu so später Stunde in der Tür stand.

„Kannst du nicht schlafen?", fragte er.

Sie schüttelte stumm den Kopf.

„Ganz schön aufregender Tag für dich, was?"

„Ja", sagte Miriam leise. Sie setzte sich vorsichtig auf die Bettkante und zog die Tagesdecke heran. Sie fröstelte plötzlich.

„Felix, ich möchte dir was schenken", sagte sie. Sie atmete tief durch und streckte ihm die Hand entgegen. Darin lag das Taschenmesser, das sie erst vor wenigen

Tagen von ihrem Vater geschenkt bekommen hatte.

Felix sah sie erstaunt an, nahm das Taschenmesser und drehte es vorsichtig in den Händen. „Aber warum möchtest du es mir denn schenken?“ Er wusste, wie viel es ihr bedeutete.

„Weil du mich doch heute gerettet hast“, sagte Miriam. „Ich hatte schon große Angst in der Höhle, weißt du?“

„Dann kannst du ja von Glück sagen, dass ich früh genug gekommen bin, um dich zu retten.“ Felix lachte, doch als er in ihre großen blauen Augen sah, die ihn voller Bewunderung und Zuneigung anstrahlten, wurde er ernst.

„Danke, Miriam“, sagte er leise. „Das ist ein tolles Geschenk. Ich werde es immer bei mir tragen.“

3. KAPITEL

Miriam wachte mit einem nervösen Kribbeln im Bauch auf. Heute war ihr Geburtstag. Sie wurde zwölf – und ihr Papa hatte aus irgendwelchen für sie unerfindlichen Gründen darauf bestanden, dass sie erst morgen nach Kitzbühel reisen würden. Nicht nur, weil die Ferien dieses Jahr etwas später als sonst anfingen, nein – er schien eine ganz besondere Überraschung für sie geplant zu haben.

Sie blieb einen Moment lang liegen und genoss dieses Gefühl der Vorfreude. Oh, was konnte das nur für ein Geschenk sein? Es musste so groß sein, dass ihr Papa es nicht heimlich mitnehmen konnte. Ob er ihr die Botanik-Enzyklopädie schenken wollte, die sie sich so sehr wünschte? Ihre Leidenschaft für Wildblumen war mit der Zeit immer größer geworden, und seit über einem Jahr sammelte, bestimmte, presste und trocknete sie Blüten und Blätter und archivierte sie in einem Herbarium. Sie blätterte gerne in diesem Album, in dem all die wunderschönen Pflanzen sicher zwischen Seidenpapierseiten verborgen lagen. Miriam konnte auch Stunden im Botanischen Garten damit zubringen, die verschiedenen Pflanzen zu betrachten oder in einem alten, zerfledderten Naturführer alles Wissenswerte nachzulesen.

Miriam freute sich auf Kitzbühel und konnte es dieses Jahr noch weniger abwarten, sich endlich auf die Reise zu machen als sonst. Denn daheim herrschte inzwischen immer häufiger ein gereiztes Klima und schlechte Stimmung. Miriam wusste, das war nicht ihre Schuld, und auch ihr Papa tat alles, um die Situation ein ums andere Mal zu entschärfen. Es war Barbara, die immer wieder Streitereien provozierte. Man konnte ihr einfach nichts recht machen.

Miriam seufzte, schlug die Bettdecke beiseite und stand auf. Als sie zwanzig Minuten später die Treppe hinuntersprang, stand Wolfgang von Heidenberg schon in der Halle und klapperte ungeduldig mit den Autoschlüsseln. Als er Miriam sah, hellte sich seine Miene sofort auf, und er umarmte sie.

„Herzlichen Glückwunsch zum Geburtstag, Schneeweißchen." Er schob sie von sich. „Darf ich eine junge Dame von zwölf Jahren überhaupt noch Schneeweißchen nennen?"

Miriam kicherte fröhlich. „Ich glaube, manchmal darf man das noch."

Wolfgang grinste. „Dann wollen wir mal. Weil du dich ja ausschlafen musstest, sind wir schon viel zu spät dran. Aber Barbara ist ja auch noch nicht fertig …" Er seufzte.

Miriam hakte sich bei ihrem Vater unter. „Wohin fahren wir denn?", fragte sie neugierig.

„Na, wir müssen doch dein Geschenk holen gehen."

Weitere Einzelheiten waren ihm nicht zu entlocken, sosehr sie ihn auch mit Fragen bestürmte. Wolfgang von Heidenberg lächelte.

Schließlich kam Barbara mit langsamen Schritten die Treppe herunter. Sie hatte sich schick gemacht, aber das tat sie sowieso jeden Tag. Miriam konnte sich nicht erinnern, dass sie Barbara je anders gesehen hatte. Sie war immer wie aus dem Ei gepellt, und sie liebte es, in den Boutiquen in der Maximilianstraße ein kleines Vermögen auszugeben.

„Das Kostüm steht dir wirklich gut“, sagte Wolfgang. Er reichte Barbara die Hand, als sie auf der vorletzten Treppenstufe stand. „Ist das neu?“

„Und wenn schon“, erwiderte Barbara kühl. „Ich wüsste nicht, warum das von Interesse sein könnte.“

Wolfgang runzelte die Stirn. „Immerhin habe ich es bezahlt …“, murmelte er.

Barbara riss Wolfgang den Mantel aus der Hand und zog ihn mit abgehackten Bewegungen an. Dann nahm sie die kleine, schicke Handtasche, die er ihr zu Weihnachten geschenkt hatte, und kippte ihren Inhalt auf die antike Kommode, die im Flur stand. Ein Parfümflakon fiel herunter und zerbrach, doch Barbara stopfte Schlüssel, Lippenstift, Handy und vieles mehr in eine andere Tasche, ohne sich darum zu kümmern.

„Das soll die Haushälterin machen“, sagte sie schnippisch und stöckelte um die Scherben herum. „Das geht mich nun wirklich nichts an.“

Wolfgang schüttelte missbilligend den Kopf. „Ich glaube nicht, dass das ihre Aufgabe ist“, bemerkte er fassungslos.

Barbara blitzte ihn wütend an, und als sie einen Schritt auf ihn zu trat, widerstand Wolfgang nur mühsam dem Impuls zurückzuweichen.

„Sie wird sich schon darum kümmern“, zischte sie.

„Wir wollten doch los, nicht wahr?“

Sie blickte zu Miriam herüber, die an der Treppe stand und die beiden Erwachsenen mit wachsender Verunsicherung beobachtete. Wolfgang seufzte. Warum war seine Frau nur so unberechenbar? Es gab Tage, an denen sie wirklich gut miteinander auskamen – aber die wurden immer seltener ...

Wenig später hatten sie ihr Ziel erreicht, und Miriam sah ihren Vater verwirrt an. „Aber Papa, ich habe heute doch überhaupt keine Reitstunde.“

„Ach, ich glaube, die sehen das heute nicht so eng“, sagte Wolfgang von Heidenberg und zwinkerte Miriam zu. Barbara hatte die Hände in den Manteltaschen vergraben und folgte verbissen schweigend Vater und Tochter, die sich in Richtung Pferdestall in Bewegung setzten.

Miriam liebte ihre Reitstunden. Seit letztem Sommer fuhr sie zweimal in der Woche zum Reitstall. Es war Barbaras Idee gewesen, dass Miriam auch mal etwas „Standesgemäßes“ in ihrer Freizeit machen sollte, und weil Miriam keine Lust gehabt hatte, sich einem Golfkurs für Kinder anzuschließen, hatte ihr Vater vorgeschlagen, es mit Reitstunden zu versuchen.

Miriam liebte den Geruch nach Pferden. Sie folgte ihrem Vater die Stallgasse entlang, während Barbara es vorzog, auf dem Hof zu warten. „Geht nur“, sagte sie und rümpfte die Nase. „Ich bleibe lieber hier. Ich will mir ja meine Schuhe nicht ruinieren.“

Hand in Hand marschierten Wolfgang von Heidenberg und seine Tochter an den Boxen entlang, bis er plötzlich stehen blieb.

„Da sind wir", sagte er einfach.

In der Box stand eine fuchsfarbene Stute. Sie hatte weiße Fesseln und eine breite Blesse, die sich von der Stirn bis zur Nase zog.

„Sie heißt Alina", sagte Wolfgang. „Und sie ist mein Geburtstagsgeschenk für dich."

„Mein ..." Miriam blickte ihren Vater an. Hatte sie richtig gehört? Ein eigenes Pferd?!

„Ich habe mit deinen Reitlehrern gesprochen. Sie sind sehr angetan von deinen Fortschritten und waren einhellig der Meinung, du solltest langsam ein eigenes Pferd haben. Mit ihm kannst du dann auch Springunterricht nehmen und an Turnieren teilnehmen."

Miriam schob die Boxentür auf. Die Stute näherte sich ihr und schnaubte leise.

„Ist mir die Überraschung gelungen?"

Miriam nickte sprachlos. Sie strich über Alinas samtweiche Nüstern.

„Ach, aber ..." Sie senkte die Stimme. „Ich kann sie in den nächsten sechs Wochen ja gar nicht sehen ..."

„Daran habe ich auch gedacht", schmunzelte Wolfgang. „Alina wird natürlich mit uns nach Kitzbühel reisen. Ich habe im Reitstall dort schon Bescheid gesagt. Sie haben eine Box für sie bereitgestellt und freuen sich schon. Du kannst dort auch weiterhin Stunden nehmen, wenn du möchtest."

Miriam juchzte vor Freude. Diese Überraschung war wirklich gelungen! Sie warf sich an Wolfgangs Brust und drückte ihn, so fest sie konnte. „Danke, Papa", flüsterte sie. „Das ist das beste Geschenk, das ich jemals bekommen habe! Du bist der beste Papa der ganzen Welt!"

Wolfgang lachte stolz. „Willst du sie nicht endlich reiten?", fragte er seine kleine Tochter glücklich. „Ich möchte doch sehen, wie gut ihr zusammenpasst."

Miriam nahm Alinas Halfter und führte sie in die Boxengasse. Sattel und Trense hingen in der Sattelkammer, schon mit dem passenden Namen versehen. Wolfgang beobachtete seine Tochter, während sie die Stute sattelte. Dann holte sie eine Kappe aus der Sattelkammer und führte Alina über den Hof in die Reithalle.

Ein bisschen klopfte ihr Herz schon, als sie sich in den Sattel zog. Aber Alina stand still, und als Miriam sie vorsichtig antrieb, gehorchte sie sofort.

„Bravo!", sagte Wolfgang von Heidenberg.

Miriam lächelte, trieb Alina an und wechselte in einen leichten Trab. Es fühlte sich wunderbar an! Nach einer Viertelstunde sprang sie aus dem Sattel und streichelte und klopfte Alinas Hals. Alina war ein tolles Pferd! Und Alina gehörte ihr!

Wolfgang von Heidenberg trat hinzu. „Na, ich glaube, das war Liebe auf den ersten Blick."

Miriam lachte glücklich, fiel ihrem Vater erneut um den Hals und küsste ihn stürmisch auf die Wange.

Barbara von Heidenberg hatte sich auf die Tribüne

der Reithalle zurückgezogen und beobachtete Vater und Tochter. Oh, wie sie es hasste, Wolfgang und Miriam in dieser Zweisamkeit zu sehen! Nicht, dass sie sich ausgeschlossen fühlte – das war ihr völlig gleichgültig. Aber sie spürte immer mehr, wie Wolfgang sich ihr entzog. Sie wusste, wie sehr er sich mit ihr Kinder wünschte, wenigstens eines, ein Geschwisterchen für Miriam. Dass sie in dieser Frage so unnachgiebig anderer Meinung war und nicht im Traum daran dachte, sich ihre Figur mit einer Schwangerschaft zu ruinieren, machte ihn traurig.

Sie musste sich etwas einfallen lassen, wenn sie dieses wunderbare, luxuriöse Leben, das sie sich geschaffen hatte, behalten wollte. Und vor allem musste sie sich etwas einfallen lassen, um es ohne Wolfgang führen zu können ...

„Fahren wir jetzt endlich nach Hause?“, fragte sie die beiden ungeduldig, als sie sie eine Weile später im Stall fand, wo sie an Alinas Box standen und das Pferd mit Karotten und Zucker verwöhnten. „Ich bin müde.“

„Natürlich, Liebes.“ Wolfgang trat zu Barbara und küsste sie auf die Wange. „Sieh doch nur, wie sehr Miriam sich über die Überraschung freut.“

Barbara blickte gleichgültig beiseite. „Jaja“, sagte sie gelangweilt. Es interessierte sie überhaupt nicht, ob und worüber Wolfgangs Tochter sich freute oder nicht. Sie wandte sich ab und ging zum Auto.

Wolfgang blickte ihr nach und runzelte die Stirn, bevor er sich einen Ruck gab und ihr zum Auto folgte. „Ich setze euch dann zu Hause ab. Ich habe noch etwas zu erledigen.“

Auf der Rückfahrt war er merkwürdig nachdenklich und still. Doch Miriam, die munter plapperte und immer wieder von ihrem Pferd erzählte, merkte davon nichts. Nur Barbara beobachtete ihn scharf.

„Ist irgendwas?“, fragte sie ihn.

„Nein, es ist nichts.“ Er lächelte geistesabwesend. „Ich muss noch ein paar Dinge in der Firma klären.“ Als er sie bei der Villa absetzte, gab er Barbara einen Kuss auf die Wange. „Es dauert nicht lange.“

Er lenkte den Mercedes aus der Auffahrt und griff nach dem Handy. Er kannte die Nummer seines Notars, der zugleich auch ein guter Freund von ihm war, auswendig.

„Gut, dass ich dich erreiche, Thomas“, sagte er. „Kann ich zu dir kommen? Ich muss etwas Wichtiges mit dir besprechen ...“

Am nächsten Tag fuhren sie nach Kitzbühel. Miriam blickte während der Fahrt immer wieder nach hinten. Der Mercedes ihres Vaters zog den Pferdetransporter, in dem Alina reiste. Sie kamen nicht so schnell voran wie sonst, aber das schien außer Barbara, die unruhig auf dem Beifahrersitz hin- und herrutschte, niemandem etwas auszumachen.

Am Vorabend hatte Viktoria angerufen, um ihrer besten Freundin zum Geburtstag zu gratulieren. Miriam hatte ihr natürlich sofort von ihrem tollen Geschenk erzählt, und Viktoria hatte versprochen, am nächsten Tag am Reitstall auf Miriam und Alina zu warten.

„Wow, was für ein schönes Pferd!“ Viktoria war ehrlich

begeistert, als Miriam ihre Fuchsstute aus dem Transporter führte. Alina warf den Kopf in die Höhe und tänzelte am Zügel neben Miriam in den Stall. „Meinst du, ich darf sie auch mal reiten?“

„Klar!“ Miriam wusste, dass Viktorias Eltern kein Geld für ein eigenes Pferd hatten, aber auch Viktoria nahm seit einiger Zeit regelmäßig Reitstunden.

„Miriam!“ Barbara rief nach ihr.

Miriam streifte das Halfter von Alinas Kopf und schloss die Boxentür. „Meine Stiefmutter …“ Sie verzog das Gesicht. „Bestimmt hat sie noch irgendwelche Termine mit wichtigen Leuten.“

„Kommst du heute Abend zu uns?“, fragte Viktoria. Sie zwinkerte ihrer Freundin zu. „Du weißt doch, wir müssen deinen Geburtstag nachfeiern.“

„Au ja!“, rief Miriam. Sie dachte gerne an ihre letztjährige Geburtstagsfeier zurück. Es hatte so viel Spaß gemacht, am Lagerfeuer zu sitzen. „Ich komme, versprochen!“

„Miriam!“ Barbara klang ungeduldig.

Miriam seufzte. „Also, bis heute Abend.“

Viktoria schaute ihrer Freundin hinterher. Hätte sie ihr sagen sollen, was sie selbst seit einigen Wochen schon schweren Herzen mit sich herumtrug?

Nein. Felix sollte das machen. Es war ganz allein seine Sache, wann er es Miriam erzählte …

Barbara reagierte gereizt, als Miriam schon am frühen Abend zu Familie Tarrasch laufen wollte. „Du kannst deine

Freundin doch die ganzen Sommerferien sehen, muss das ausgerechnet heute Abend sein?“

Aber Miriam blieb stur. „Wir treffen uns jedes Jahr am Tag nach meinem Geburtstag und feiern zusammen“, beharrte sie.

„Aber die Hertwigs kommen zu Besuch, und sie sind für deinen Vater und mich sehr wichtige Leute. Wie soll ich ihnen erklären, dass du nicht da bist?“

„Ach, lass sie.“ Wolfgang von Heidenberg, der bisher geschwiegen hatte, blickte Barbara an. „Ich hätte an ihrer Stelle auch keine Lust, den Abend mit Wildfremden zu vertun.“

„Du kannst doch nicht behaupten, dass Hertwigs wildfremd sind?“, empörte sich Barbara. „Sie sind reizende Freunde, die noch einmal sehr wichtig für uns werden könnten …“

„Ja, aber nicht für Miriam“, konterte Wolfgang. „Ich habe nichts dagegen, dass sie sich mit ihren Freunden trifft. Lass ihr doch die Freude.“

Seine Frau antwortete nicht, und Wolfgang blickte sie von der Seite an. Nein, für Miriam hatte Barbara im letzten Jahr kein Gespür entwickelt, sosehr er es sich auch gewünscht hatte. Für ihn stand die Familie an erster Stelle, doch sosehr er sich auch um Harmonie bemühte: Barbara überging Miriam allzu oft, und ihre herrischen Forderungen vergifteten die Stimmung immer öfter. An der Art, wie Barbara jetzt den Mund zusammenkniff, erkannte er deutlich, wie wenig es ihr gefiel, dass Wolfgang sich auf

Miriams Seite geschlagen hatte. Aber das spielte jetzt keine Rolle.

Wolfgang zwinkerte seiner Tochter zu. „Geh nur, Schneeweißchen, und hab einen schönen Abend."

„Aber sie ist spätestens um zehn Uhr wieder da", sagte Barbara, nur um das letzte Wort zu haben.

„Danke, Papa!" Miriam gab ihrem Vater einen Kuss auf die Wange. „Ich bin auch pünktlich zurück, versprochen!"

Schon kurz darauf war sie auf dem Weg zum Nachbarhaus. Sie hatte sich schnell noch umgezogen. Felix war bestimmt auch da, und ihre Sachen rochen noch nach Pferd. Das wollte sie ihm nicht zumuten ...

Viktoria und Felix erwarteten sie schon.

„Donnerwetter, du bist ja schon eine richtige junge Dame! Herzlichen Glückwunsch nachträglich!", wünschte Felix ihr und umarmte sie. Miriam atmete tief durch. Er hatte tatsächlich bemerkt, dass sie in den letzten zwölf Monaten ein ordentliches Stück gewachsen war! Außerdem hatte sie nur für ihn heute ihr neues Dirndl angezogen.

„Wir gehen heute wieder in den Wald und picknicken", verriet Viktoria. Sie hatten schon alles zusammengepackt. Miriam strahlte. Sie wusste, es würde wieder selbstgemachten Kartoffelsalat geben, und sie mochte dieses herzhafte Essen viel lieber als die piekfeinen Gerichte, die in den teuren Restaurants immer serviert wurden, in die Barbara sie regelmäßig schleppte. Auch gestern hatte sie wieder in einem Lokal essen müssen, in dem die Portionen überschaubar und die Preise horrend waren, und ihr Vater hatte gescherzt, dass er bald seine Fabriken würde verkaufen müssen, damit sie sich diesen extravaganten Lebenswandel weiter leisten konnten.

„Herrlich!", befand sie, nachdem sie sich mit dem hausgemachten Kartoffelsalat und Bockwürstchen gestärkt hatten. Sie hatten sich zu dritt auf einer Bergwiese niedergelassen, und die untergehende Sonne tauchte die Berge in rosiges Abendlicht.

„Das ist der schönste Teil meines Geburtstags, wenn ich mit euch feiern darf."

Felix lächelte wehmütig. Er wusste, was Miriam meinte – und er wusste, dass dieser Sommer nicht so sein würde wie die vergangenen.

„Ich werde übermorgen wegfahren", sagte er unvermittelt.

Miriam schaute ihn neugierig an. „Wegfahren? Wohin?", fragte sie. Viktoria rutschte neben ihr unruhig hin und her.

„Nach Hamburg. Und dort werde ich an Bord eines Kreuzschiffes gehen."

Miriam runzelte die Stirn. „Komisch", sagte sie. „Du hast nie erzählt, dass du gerne eine Kreuzfahrt machen würdest."

Felix machte eine hilflose Geste. „Ich werde ja auch keinen Urlaub machen. Ich werde dort arbeiten."

Plötzlich schwiegen alle drei, und Miriam schaute zwischen Viktoria und Felix hin und her. Sie brauchte einen

Moment, bis sie begriff, was das bedeutete.

„Aber du … ich meine, du kommst doch wieder? Bald?“, fragte sie hilflos. Ihre Stimme klang ganz piepsig.

„Leider nicht.“ Felix setzte sich auf und starrte zu den Bergen hinüber. „Ich habe einfach ein tolles Angebot bekommen. Und ich liebe meinen Beruf. Es ist eine tolle zusätzliche Ausbildung, die ich dort machen kann, und ich werde mehr lernen, als ich es hier je könnte. Und …“

Er seufzte. Er hätte nie gedacht, dass es ihm so schwerfallen würde, Miriam von seinen Plänen zu erzählen, aber je näher der Abschied rückte, desto schwerer fiel es ihm. Er war nun dreiundzwanzig Jahre alt, und die meisten seiner Freunde und Schulkameraden hatten Kitzbühel längst verlassen, um zu reisen oder zu studieren. Und auch Felix wollte mehr …

Miriam schossen die Tränen in die Augen, und sie sah zur Seite. Felix war ehrlich betroffen. Er streckte die Hand nach dem Mädchen aus, das für ihn in all den Jahren so etwas wie eine kleine Schwester geworden war.

„Nicht weinen“, sagte er hilflos. „Ich komme doch wieder!“

„Ja, aber nicht in diesem Sommer!“ Unwillig schüttelte sie seine Hand ab. Sie stand auf und blickte Viktoria an.

„Warum hast du mir nichts davon erzählt?“, fragte sie ihre beste Freundin vorwurfsvoll.

„Ich wollte es dir selbst erzählen, Miriam.“ Felix stand ebenfalls auf und trat neben das Mädchen. Er legte ihr freundschaftlich den Arm um die Schulter.

„Das ist so unfair!“, rief Miriam. Sie verschränkte die Arme und machte sich trotzig von Felix los. „Ich hab mich so auf die Ferien gefreut, und jetzt machst du alles kaputt!“

„Das ist nicht fair“, protestierte Felix. „Du wirst trotzdem eine Menge Spaß haben, oder nicht?“

„Nein!“, rief Miriam trotzig und stürmte den Berg hinab, ohne die Geschwister noch eines Blickes zu würdigen.

Viktoria trat neben ihren großen Bruder. „Ob ich ihr nachgehen soll?“, fragte sie leise.

„Vielleicht sollte ich das lieber tun“, sagte Felix nachdenklich. Dass Miriam so traurig und wütend war, tat ihm ehrlich leid. „Aber nicht heute Abend. Komm, wir gehen nach Hause.“

Wolfgang von Heidenberg beobachtete erstaunt, wie seine Tochter ihre leichte Sommerjacke wütend auf den Garderobenständer pfefferte. Er war zwar froh, der langweiligen Abendgesellschaft zu entkommen, machte sich aber Sorgen, als er in Miriams tränenüberströmtes Gesicht blickte. „Was ist denn passiert?“

Wütend stemmte sie die Fäuste in die Hüften. „Felix geht weg. Und er hat mir nichts davon erzählt!“

„Oh“, sagte Wolfgang von Heidenberg. Ihm war die Schwärmerei seiner Tochter für den Sohn der Tarraschs ebenso wenig entgangen wie dessen Mutter, und er musste sich ein kleines Schmunzeln verkneifen. „Ja, aber was ist denn so schlimm daran?“

„Meine Ferien werden ganz, ganz schrecklich, wenn Felix nicht da ist!“, stellte Miriam mit brüchiger Stimme fest.

„Aber nein, Schneeweißchen, bestimmt nicht.“ Wolfgang legte tröstend den Arm um ihre Schulter. „Komm, ich mache uns eine heiße Schokolade, und dann erzählst du mir alles, ja?“

Während Miriam sich schniefend auf einen Stuhl kauerte und Wolfgang ihre Getränke zubereitete, rauschte Barbara in die Küche. Sie hatte bei einem Partyservice ein üppiges Essen bestellt, das sie jetzt nach und nach servierte. Als sie Wolfgang und Miriam mit ihrem bauchigen Kakaopötten sah, verzog sie das Gesicht zu einer Grimasse.

„Also wirklich, Wolfgang“, zischte sie. „Wir haben Gäste!“

„Ich weiß“, erwiderte er. „Miriam und ich haben etwas Wichtiges zu besprechen, aber ich bin gleich wieder bei euch.“

Barbara antwortete nicht. Sie schnappte sich die Dessertschälchen, die bereits auf einem Tablett angerichtet waren, und trug sie in das Wohnzimmer. Wolfgang blickte ihr nach und seufzte. Barbara hatte recht: Er konnte nicht ewig in der Küche bleiben.

Aber seine Tochter brauchte ihn.

Barbara bemühte sich, den Schein zu wahren. Sie behauptete, dass ihr Mann plötzlich in einer wichtigen Angelegenheit angerufen worden sei, die seine ganze Aufmerksamkeit erforderte. Sie teilte ihren Gästen mit, dass er bedauerlicherweise für den Rest des Abends unabkömmlich sei und wie sehr er das bedauerte.

Als Wolfgang zu später Stunde das Esszimmer wieder betrat und auf Nachfragen von Frau Hertwig erzählte, dass er sich um seine Tochter kümmern müsste, stürzte ihr Lügengebäude allerdings ein.

Barbara wäre am liebsten im Boden versunken. Wie blamabel! Ihre Gäste besaßen zwar so viel Taktgefühl, ihre Lüge zu überspielen, doch als sie schließlich Abschied nahmen, konnte Barbara ihre Wut nicht länger bezähmen.

„Weißt du eigentlich, dass du mich heute vor den Hertwigs unmöglich gemacht hast?“, fuhr sie ihren Mann an, kaum dass sich die Tür hinter ihnen geschlossen hatte. „Ich bemühe mich nach Kräften, unsere gesellschaftlichen Verpflichtungen formvollendet zu erfüllen – und du hast nichts Besseres zu tun, als die unbedeutenden Probleme deiner Tochter zum Tischthema zu machen?!“

„Ich wüsste nicht, was an den Problemen meiner Tochter unbedeutend sein sollte“, erwiderte Wolfgang kühl. Er war ehrlich erstaunt über Barbaras heftige Reaktion. „Was ist denn so wichtig an den Hertwigs?“

„Das weißt du nicht?“ Barbara schnaubte. „Sie richten einen der wichtigsten Bälle der Saison aus, und ich will nicht, dass uns dieses Jahr schon wieder keine Einladung zukommt. Wir können es uns nicht leisten, von diesem gesellschaftlichen Ereignis ausgeschlossen zu sein.“

„Das meinst du nicht ernst, oder?“ Wolfgang schüttelte ungläubig den Kopf. „Du machst dir größere Sorgen um deine gesellschaftliche Anerkennung als um deine Familie?“ Er atmete tief durch. „Im Übrigen waren wir eingeladen. Aber ich habe abgesagt.“

Barbara versetzte Wolfgang eine Ohrfeige. Im ersten Moment war sie wie erstarrt, dann schlug sie die Hände vors Gesicht und begann zu weinen.

„Verzeih“, wimmerte sie.

Wolfgang hielt sich die brennende Wange. So weit war es also schon gekommen, dachte er betrübt. Es war, als hätte es ihr kurzes Glück nie gegeben.

„Ich wollte dich nicht schlagen!“, jammerte Barbara.

„Ist schon gut.“ Wolfgang wollte sie in den Arm nehmen, doch sie wehrte sich dagegen.

„Warum tust du mir das an? Warum demütigst du mich so?“

Völlig verdattert starrte Wolfgang seine junge Ehefrau an. „Was …? Ich verstehe nicht …?“

„Das weißt du doch ganz genau!“ Sie atmete tief durch. Ihre Augen blitzten gefährlich. „Warum gehen wir nicht zu diesen wichtigen Bällen? Warum versteckst du mich? Schämst du dich meinetwegen? Ist es das? Bin ich zu jung? Lacht man etwa über uns?“

„Barbara, das ist doch Unsinn.“

Sie trat zu ihm und schmiegte sich an ihn. „Sag mir, was es ist, bitte“, flüsterte sie. „Ich will nicht, dass du unglücklich bist.“

Wolfgang blickte in ihre unergründlichen dunklen Augen. Wie konnte sie nur in wenigen Momenten so sehr die Stimmung wechseln? Er spürte noch den brennenden Schmerz ihrer Ohrfeige, und nun flehte sie ihn förmlich an, ihr zu verzeihen ...

„Ich weiß es nicht", sagte Wolfgang leise. „Ich weiß nicht, was wir falsch gemacht haben."

„Haben wir noch eine Chance?" Barbaras Stimme bebte.

Wolfgang strich ihr übers Haar. „Aber natürlich", antwortete er leise. Er wollte es selbst gern glauben.

Mitten in der Nacht wachte Barbara auf. Ihr Herz raste. Sie spürte plötzlich, dass es nur einen Ausweg für sie gab.

Sie ertrug den Gedanken nicht, dass Wolfgang sich von ihr scheiden lassen würde. Immerhin hatte er auf einem Ehevertrag bestanden, der ihr im Falle einer Scheidung lediglich einen Bruchteil des Vermögens zusicherte. Damit wollte sie sich auf keinen Fall zufriedengeben. Aber da war ja noch das Testament, das Wolfgang vor der Hochzeit zu ihren Gunsten geändert hatte. Und wenn Wolfgang starb ...

Sie richtete sich im Bett auf und blickte auf den schlafenden Mann neben ihr hinab. Sie hatte ihn nie geliebt. Sie hatte ihm all ihre Gefühle vorgegaukelt und nicht nur ihm. Nach außen hin waren sie eine perfekte Familie – hatte Frau Hertwig es nicht genau so formuliert?

Wenn Wolfgang also plötzlich verstarb ... Wenn er

einen Unfall hätte … Niemand würde Fragen stellen. Niemand würde zweifeln, solange sie nur die trauernde Witwe spielte.

Ihre einzige Sorge war Miriam, aber sie würde schon eine Lösung finden. Das Mädchen würde ihr nicht im Weg stehen …

„Guten Morgen, Herr von Heidenberg.“ Felix Tarrasch lächelte verlegen, als Miriams Vater ihm am nächsten Morgen die Tür öffnete. „Ich würde gerne mit Ihrer Tochter sprechen.“

„So, würden Sie das.“ Wolfgang von Heidenberg musterte den jungen Mann streng. „Miriam war gestern sehr aufgebracht.“

„Das tut mir leid“, sagte Felix zerknirscht. „Ich habe sie wohl überrumpelt.“

„Na, kommen Sie erst mal rein. Sie sehen aus, als könnten Sie eine Tasse Kaffee vertragen.“ Wolfgang klopfte Felix jovial auf die Schulter und schob ihn ins Haus. „Es ehrt Sie, dass Sie hergekommen sind. Viele Männer hätten die Sorgen einer Zwölfjährigen nicht weiter ernst genommen.“

Felix sah ihn dankbar an. Tatsächlich hatte er die halbe Nacht wach gelegen. Es tat ihm in der Seele weh, dass er die kleine Miriam so enttäuscht hatte, schließlich war ihm der kleine Wirbelwind im Laufe der Jahre sehr ans Herz gewachsen.

Miriam und Barbara von Heidenberg saßen auf der Terrasse am reich gedeckten Frühstückstisch. Als Miriam sah, wer da gekommen war, runzelte sie die Stirn.

„Was machst du denn hier?“, fragte sie.

„Ich möchte mich bei dir entschuldigen. Es tut mir leid, dass ich dich so überfahren habe.“

„Entschuldigung angenommen“, sagte Miriam kühl. Sie verschränkte die Arme vor der Brust und starrte ihn durchdringend an. Nachdem sie gestern so lange mit ihrem Vater gesprochen hatte, war ihr inzwischen klar geworden, dass es nicht ganz fair von ihr gewesen war, Felix solche Vorwürfe zu machen. Denn sosehr sie ihn auch bewunderte: Er war und blieb der große, elf Jahre ältere Bruder ihrer besten Freundin. Nichts weiter.

„Viktoria hat mir von deinem Pferd erzählt“, sagte er gerade in versöhnlichem Ton. „Möchtest du es mir zeigen?“

Miriams Herz machte einen Hüpfer. Ja, das wollte sie! Sie nickte zögernd.

„Ich muss noch ein paar Dinge erledigen, aber heute Nachmittag hätte ich Zeit.“

„Wir können uns am Stall treffen“, schlug Miriam vor.

„Gut. Ich freu mich drauf“, sagte Felix.

„Möchten Sie eine Tasse Kaffee?“, schaltete sich Barbara ein. Sie hatte keine Ahnung, wovon die beiden eigentlich sprachen, aber das war ihr auch völlig egal.

„Ich habe noch viel zu erledigen, bevor ich morgen abreisen kann“, lehnte Felix mit einem leichten Kopfschütteln dankend ab. „Ich gehe jetzt vielleicht besser.“

Miriam nickte und rührte in ihrer Müslischale, bis

die Milch beinahe überschwappte, und konnte den Nachmittag kaum erwarten. Als Felix beim Reitstall eintraf, saß Miriam im Schatten auf einer niedrigen Mauer. Als er sein altes, klappriges Moped neben ihr abstellte und den Helm abnahm, blickte sie ihn ernst an.

„Musst du wirklich morgen schon fort?", fragte sie.

„Ja", sagte Felix. „Es tut mir leid."

Sie gingen in den Stall und blieben vor Alinas Box stehen.

„Donnerwetter!", rief Felix. „Das ist aber wirklich eine Schönheit!"

„Sie heißt Alina." Miriam schlüpfte in die Box und fuhr zärtlich über die Blesse. „Papa sagt, ich könnte eines Tages vielleicht Turniere mit ihr reiten."

„Das glaube ich aber auch."

„Wir können einen kleinen Spaziergang machen, oder?" Sie blickte ihn hoffnungsvoll an.

„Klar, wieso nicht?"

Rund um den Reiterhof gab es zahlreiche ausgewiesene Reit- und Wanderwege. Sie gingen eine Weile schweigend nebeneinanderher.

„Ohne dich wird Kitzbühel ganz anders sein", sagte Miriam.

„Aber das muss ja nicht immer schlecht sein", scherzte Felix mit einem schiefen Grinsen.

Sie warf ihm einen unergründlichen Blick zu, antwortete nicht und stürmte davon. Nein, Miriam nahm es überhaupt nicht leicht, dass er ging …

Felix beschleunigte seine Schritte. „Warte doch, Miriam!“, rief er, doch sie schüttelte nur stumm den Kopf, verschränkte die Arme und lief weiter. Sie wollte ihn nicht einmal mehr ansehen.

„Willst du jetzt für den Rest des Tages so herumlaufen?“ Felix seufzte und blieb stehen. Was sollte er nur tun? Er senkte nachdenklich den Blick, und plötzlich fiel ihm auf, dass links und rechts am Wegesrand die schönsten Blumen blühten.

Felix kniete nieder. „Weißt du, was das für eine Blume ist?“, fragte er sanft und zeigte auf eine zartrosa Blüte.

Miriam zögerte, doch dann siegte die Neugier, und sie trat näher, um die Blume zu betrachten. „Das ist eine Wicke. Schön, oder?“

Das Eis war gebrochen, und während sie weitergingen, zeigte sie ihm auch all die anderen Pflanzen, die sie kannte.

Felix beobachtete Miriam aufmerksam. Sie wirkte so gelöst, und wenn sie über die Pflanzen sprach, tat sie das mit großer Ernsthaftigkeit.

„Was du alles weißt!“, staunte er. „Aus dir wird mal eine hervorragende Botanikerin.“

„Findest du?“ Miriam strahlte ihn glücklich an. Doch dann verfinsterte sich ihre Miene wieder.

„Ist es wirklich so schlimm, dass ich gehe?“, fragte Felix behutsam.

Miriam nickte stumm und pflückte weiter konzentriert die verschiedensten Blumen und Gräser, bis sie einen wunderschönen Wildblumenstrauß in den Händen hielt. „Ja", sagte sie schließlich leise. „Ich finde das richtig blöd."

„Das tut mir leid", sagte Felix.

Sie blickte ihn an, und in ihren Augen schimmerte es verdächtig. „Ich möchte wieder zu Alina", sagte sie gepresst, und sie kehrten zum Reiterhof zurück, wo sie sich voneinander verabschiedeten. Felix blickte Miriam nach, als sie schnell zu den Ställen lief, um noch einmal nach ihrer Stute zu sehen. Ihre schmalen Schultern zuckten. Felix schluckte schwer. Er hätte ihr diesen Kummer so gern erspart …

Wolfgang von Heidenberg zog sich dieser Tage häufiger in sein Arbeitszimmer zurück als sonst. Normalerweise versuchte er, die Tage in Kitzbühel in vollen Zügen zu genießen, aber neben Barbara auf der Terrasse zu sitzen, schien ihm wenig verlockend. Die Stimmung zwischen ihnen beiden war einfach zu angespannt. Mit Caroline hatte er dergleichen nie erlebt …

Wehmütig dachte er an das glückliche Familienleben zurück, das er mit seiner ersten Frau erleben durfte. Dieses Glück, als Miriam geboren wurde! Es kam ihm vor, als sei es erst gestern gewesen, dass sie ihm das erste Mal auf wackligen Beinchen entgegenlief, als hätte sie erst gestern ihr erstes Wort gesagt.

Wolfgang seufzte. Sein kleines Schneeweißchen, so zerbrechlich sie ihm vorkam, war jetzt schon ein großes Mädchen – und ehe er sich's versah, würde sie aus dem Haus sein, heiraten und ihre eigene Familie gründen.

Wolfgang lächelte, als er an ihr gestriges Gespräch dachte. Ihre Schwärmerei für Felix Tarrasch zeigte ihm umso deutlicher, dass die Schwelle zum Erwachsenwerden nicht mehr allzu weit entfernt sein konnte. In wenigen Jahren schon würde sie sich das erste Mal richtig verlieben ... Die Zeit raste dahin.

Ein Lächeln huschte über Wolfgangs Gesicht. Ja, er wünschte sich nichts mehr, als dass sein kleines Schneeweißchen ein glückliches Leben führte – und was auch immer er dazu beitragen konnte, er würde es tun. Dafür, dass Miriam ihr Leben lang frei von Geldsorgen sein würde, hatte er vorgesorgt.

Und er wünschte ihr nichts mehr, als dass sie das gleiche Glück finden würde, das er mit Caroline gefunden hatte. Und er war froh um jeden einzelnen Tag, den er an ihrer Seite hatte erleben dürfen. Er lächelte traurig. Noch immer schmerzte ihn die Erinnerung. Er konnte Caroline einfach nicht vergessen.

Aber das verlangte auch niemand von ihm.

Er schloss die Mappe mit den Dokumenten, mit denen er sich an diesem Nachmittag befasst hatte, und lehnte sich zurück. Es war alles in Ordnung. Ob er Miriam zu einer Bergtour überreden konnte? Das würde sie auf andere Gedanken bringen. Und es würde ihm guttun, endlich wieder für ein paar Stunden mit seiner Tochter allein zu sein ...

4. KAPITEL

Am nächsten Morgen reiste Felix ab. Miriam war den ganzen Tag über schlecht gelaunt. Sie fuhr morgens schon in den Reitstall und blieb den ganzen Tag über bei Alina. Sie striegelte ihre Stute, ging mit ihr in die Reithalle und ritt ein wenig, doch sie konnte sich nicht ablenken: Sie vermisste Felix.

Nachmittags kam auch Viktoria zum Reitstall, doch ihre Versuche, Miriam aufzumuntern, klappten nicht. Als sie vorschlug, sie könnten später noch am Bach angeln gehen, schaute Miriam sie betrübt an.

„Das ist nicht dasselbe, wenn Felix nicht dabei ist", sagte sie nur.

Auch beim Abendessen war sie stiller als sonst, und es gelang nicht einmal ihrem Vater, sie aufzumuntern.

„Muss ich denn übermorgen ganz allein auf die große Bergtour gehen?", fragte er schließlich. „Ich hatte gedacht, du würdest mich begleiten."

Erst dieser Vorschlag konnte Miriam aus ihrer Erstarrung lösen.

„Eine Bergtour?", fragte sie, und ihre Miene hellte sich ein wenig auf.

Doch bevor sie weitersprechen konnte, fiel ihr Barbara ins Wort.

„Aber Wolfgang. Ich wollte doch mal wieder etwas mit dir zusammen unternehmen – nur wir zwei! Das haben wir schon so lange nicht mehr gemacht", sagte sie. Barbara lächelte Wolfgang süßlich an, während in ihr plötzlich ein Plan heranreifte. „Ich verstehe nicht, warum du mich nicht fragst, ob ich zur Bergtour mitkommen möchte“, sagte sie. „Ich dachte, du kämst allein darauf.“

„Entschuldige bitte, Barbara.“ Wolfgang war ehrlich erstaunt. „Du hast bisher immer betont, wie wenig es dir gefallen würde, wie eine Bergziege über Stock und Stein zu hüpfen. Das waren deine eigenen Worte.“

„Nun, das war letztes Jahr“, gab Barbara zögernd zu. „Aber vielleicht möchte ich es dieses Jahr einfach ausprobieren. Du liebst es so sehr – da dachte ich mir, ich könnte es ja auch mal ausprobieren …“

Miriam hatte keine Lust mehr auf die Unterhaltung. Sie stand wortlos auf und ging. Einen Moment lang hatte sie sich auf eine Wanderung mit ihrem Vater gefreut, aber dann machte Barbara ihr sofort einen Strich durch die Rechnung. Wolfgang blickte besorgt hinter ihr her. Dann stand er verärgert auf und ging auf die Terrasse.

Barbara folgte ihm und brachte das Thema erneut zur Sprache. Natürlich wusste sie, dass es ihm um Miriam ging, aber darauf konnte sie jetzt keine Rücksicht nehmen.

„Ja, ich hatte gedacht, wir zwei könnten mal durch die Berge kraxeln. Vielleicht sogar mit einer Übernachtung? Was meinst du?“ Sie schmiegte sich an.

„Du kannst dir doch sonst auch die Zeit ganz gut allein vertreiben“, reagierte Wolfgang unwirsch. Dann versuchte er sich etwas versöhnlicher zu geben. „Vielleicht lädst du eine Freundin ein, und ihr machte einen ausgiebigen Schaufensterbummel?"

Seit Kitzbühel zum Erholungsort der Reichen und Schönen geworden war, gab es hier so manche Edelboutique. Dort zu shoppen, war Barbaras größtes Vergnügen. So kam es Wolfgang zumindest manchmal vor.

Dann versuchte er es ihr zu erklären. „Ich habe Miriam diese Tour versprochen, weil ich ein wenig mit ihr allein sein wollte. Du weißt doch, wie sehr es sie mitgenommen hat, dass der junge Tarrasch weggeht."

„Jaja, das weiß ich." Barbara ging einen Schritt zur Seite und verschränkte die Arme. „Aber ich finde es verdammt ungerecht, dass ihr mich nicht mitnehmen wollt. Ihr schließt mich aus. Wie sollen wir denn eine richtige Familie werden, wenn ihr mich immer außen vor lasst?"

„Das stimmt doch überhaupt nicht", wandte Wolfgang ein. „Du kannst jederzeit mitkommen. Aber bisher hatte ich nicht das Gefühl, es würde dich sonderlich interessieren ..."

„Aber jetzt interessiert es mich."

„Gut, wenn du mitkommen möchtest, gerne." Wolfgang erstaunte die plötzliche Wandlung seiner Frau. Aber wenn sie unbedingt wollte – warum nicht?

„Nur sollte dir klar sein, dass ich diese Bergtour vor allem angesetzt habe, um Miriam auf andere Gedanken zu bringen. Wir werden nicht nach einem halben Tag plötzlich umkehren, weil dir die Füße schmerzen."

Barbara zögerte. „Wollen wir nicht lieber alleine wandern

gehen?“, hakte sie nach. „Nur du und ich? Die Wanderung mit Miriam kannst du doch immer noch mal machen.“

Wolfgang schüttelte den Kopf. „Nein“, sagte er fest. „Das kommt überhaupt nicht in Frage. Ich habe es Miriam eben vorgeschlagen. Wie könnte ich ihr das jetzt wieder nehmen und zugleich mit dir aufbrechen? Nein, Barbara, das mache ich nicht.“

„Aber ich würde so gerne auch mal wieder Zeit mit dir allein verbringen“, gurrte Barbara und hängte sich an Wolfgangs Arm. „Überleg doch mal, wie romantisch es wäre, wenn wir abends auf der Berghütte sitzen. Miriam könnte doch so lange bei Viktoria bleiben …“

„Das nächste Mal vielleicht“, sagte Wolfgang ausweichend. „Morgen will ich vor allem für Miriam da sein, das verstehst du sicher.“

Barbara löste sich von Wolfgang. „Also gut.“

„Das wird ohnehin sehr anstrengend für dich morgen“, prophezeite Wolfgang.

„Keine Sorge, ich werde durchhalten“, versprach Barbara. Insgeheim grauste ihr schon davor, Wolfgang und Miriam hinterherzulaufen. Aber es musste sein. Es würde wohl kaum eine bessere Gelegenheit geben, sich ihres Gatten zu entledigen. Sie musste nur aufpassen, dass Miriam ihr nicht in die Quere kam. Aber dafür würde sie schon sorgen …

Miriam war alles andere als begeistert, als ihr Vater am nächsten Morgen verkündete, dass Barbara sie bei der Bergtour begleiten würde.

„Aber ich dachte, wir machen eine richtig anspruchsvolle Tour“, sagte sie.

„Was spricht denn dagegen, wenn ich mitkomme?“, fragte Barbara spitz.

Wolfgang seufzte. „Das machen wir auch“, versicherte er Miriam. „Barbara möchte es eben mal ausprobieren.“

„Na gut.“ Miriam gab klein bei. Die Hauptsache war doch, dass ihr Papa und sie gemeinsam unterwegs waren. Dieses Vergnügen würde sie sich nicht von Barbara vermiesen lassen.

Und auch Wolfgang machte gute Miene – auch wenn ihm diese Hauruck-Aktion nicht behagte. Im Grunde, so dachte er, hatte Barbara ja recht mit ihrer Behauptung vom Vorabend. Miriam und er schlossen Barbara einfach von manchen Dingen aus.

Er konnte ja nicht ahnen, wie gleichgültig es Barbara war, ob sie dazugehörte oder nicht … Sie verfolgte ihre eigenen Pläne, und die Bergtour bot ihr endlich *die* Gelegenheit, Wolfgang aus dem Weg zu räumen. Sie musste nur einen Moment der Unachtsamkeit abwarten, und dann …

Am nächsten Morgen brachen sie in aller Herrgottsfrühe auf. Sie trugen leichte Rucksäcke, in denen das Gepäck gerecht verteilt war. Wolfgang übernahm die Führung; er hatte sich eine besonders schöne Route ausgedacht. Abends wollten sie in einer Berghütte einkehren.

Es war angenehm warm. Miriam lief voran und bückte sich nach den unterschiedlichen Blumen, die am Wegesrand wuchsen. Sie kannte erstaunlich viele Pflanzen mit ihrem korrekten Namen, und Wolfgang konnte nicht verhehlen, wie stolz er auf sie war. Ihr Interesse an Pflanzen würde er künftig noch mehr fördern, beschloss er. Barbara stiefelte die meiste Zeit verbissen schweigend neben ihm her.

„Du bist so still?“, fragte er sie irgendwann. Barbara lächelte schmal.

„Mir tun die Füße weh“, sagte sie leise.

„Dann machen wir eine Rast“, schlug Wolfgang vor. „Wir versorgen deine Füße und machen Brotzeit.“

„Das wäre prima, danke.“

Barbara strebte zu einem Baumstamm, der linker Hand am Wegesrand lag, und ließ sich darauf sinken. Wenige Meter dahinter fiel der Hang steil ab in die Tiefe. Sie schauderte, als sie einen Blick riskierte. Wenn man dort hinabstürzte …

„Halt, Moment!“

Wolfgang lächelte und hielt ihr die Hand hin, damit sie sich wieder hochziehen konnte. „Es ist viel zu gefährlich, so nah am Abgrund zu lagern.“

„Aber wieso denn? Hier kann man so schön ins Tal blicken!“, protestierte Barbara.

„Ja, aber zwischen einem Blick und einem Fehltritt liegt nicht viel, und ich will nicht riskieren, dass dir was passiert. Komm, dort drüben ist es sicherer.“

Seufzend folgte Barbara ihm ein Stück den Weg hinab. Miriam, die schon vorausgelaufen war, kam mit einem kleinen Strauß Wildblumen zurück. „Für dich!“, sagte sie und hielt den Strauß Barbara hin, die ihn nahm und gequält lächelte.

Inzwischen saß sie auf einer Bank, die weit genug vom Abgrund entfernt war. Wolfgang hatte seinen Rucksack geöffnet und verteilte belegte Brote und Hagebuttentee aus einer Thermoskanne.

„Und jetzt schauen wir uns mal deine Füße an", sagte er. Er hatte ein kleines Erste-Hilfe-Set dabei und verarztete die Blasen, die Barbara sich gelaufen hatte.

„Du meine Güte, das sieht wirklich übel aus." Wolfgang kratzte sich am Kopf. „Am liebsten würde ich dich zurück ins Dorf schicken. So kannst du jedenfalls nicht den ganzen Tag weiterlaufen."

„Kommt gar nicht in Frage." Barbara verschränkte die Arme. Was machte es schon, wenn sie sich ein paar Blasen lief!

„Du wirst aber Schmerzen haben, und es wird nicht besser, wenn du jetzt noch länger in diesen Schuhen läufst." Wolfgang schüttelte den Kopf. „Ehrlich, Barbara, es wäre vernünftiger, wenn du zurückgehst."

„Aber das ist doch dasselbe, wie wenn ich bis zur Hütte mitlaufe, nicht wahr?"

Sie hatte recht. Widerstrebend stimmte Wolfgang ihr zu.

„Bitte, Wolfgang." Sie blickte ihn flehend an. „Jetzt habe ich mich so sehr gefreut, mit euch unterwegs zu sein, und ausgerechnet jetzt soll ich zurückgehen? Außerdem kenne ich mich doch gar nicht genug aus. Ich könnte mich vielleicht verirren."

Wolfgang nickte. Das stimmte, er traute es Barbara auch nicht zu, den Heimweg allein zu finden. Immerhin waren sie schon seit ein paar Stunden unterwegs. Sie mussten wohl oder übel gemeinsam zur Berghütte gelangen. Dort konnte Barbara vielleicht ein, zwei Tage rasten, bis es ihren Füßen wieder besser ging.

„Also gut“, sagte er. „Ich bandagiere deine Füße, dann sollte es klappen.“

Barbara biss die Zähne zusammen. Ihre Füße schmerzten wirklich höllisch. Aber jetzt aufgeben? So kurz vor dem Ziel? Nein, das würde sie nicht tun. Auf keinen Fall.

Eine halbe Stunde später gingen sie endlich weiter, doch Barbara kam nur langsam voran. Sie klagte nicht, aber man merkte ihr an, dass sie Schmerzen hatte. Irgendwie tat sie Miriam leid. So eine Bergtour war halt kein Spaziergang.

Barbara zuliebe blieben sie auf dem Hauptweg, der zwar etwas länger, aber weniger beschwerlich war als die Tour, die Wolfgang ursprünglich ausgewählt hatte. Und weil sie nur recht langsam vorankamen, konzentrierte Miriam sich auf die außergewöhnlichen Pflanzen, die sie immer wieder am Wegesrand vorfand, und schlug sie in ihrem kleinen Pflanzenführer nach, den sie bei sich hatte.

„Es tut so weh!“ Barbara seufzte theatralisch und blieb erneut stehen.

„Komm schon, Barbara.“ Wolfgang wurde zunehmend ungeduldig. „Es wird nicht besser, wenn du stehen bleibst.“

„Aber mir tut diese Pause gut!“, gab sie mit gefährlich

leiser Stimme zurück und humpelte Wolfgang hinterher, der nun einige Schritte voranlief. Sie musterte den Wegesrand. Linker Hand fiel der Abhang steil in die Tiefe. Wenn sie das Überraschungsmoment auf ihrer Seite hatte, konnte es gelingen …

Sie durfte kein Risiko eingehen. Aber sie musste ihre Chance nutzen, bevor es zu spät war und sie an der Berghütte ankamen.

Wenigstens um das Kind musste sie sich keine Sorgen machen. Das stromerte abseits des Weges herum und brachte immer wieder Pflanzen vorbei, die ihr Vater eifrig bewunderte. Barbara verzog das Gesicht.

„Schau mal, Gämsen!“ Wolfgang wies auf den gegenüberliegenden Berghang. An dieser Stelle verengte sich das Tal, und da die Fernsicht an diesem Sommertag grandios war, konnte man die Tiere sehen, die behände zwischen den Felsen und dem niedrigen Buschwerk umhersprangen.

„Das muss Miriam sehen!“ Wolfgang blickte suchend um sich.

„Ach, lass sie doch!“, rief Barbara. Sie trat neben Wolfgang und hakte sich bei ihm unter.

„Wieso genießen wir nicht einfach den Ausblick?“ Sie lehnte den Kopf an seine Schulter. Wolfgang musterte sie befremdet von der Seite.

„Wie redest du denn von unserer Tochter?“, fragte er, ernsthaft erstaunt.

„Miriam ist immer noch *deine* Tochter“, gab Barbara giftig zurück. „Ich habe kein Interesse daran, für sie die Ersatzmutter zu spielen."

Wolfgang versteifte sich. „So siehst du das also", sagte er langsam. „Für dich ist Miriam nur ein Störfaktor?"

Barbara biss sich auf die Lippen. Jetzt nur nichts Falsches sagen! Wenn Wolfgang sich jetzt abwandte, war die Chance vertan …

„Das habe ich doch überhaupt nicht gesagt." Sie strich betont zärtlich über seinen Arm. „Aber findest du nicht, wir sollten auch mal Zeit für uns haben? Sieh nur, die Gämsen …" Sie wies nach unten, doch Wolfgang machte sich von ihr los.

„Hast du schon immer so gedacht?", fragte er. Seine Stimme klang gefährlich leise.

„Was denn?" Barbara versuchte, sich wieder bei ihm unterzuhaken.

„Dass Miriam … Hast du immer schon gedacht, dass Miriam nur stört?"

„Nein!", erwiderte Barbara heftig. „Meine Güte, musst du denn jedes Wort auf die Goldwaage legen? Ich dachte, wir genießen unseren gemeinsamen Ausflug, und du machst aus einer kleinen Bemerkung so ein Drama!"

„Miriam ist meine Tochter. Wenn du so von ihr sprichst …" Er schüttelte ungläubig den Kopf.

„Meinetwegen!"

Barbara ließ es darauf ankommen. Wolfgang regte sich so auf, dass er unachtsam geworden war und schon wieder einen Schritt von ihr weg trat – einen Schritt näher an den Abgrund. Genau das brauchte sie jetzt. Nur noch ein

Stückchen, und sie konnte ihn mit einem beherzten Stoß hinabstürzen!

„Meinetwegen habe ich immer schon so gedacht!" Sie schrie jetzt und trat erneut einen Schritt auf ihn zu. Wolfgang stand das Entsetzen ins Gesicht geschrieben.

„Ich habe mir nie etwas aus Kindern gemacht, Wolfgang. Miriam war mir immer egal. Und dieses ganze Getue, dass wir eine Familie sind, das steht mir bis hier!" Sie hielt die flache Hand auf Höhe ihrer Augen. „Ich ertrage das nicht länger! Ich habe etwas Besseres verdient, als Mutter und Hausfrau zu spielen! Ich *bin* etwas Besseres, Wolfgang!"

Wolfgang starrte sie sprachlos an. Dann sagte er mit rauer Stimme: „Das also ist die Frau, die ich geheiratet habe."

„Ach, tu doch nicht so! Wir sind doch alle auf unseren Vorteil bedacht. Da kannst du noch so oft behaupten, dass dir die Familie das Wichtigste ist …" Wütend funkelte Barbara ihn an. Oh, sie ertrug es nicht mehr. Keine Minute länger wollte sie in dieser Ehe gefangen sein!

„Du kannst gerne die Scheidung haben, wenn es das ist, was du willst."

„Die Scheidung?!" Ihre Stimme überschlug sich fast. „Was nützt es mir, wenn wir uns scheiden lassen?! Nein, Wolfgang! Ich will alles!"

Sie tat einen letzten Schritt und stieß ihn mit flachen Händen vor die Brust. Er taumelte, fing sich aber wieder, und Barbara setzte einen zweiten Stoß nach.

Sie hörte einen Schrei.

Nein, sie durfte sich nicht umdrehen. Wolfgang blickte sie an, fast flehend, während er strauchelte. Er verlor das Gleichgewicht, sein Körper kippte nach hinten. Ein Stein löste sich unter seinem Fuß. Er ruderte mit den Armen, doch es war zu spät.

Wie in Zeitlupe stürzte er nach hinten.

Er fiel.

„Papa, nein!“

Barbara trat einen Schritt zurück, überrascht, wie gut ihr Plan funktioniert hatte. Miriam rannte auf sie zu. Sie war viel zu schnell. Sie würde auch herunterstürzen, wenn Barbara sie nicht aufhielt ...

Aber warum sollte sie das tun? Ein triumphierendes Gefühl machte sich in ihr breit. Oh, sie hatte es getan. Sie hatte sich von Wolfgang befreit.

„Papa, nein!“

Miriam konnte nicht mehr aus vollem Lauf bremsen. Vielleicht wollte sie es auch nicht. Sie war auf gleicher Höhe mit Barbara, tat noch einen Schritt, noch einen – und sprang!

Barbara keuchte vor Überraschung. Was war nur in das Kind gefahren? Sie hörte den Schrei des Mädchens, dann einen dumpfen Aufprall. Stille.

Barbara trat vorsichtig an den Abhang heran.

Zehn Meter weiter unten lag Miriam seltsam verdreht auf einem Felsvorsprung. Sie regte sich nicht.

Von Wolfgang konnte Barbara allerdings auf Anhieb nichts erkennen.

Tränen der Erleichterung traten in ihre Augen. Sie griff nach dem Handy und wählte die Rufnummer der Bergrettung. Wolfgang hatte darauf bestanden, dass sie diese Nummer am Vorabend einprogrammierte.

„Ja, hallo? Bergwacht?“ Sie gab ihrer Stimme einen hysterischen Klang. „Sie müssen sofort kommen, es ist etwas Schreckliches passiert ... Mein Mann und meine Tochter sind abgestürzt!“

Sie klappte das Handy zu und atmete tief durch.

Sie hatte es geschafft. Und nicht nur Wolfgang hatte sich in den Tod gestürzt, auch Miriam lag da unten, als wäre kein Leben mehr in ihr. Das würde Barbara einige Erklärungen ersparen ... Sie hob den Blumenstrauß auf, den Miriam in der Eile einfach hatte fallen lassen. Sie lächelte, dann warf sie die Blumen hinter dem Kind her.

Felix Tarrasch seufzte. Er warf sich einen letzten, prüfenden Blick im Spiegel zu, dann griff er nach dem Jackett. Heute würde er das erste Mal die Nachtschicht an der Rezeption des Kreuzfahrtschiffs übernehmen. Er war schon gespannt, was ihn dort erwarten würde.

Bisher faszinierte ihn die Arbeit, und er war froh, dass er diesen gewaltigen Schritt unternommen hatte. In den ersten Tagen war es für ihn ungewohnt gewesen, vor allem dann, wenn die See etwas rauer wurde. Aber langsam gewöhnte er sich daran, und die Arbeit begann, ihm richtig Spaß zu machen.

„Sag mal, was ist denn da bei dir zu Hause los?“, fragte

ihn sein Kollege Stefan, als Felix zum Schichtwechsel antrat. Stefan stammte aus München und hatte Felix die Eingewöhnung etwas einfacher gemacht.

„Wieso, was soll denn los sein?“

„Na, großes Familiendrama.“ Stefan schob Felix die Zeitung über den Tisch.

„Millionär will Tochter retten und stirbt“, las Felix. Neben der protzigen Überschrift war ein Bild, das Wolfgang von Heidenberg mit Barbara und Miriam am Tag der Hochzeit vor einem Jahr zeigte.

Er schüttelte wie betäubt den Kopf. „Das kann nicht sein“, sagte er leise. „Was um alles in der Welt ...?“

„Kennst du die etwa?“, fragte Stefan neugierig.

Felix blickte nicht einmal von der Zeitung auf, als er antwortete. „Sie sind Freunde der Familie. Miriam, die Tochter ...“ Er verstummte, als er den Artikel gefunden hatte. Mit wachsendem Entsetzen las er, was dort berichtet wurde: Wolfgang von Heidenberg ist vor drei Tagen bei einer Bergtour abgestürzt und tödlich verunglückt. Seine Tochter, die ihn retten wollte, wurde bei dem Versuch, ihn zu retten, schwer verletzt ...

„Ich kann das nicht glauben“, sagte Felix. Das passte einfach nicht, weder zu Miriam noch zu ihrem Vater. Beide waren erfahrene Bergsteiger. Aber so stand es da ...

Felix las weiter.

„Barbara von Heidenberg, die Witwe, wurde Zeugin des schrecklichen Unfalls. Sie berichtete später den eintreffenden Hilfskräften, was passiert war.“

Felix ließ die Zeitung sinken. Barbara hatte Wolfgang und Miriam begleitet? Er wusste von Miriam, wie ungern Barbara von Heidenberg in die Berge ging. Hatte sie ihre Meinung geändert? Und warum hatte sie ihren Mann nicht davon abgehalten, sich in Gefahr zu bringen?

„Das kann einfach nicht sein“, murmelte Felix.

„Die kleine Tochter liegt derzeit schwer verletzt im Kitzbüheler Klinikum. Über ihren Zustand ist nichts bekannt.“

Felix schluckte schwer. Arme Miriam!, dachte er. Schon wieder musste sie einen so schweren Schlag hinnehmen … Und Barbara schien mehr damit beschäftigt zu sein, die Presse mit ihrem eigenen Schicksal zu unterhalten, als sich um ihre Stieftochter zu kümmern.

Er musste zu Hause anrufen. Er musste mit Viktoria oder mit seiner Mutter reden. Sicher wussten sie mehr …

5. KAPITEL

Viktoria schob die breite Tür des Krankenzimmers vorsichtig auf. Ihre Mutter hatte sie gebeten, Miriam bei ihrem ersten Besuch nicht zu viel zuzumuten.

Aber wie konnte Viktorias Besuch für mehr Aufregung sorgen als die Ereignisse, die vor drei Tagen in den Bergen passiert waren – und Miriams Leben auf den Kopf gestellt hatten?

Viktoria musste wieder an jenen Sommer vor drei Jahren denken, als Miriam ihre Mutter verlor. Schon damals war der Schmerz für ihre beste Freundin unerträglich gewesen. Und nun war auch ihr Vater tot.

Im Dorf gab es kaum jemanden, der über etwas anderes redete als über diesen dramatischen Unfall. Viele Leute rätselten, wie es zu dem tragischen Unfall kommen konnte.

„Vielleicht sind sie in schlechtes Wetter geraten und hatten kaum noch Sicht. Du weißt, wie schnell das Wetter in den Bergen umschlagen kann“, vermutete Viktorias Mutter. Das konnte natürlich passieren, aber eigentlich kannte sich Wolfgang so gut aus und müsste solch einen Wetterumschwung rechtzeitig erkennen, dachte Viktoria.

Auch manche Dorfbewohner mutmaßten, dass die Ereignisse nicht genauso geschehen waren. Viktoria hoffte, dass Miriam ihr vielleicht mehr erzählen würde.

Aber durfte sie denn Miriam überhaupt mit den Ereignissen konfrontieren?

Miriam lag allein in dem großen Zimmer. Links und rechts von ihrem Bett standen zahlreiche Blumensträuße, und die Maschinen waren in den Hintergrund gerückt. Inzwischen war Miriam nicht mehr in Lebensgefahr. Viktoria atmete tief durch und betrat das Zimmer mit einem Lächeln auf den Lippen.

„Hallo, Miriam!", sagte sie möglichst locker und fröhlich.

Miriam wandte den Kopf zur Tür. Sie erkannte Viktoria, doch sie wandte den Kopf sofort wieder ab.

„Hallo", sagte sie mit brüchiger Stimme.

Viktoria schluckte. Sie trat an das Bett und legte die Blumen, die sie im Garten gepflückt und mit Hilfe ihrer Mutter zu einem bunten Strauß gebunden hatte, ans Fußende.

„Ich dachte, ich schau mal nach dir. Mama sagt, du darfst jetzt so viel Besuch empfangen, wie du willst."

Miriam blickte aus dem Fenster. „Ich will aber gar keinen Besuch", sagte sie.

„Aber warum denn nicht?"

Viktoria setzte sich auf die Bettkante und wollte nach Miriams Hand greifen, doch Miriam entzog sich ihr.

„Ich will allein sein", flüsterte Miriam. Sie drehte den Kopf und blickte Viktoria an. In ihren Augen schimmerten die Tränen. „Ich will einfach nur allein sein. Und ich will keine Blumen! Nie wieder! Nimm sie wieder mit!"

Sie schrie beinahe. Tränen strömten über ihre Wangen. Sie blickte wieder in die andere Richtung.

„Geh“, sagte sie.

„Aber Miriam …“ Viktoria war hilflos. „Aber willst du denn nicht …?“

„Nein!“, rief Miriam. In diesem Moment öffnete sich die Tür erneut, und Barbara von Heidenberg trat ein.

„Viktoria!“ Ihre Stimme peitschte durch den Raum. „Was tust du denn hier?“

Viktoria wandte sich um und stammelte völlig verwirrt: „Aber ich dachte … Ich wollte doch Miriam besuchen …“

„Aber du siehst doch, dass sie Ruhe braucht! Dein Besuch regt sie viel zu sehr auf!“

Sie blitzte Viktoria wütend an. Viktoria erhob sich langsam.

„Tschüß, Miriam“, sagte sie leise. Dann ging sie an Barbara von Heidenberg vorbei aus dem Krankenzimmer. Sie verstand die Welt nicht mehr. Warum wollte Miriam nicht mit ihr reden?

Barbara von Heidenberg schloss die Tür. Sie atmete tief durch. Das fehlte ihr gerade noch, dass jemand Miriam aus der Erstarrung erlöste, in der sie sich seit dem Unfall befand.

In diesem Zustand gefiel ihr das Mädchen viel besser. Es war manipulierbar und ließ sich lenken.

Miriam richtete den Oberkörper mühsam auf und stützte sich auf die Ellenbogen. Barbara setzte sich zu ihr ans Bett. Sie zog die feinen schwarzen Handschuhe aus und legte sie ans Fußende.

„Ach, Miriam“, seufzte sie. „Das ist alles so schrecklich!“

„Barbara?“ Miriam war blass. „Barbara, was ist denn passiert?“

„Was denn, du erinnerst dich nicht mehr?“

Miriam schüttelte den Kopf. Barbara holte tief Luft. Es war ja sogar einfacher, als sie gedacht hatte! Seit Miriam wieder bei Bewusstsein war, hatte sie die Befürchtung gehegt, dass Miriam ihr Lügengebäude zum Einsturz bringen würde. Es war schon ein Schock gewesen, als die Rettungskräfte ihr mitteilten, dass Miriam nicht tot war, sondern schwer verletzt überlebt hatte.

„Nun, was ist denn deine letzte Erinnerung?“, fragte sie behutsam.

„Ich weiß nicht.“ Miriam runzelte die Stirn. Sie schloss die Augen.

Da waren Blumen, die sie sammelte, und dann plötzlich … Sie schüttelte den Kopf. Nein, da war alles schwarz, bis plötzlich Dr. Bergers Gesicht über ihr auftauchte.

„Ich weiß es wirklich nicht.“ Sie sank erschöpft zurück.

Barbara atmete tief durch. „Es tut mir so leid, Miriam! Wir sind einen schmalen Weg entlang gegangen, Wolfgang hat dich noch ermahnt, schön vorsichtig zu sein, aber du hattest wahrscheinlich nur Augen für deine Blumen. Ich bin ja vorne gegangen. Und plötzlich habe ich nur noch einen Schrei gehört. Ein Stein muss sich gelockert haben. Dadurch hat er …“ Sie machte eine Pause. „Er … er hat das Gleichgewicht verloren und ist abgestürzt. Und dann … Dann bist du plötzlich einfach hinter ihm hergerannt und auch abgestürzt … Du hast so furchtbar geschrien … Es ging alles so schnell. Ich war ein paar Schritte voraus und konnte dich nicht aufhalten!“

Sie schluchzte und zog aus ihrem Handtäschchen ein Taschentuch, um sich die Augen zu tupfen. Sie konnte nicht mehr weitersprechen.

Die Tür wurde geöffnet, und Dr. Berger betrat das Krankenzimmer.

„Frau von Heidenberg, guten Tag! Hallo, Miriam.“ Er trat ans Bett und bemerkte die verweinten Augen des Mädchens. „Also, Miriam“, sagte er. „Wie geht es dir heute?“

Miriam zuckte stumm mit den Schultern.

„Ich glaube, es geht ihr schon besser“, sagte Barbara.

Der Arzt sah sie ernst an. „Ich würde gerne mit Ihnen reden, wenn das möglich ist.“

„Natürlich.“ Barbara tätschelte noch einmal Miriams Hand und erhob sich.

Dr. Berger führte Barbara von Heidenberg aus dem Krankenzimmer und ließ Miriam allein, allein mit ihrem Schmerz. Sie schluchzte laut auf. Ihr Papa war tot. Das konnte nicht sein. Sie waren doch eben erst zu dieser schönen Wanderung aufgebrochen, und jetzt sollte sie ihn nie wiedersehen. Nein, das konnte sie einfach nicht glauben. Alles in ihr sträubte sich gegen diese furchtbare Wahrheit. Wieso konnte sie sich nicht erinnern, was passiert war? Sie zitterte vor Schmerz und bekam Weinkrämpfe. Endlich kam eine Krankenschwester und gab ihr ein Beruhigungsmittel. Sanft strich sie Miriam über die Haare, bis diese eingeschlafen war.

Dr. Berger betrachtete sein Gegenüber. Barbara von Heidenberg war wie aus dem Ei gepellt. Sie trug ein edles schwarzes Kostüm, und in der Hand hielt sie einen kleinen schwarzen Hut mit einem beinahe neckisch wirkenden Schleier. Man hätte meinen können, dass sie es förmlich genoss, Witwe zu sein.

Aber ihre verweinten Augen sprachen eine andere Sprache.

„Was gibt es?", fragte sie, nachdem sie in seinem Büro Platz genommen hatten. „Was ist mit Miriam?"

Dr. Berger seufzte. Er zog die Krankenakte heran, obwohl er Miriams Befund auswendig kannte.

„Miriams Unfall ist nicht ohne Folgen geblieben", sagte er vorsichtig. „Wir haben in den letzten vierundzwanzig Stunden einige Untersuchungen mit ihr gemacht, und die Ergebnisse sind alle dieselben: Miriam ist gelähmt."

Eine kurze Pause entstand. Barbara von Heidenberg sah ihn mit gerunzelter Stirn an. „Was wollen Sie damit sagen?", fragte sie schließlich.

Dr. Berger erwiderte ihren Blick. „Miriam wird an den Rollstuhl gefesselt sein", sagte er. „Es ist noch nicht abschließend klar, woher ihre Lähmung kommt, aber ich glaube nicht, dass sie organische Ursachen hat."

Barbara von Heidenberg musterte ihn gereizt. Was sollte das denn nun schon wieder heißen?

„Miriam hat eine inkomplette Querschnittslähmung", fuhr der Arzt fort. „Sehen Sie, Miriams Wirbelsäule ist durch den schweren Sturz traumatisiert. Diese Verletzung kann durchaus abheilen."

„Und?", fragte Barbara.

Dr. Berger wählte seine Worte mit Bedacht. „Ich denke, sie hat eine fünfzigprozentige Chance, eines Tages wieder laufen zu können, aber ..."

„Aber?", fragte Barbara nach. „Was spricht dagegen?"

„Miriams Wille spricht dagegen", sagte Dr. Berger. „Sie hat jeden Lebensmut verloren. Sie verstehen sicher, dass sie im Moment jede Hilfe braucht, um dieses Trauma zu überwinden."

Barbara blickte ihn stumm an.

Dr. Berger räusperte sich. „Wir werden natürlich alles tun, was in unserer Macht steht, damit Miriam wieder auf die Beine kommt. Und wir zählen auf Ihre Unterstützung, Frau von Heidenberg. Es ist doch auch in Ihrem Interesse, dass es Miriam bald besser geht."

„Was fällt Ihnen eigentlich ein, mir das Gegenteil zu unterstellen?" Barbara musterte Dr. Berger mit offener Feindseligkeit. Sie hatte gerade wirklich genug um die Ohren, schließlich hatte sie ihren Mann verloren und musste seine Beisetzung organisieren. Da konnte sie ja wohl schlecht gleichzeitig Tag und Nacht am Krankenbett ihrer Stieftochter sitzen. Sie stand auf. „Miriam wird dieses Trauma früh genug überwinden. Sie ist ein starkes Kind, unterschätzen Sie sie nicht. Im Übrigen reise ich heute noch nach München. Mein Mann wird morgen beerdigt."

„Werden Sie danach wiederkommen?", fragte Dr. Berger unbeeindruckt und stand ebenfalls auf.

„Sicher werde ich das. Miriam ist immer noch meine Tochter", erwiderte Frau von Heidenberg schnippisch und rauschte ohne ein weiteres Wort aus Dr. Bergers Zimmer.

„Was ist denn los, mein Schatz?" Frau Tarrasch setzte sich zu ihrer Tochter in die Hollywoodschaukel und strich ihr tröstend übers Haar. Seit Viktoria aus dem Klinikum heimgekommen war, wirkte sie so nachdenklich.

„Ach, Mama. Ich mach mir Sorgen um Miriam." Viktoria seufzte. „Ich habe sie besucht, aber sie wollte überhaupt nicht mit mir reden. Sie wurde sogar richtig wütend, weil ich ihr Blumen mitgebracht habe."

„Das ist alles sehr schwer für sie." Frau Tarrasch strich beruhigend über Viktorias Rücken. Was der kleinen von Heidenberg passiert war, war wirklich eine Tragödie: erst die Mutter, dann der Vater … Und dass sie gleich beide Elternteile in ihrer Kindheit verloren hatte … FrauTarrasch biss sich bedrückt auf die Unterlippe.

„Hm", machte Viktoria, die neben ihr in ähnliche Gedanken versunken war und vor allem eines wollte: ihrer besten Freundin in dieser schwierigen Zeit beistehen. „Aber was kann ich für sie tun? Ach Mama, sie tut mir so leid …"

„Besuch sie. Rede mit ihr. Lass dich nicht davon verstören, wenn sie sich so verhält, wie sie sich verhält – sie meint es ganz sicher nicht so", riet ihr ihre Mutter. „Sie braucht jetzt eine Menge Zeit. Gib sie ihr."

„Gut", sagte Viktoria. Sie atmete tief durch. Sie würde

Miriam auf keinen Fall aufgeben. „Dann werde ich sie morgen wieder besuchen. Aber Mama … Was ist, wenn sie nicht darüber hinwegkommt?“

Frau Tarrasch seufzte. „Das wollen wir nicht hoffen.“

Obwohl Barbara von Heidenberg es kaum erwarten konnte, dass das Testament eröffnet wurde, übte sie sich in Geduld. Sie wusste, es würde keinen besonders guten Eindruck machen, wenn sie schon vor der Beerdigung in dieser Sache bei ihrem Notar vorsprach.

Die Trauerfeier rauschte an ihr vorbei. Sie stand allein in erster Reihe am Grab, und jeder, der sie sah, musste davon ausgehen, dass sie vor Schmerz um ihren Mann verging. Sie trug einen überdimensional großen Hut mit einem schwarzen Schleier, der ihr Gesicht zur Gänze verdeckte. Erst nachdem der Sarg ins Grab hinabgelassen worden war und Freunde und Bekannte zu ihr traten, schlug sie den Schleier zurück. Unter ihnen war auch Thomas Rottinger, der schon seit Jahren die notariellen Angelegenheiten von Wolfgang von Heidenberg regelte.

„Mein Beileid“, sagte Herr Rottinger. „Wenn Sie einen Moment Zeit haben, würde ich gerne noch mit Ihnen reden, Frau von Heidenberg.“

Er wollte sich abwenden, doch Barbara hielt ihn am Arm fest. „Geht es um das Testament?“, fragte sie und ärgerte sich im selben Moment über ihre Unvorsichtigkeit. Schnell sprach sie weiter. „Miriam ist überhaupt noch nicht in der Verfassung, deshalb würde ich Sie bitten …“

„Kommen Sie am besten gleich zu mir, dann können wir kurz darüber reden“, unterbrach er sie.

Barbara konnte leider nicht heraushören, ob er ihren Fauxpas bemerkt hatte, also nickte sie nur und wandte sich einem älteren Ehepaar zu, das ihr sein Beileid ausdrückte. Tatsächlich aber konnte sie es kaum mehr erwarten, mit Herrn Rottinger zu reden. Am liebsten wäre es ihr gewesen, wenn das Testament gleich am nächsten Tag eröffnet worden wäre!

Als alle Trauergäste ihr kondoliert hatten und sich so mancher nach Miriam erkundigt hatte – eine Prozedur, die für Barbara äußerst ermüdend war –, schlenderte sie mit einer feinen Porzellantasse in der Hand zu Thomas Rottinger hinüber.

„Nun, was wollten Sie mit mir besprechen?“ Barbara lächelte und rührte ihren Kaffee um. Sie hatte die Trauerfeier mit Absicht in ein edles Restaurant verlegt, das ganz in der Nähe des Friedhofs lag. Ihr war es wichtig, dass auch an diesem Tag alles vom Besten war. Sie wusste, Wolfgang hätte es anders gemacht. Aber Wolfgang war nicht mehr da …

„Es geht um den Termin für die Testamentseröffnung“, sagte Thomas Rottinger. Er wies zu einem Tisch hinüber, doch Barbara schüttelte stumm den Kopf.

„Ich stehe lieber“, sagte sie leise.

„Ihr Mann hat mich beauftragt hat, alle Vereinbarungen, die seinen Letzten Willen betreffen, auszuführen und dafür zu sorgen, dass alles seine Ordnung hat.“

Barbara seufzte. „Ja, Wolfgang hat immer dafür gesorgt, dass alles seine Ordnung hat“, flüsterte sie.

„Dazu gehört auch“, sagte Thomas Rottinger, „dass wir mit der Testamentseröffnung noch warten müssen.“

„Wieso?“ Alarmiert blickte Barbara auf, die ganz in die Vorstellung versunken war, schon bald das große Erbe anzutreten.

„Ihre Tochter Miriam wird auch in dem Testament bedacht. Sie sollte anwesend sein, wie auch alle anderen Erben.“

„Aber Miriam liegt noch im Klinikum Kitzbühel. Die Ärzte wissen nicht, wann sie wieder so weit hergestellt ist, dass sie längere Reisen auf sich nehmen kann. Sie steht nach dem schlimmen Unfall unter Schock.“

Thomas Rottinger nickte. „Davon habe ich gehört, ja, aber das spielt keine Rolle. Auch Miriam von Heidenberg muss zur Testamentseröffnung anwesend sein. Ihr Vater hat es so bestimmt.“

„Ach kommen Sie“, sagte Barbara. „Können Sie da nicht mal ein Auge zudrücken?“

Thomas Rottinger schüttelte den Kopf. „Ich weiß nicht, wie Sie sich das vorstellen, Frau von Heidenberg.“

„Sie können doch sicher eine Ausnahme machen, oder nicht?“, fragte sie und klimperte verführerisch mit den Wimpern.

„Tut mir leid, Frau von Heidenberg, aber das geht wirklich nicht. Haben Sie es denn so eilig?“

„Nein, natürlich nicht“, beeilte Barbara sich zu versichern. Immerhin hatte sie das Testament gesehen. Sie wusste ja, was darinstand, und musste sich also keine Sorgen machen. Aber sie wollte endlich im vollen Umfang über das Geld verfügen können.

„Wie lange wird es denn vermutlich noch dauern, bis Miriam nach München kommen kann?"

„Ich weiß es nicht." Barbara seufzte theatralisch. „Wissen Sie, das Kind liegt im Krankenbett und steht immer noch unter Schock."

„Werden Sie bald wieder zu ihr fahren?"

Barbara nickte langsam. „Sobald hier alles geregelt ist", antwortete sie. Am liebsten wäre sie gar nicht zurückgekehrt. Jedenfalls nicht, solange hier nicht alles zu ihrer Zufriedenheit erledigt war.

Aber das eine schien mit dem anderen unvereinbar.

Barbara spürte, wie sie wütend wurde. Warum nur behinderten alle ihre Pläne? Warum musste Miriam bei der Testamentseröffnung anwesend sein? Reichte es nicht, wenn sie, Barbara, alles in die Hand nahm? Miriam war minderjährig, und was auch immer Wolfgang ihr zugedacht hatte – Barbara würde es doch sowieso bis zu Miriams Volljährigkeit verwalten. Und immerhin war sie die Haupterbin.

„Also gut." Barbara von Heidenberg erhob sich und reichte Thomas Rottinger die Hand. „Ich werde mich melden, sobald Miriam und ich wieder zurück in München sind. Auf Wiedersehen."

Thomas Rottinger blickte ihr nach. Er erinnerte sich

nur zu gut an die letzte Begegnung mit Wolfgang von Heidenberg, die erst wenige Wochen her war, und an seine deutlichen Worte. Ja, es schien, als habe sein Freund vor seinem Tod die richtige Entscheidung getroffen. Bis zu diesem Gespräch mit Wolfgangs Witwe hatte er ehrliche Zweifel gehegt. Aber jetzt war ihm einiges klar geworden – und er war froh, dass Wolfgang seine Angelegenheiten mit so großer Umsicht geregelt hatte.

Am nächsten Tag ging Viktoria nachmittags wieder ins Klinikum. Sie war fest entschlossen, Miriam aus ihrer Erstarrung zu lösen und ihr zu helfen, wieder ins Leben zurückzufinden.

Doch als sie die Tür zu Miriams Zimmer aufschob, war das Bett leer. Viktoria fragte eine Krankenschwester, wo Miriam sei, und diese erklärte ihr, heute Nachmittag seien keine Besuche möglich. Miriam musste einige komplizierte Untersuchungen über sich ergehen lassen. Viktoria könne am nächsten Tag wiederkommen.

Das tat sie, diesmal sogar schon am Morgen. Sie hatte gehofft, dass Miriam nicht mehr im Bett liegen würde, nachdem sie doch auch gestern schon auf gewesen war, doch sie wurde enttäuscht. Ihre Freundin lag starr im Bett, die Arme gerade neben dem Körper ausgestreckt. Sie wandte nur den Kopf, als Viktoria hereinkam.

„Hallo“, sagte Viktoria. „Wie geht es dir heute?“

„Weiß nicht“, sagte Miriam. Sie beobachtete Viktoria, die sich einen Stuhl heranzog und sich zu ihr setzte. „Ich bin müde“, sagte Miriam.

„Na ja, aber ein bisschen Zeit hast du doch für mich, oder?“

Miriam nickte.

„Ich war heute Morgen im Reitstall“, erzählte Viktoria munter drauflos. Sie hatte sich schon eine genaue Strategie zurechtgelegt.

„Alina vermisst dich. Ich habe sie ein bisschen bewegt und sie in der Reithalle an die Longe genommen. Sie war ganz schön übermütig!“

„Schön“, sagte Miriam und blickte aus dem Fenster. Draußen war ein wunderbarer Sommertag.

„Möchtest du mal raus?“, fragte Viktoria. „Ich könnte dich im Rollstuhl durch den Park schieben.“

„Gib dir keine Mühe“, sagte Miriam. „Ich mag nicht.“

„Aber warum denn nicht?“ Viktoria wollte das nicht auf sich beruhen lassen. „Es ist so schönes Wetter draußen.“

„Nein, ich mag nicht.“ Miriam wandte den Kopf ab. Sie schluchzte leise.

Viktoria fühlte sich hilflos. „Kann ich irgendwas für dich tun?“

Ein stummes Kopfschütteln war die Antwort.

Viktoria seufzte. Sie hatte es sich nicht so verdammt schwer vorgestellt, Miriam ein wenig aufzumuntern. „Möchtest du lieber alleine sein?“

Nicken.

„Aber Miriam ...“ Viktoria stand auf und griff nach der Hand ihrer Freundin, die wie leblos auf der Bettdecke lag.

„Du musst doch etwas tun! Deinem Vater wäre es lieber, wenn du dein Leben wieder in die Hand nimmst ..."

„Was weißt du schon über meinen Vater?", rief Miriam empört.

Viktoria zuckte zusammen.

„Du weißt gar nichts! Lass mich einfach in Ruhe!"

Viktoria stolperte ratlos aus dem Krankenzimmer. Sie erkannte ihre beste Freundin nicht wieder. Aber so schnell würde sie sie nicht aufgeben.

Miriam blickte wieder aus dem Fenster. Ihr Gefühlsausbruch tat ihr bereits leid, aber sie konnte nicht anders. Es tat so weh, an ihren Papa zu denken! Wie gerne wollte sie den ganzen Tag allein in ihrem Krankenbett liegen.

Aber man ließ sie nicht in Ruhe. Täglich schaute Dr. Berger nach ihr, und auch die Schwestern versäumten es nicht, sich nach ihren Wünschen zu erkundigen. Sie zeigten sich munter, aber Miriam ahnte, dass sich unter der Munterkeit eine Besorgnis hielt, die niemand ihr offen zeigen wollte.

Dabei wusste sie selbst, was los war. Sie versuchte, ihre Arme zu bewegen, die ihr gehorchten. Aber wenn sie denselben Versuch mit ihren Beinen unternahm, passierte nichts. Ihre Beine waren gelähmt, so einfach war das. Wenn sie sich wenigstens noch an die genauen Ereignisse erinnern konnte, aber da war lediglich eine dunkle Wolke, die alle Geschehnisse verdeckte.

Vielleicht war es auch besser, wenn sie sich nicht erinnern konnte ...

Barbara von Heidenberg atmete tief durch. Dieses Kind stellte sie wirklich auf eine harte Geduldsprobe! Seit knapp einer Woche war sie nun zurück in Kitzbühel, und jeden Tag spielte sich dasselbe Drama ab. Sobald Barbara Miriams Krankenzimmer betrat, wandte das Mädchen den Kopf und starrte stumm aus dem Fenster. Und dabei gab sich Barbara wirklich Mühe!

Aber Miriam war verstockt, und Dr. Berger, mit dem Barbara nun täglich sprach und der langsam begann, sich ihr gegenüber freundlicher zu verhalten – vermutlich weil er glaubte, ihr sei wirklich am Wohl ihrer Stieftochter gelegen –, betonte immer wieder, dass man Miriam noch einige Wochen, unter Umständen sogar Monate geben musste, bevor sie aus der Erstarrung erwachte.

Als Barbara von Heidenberg an diesem Tag das Kitzbüheler Klinikum betrat, begegnete sie Viktoria. Das Mädchen saß, in den Händen einen Stapel Fotos, die es nachdenklich durchblätterte, auf dem Flur vor Miriams Zimmer.

„Hallo, Frau von Heidenberg." Viktoria sprang auf. „Ich wollte zu Miriam, aber sie hat mich weggeschickt …" Sie senkte traurig den Blick. „Das macht sie im Moment jeden Tag."

„Ja, und?", fragte Barbara knapp.

„Ich habe ihr Bilder von ihrem Pferd mitgebracht. Ich dachte, das würde sie etwas aufmuntern", sagte Viktoria. „Würden Sie Miriam die Fotos geben?"

„Nein", sagte Barbara kühl. „Miriam wird schon wissen, was sie tut, meinst du nicht? Und wenn sie kein Interesse an dir und den Fotos hat, dann gibt es dafür sicher gute Gründe." Ohne ein weiteres Wort ging sie an dem Mädchen vorbei und verschwand im Krankenzimmer.

Viktoria blieb völlig verdattert zurück. Wenn es doch nur irgendwas gäbe, das Miriam helfen würde, irgendwas, das ihr Freude machen und sie aus ihrer Starre erlösen würde.

Und plötzlich hatte sie eine Idee …

„Da ist ein Anruf für dich."

Felix runzelte die Stirn. „Ein Anruf?"

Stefan wies grinsend mit dem Kopf hinter die Rezeption. „Ja, eine junge Dame verlangt nach dir. Ich wusste gar nicht, dass du schon in den ersten Häfen deine Freundinnen sammelst …"

„Ich habe keine Ahnung, wer das sein könnte", sagte Felix. Er ging in das kleine Büro und nahm den Telefonhörer.

„Felix Tarrasch am Apparat", sagte er barsch.

„Felix, hier ist Viktoria." Die Stimme seiner kleinen Schwester klang leise und traurig. „Felix, du musst mir helfen."

Sofort hörte Felix aufmerksam zu. „Was ist passiert?", fragte er.

„Ich mache mir Sorgen um Miriam." In wenigen Sätzen erzählte Viktoria, wie es Miriam nach dem Tod ihres Vaters ergangen war. „Kannst du herkommen?", fragte sie schließlich.

„Nach Kitzbühel? Wie stellst du dir das vor? Wir sind auf hoher See und steuern übermorgen Rio de Janeiro an. Ich kann jetzt nicht gerade mal weggehen. Außerdem bin ich noch in der Probezeit und bekomme keinen Urlaub."

Seine Schwester seufzte. „Ich weiß", sagte sie. „Aber denk doch mal an Miriam. Sie lässt sich überhaupt nicht mehr aus ihrer Lethargie reißen, und ich mache mir wirklich Sorgen um sie."

„Ich versuche es", versprach Felix. „Irgendwie schaff' ich das schon."

Als er auflegte, schüttelte er nachdenklich den Kopf. Arme Miriam! Wenn auch nur die geringste Hoffnung darauf bestand, dass sie sich schneller erholen würde, wenn er nach Kitzbühel fuhr, dann musste er sich doch so schnell wie möglich auf den Weg machen …

Letztlich war es einfacher, als er gedacht hatte: Er schilderte seinem Vorgesetzten, der sehr angetan von Felix' Leistung war, die Situation, und der willigte ein, dass Felix ab Rio de Janeiro für fünf Tage freibekam. Danach würde er in Montevideo wieder an Bord gehen.

Zwei Tage später flog er von Rio de Janeiro über Düsseldorf nach München. Sein Vater holte ihn am Flughafen ab. Obwohl Felix müde war, wollte er noch am selben Nachmittag ins Klinikum zu Miriam.

„Glaubst du die Geschichte, die in den Zeitungen steht?", fragte er seinen Vater, als sie im Auto saßen.

Hans Tarrasch lenkte konzentriert den Wagen aus dem Parkhaus direkt auf die Zubringerstraße zur Autobahn.

„Welche Geschichte meinst du?“

Felix machte eine unbestimmte Geste. „Du weißt schon. Die Geschichte, dass Wolfgang von Heidenberg abgestürzt ist. Weißt du, ich kann das einfach nicht glauben. Wolfgang von Heidenberg war doch kein schlechter Bergsteiger, im Gegenteil ...“

Felix’ Vater runzelte die Stirn. „Du hast schon recht. Aber gibt es einen Grund, daran zu zweifeln, dass es genau so war?“

Felix schüttelte den Kopf. „Nein, natürlich nicht. Ich dachte nur ...“ Doch er sprach nicht weiter. Er merkte, dass seinem Vater das Thema nicht behagte.

Wenig später betrat Felix das Klinikgebäude und fühlte ein banges Herzklopfen, als er den hellen, breiten Gang zu Miriams Zimmer entlangging. Was, wenn es ihm nicht gelingen würde, sie aus ihrem Schmerz herauszuholen?

Als er die Tür vorsichtig öffnete, wandte Miriam lediglich den Kopf. Sie sah ihn an, und Felix glaubte, in ihren Augen das Staunen und die Überraschung lesen zu können.

„Hallo, Miriam“, sagte er leise.

Sie wandte den Kopf ab und starrte aus dem Fenster.

Felix zog sich einen Stuhl ans Bett und setzte sich zu ihr. „Ich wollte sehen, wie’s dir geht.“

„Schlecht“, sagte Miriam. Sie blickte noch immer betont in die andere Richtung. Felix seufzte.

„Ich hab dir etwas mitgebracht.“

Er legte ein flaches Päckchen auf die Bettdecke neben Miriams Hand. „Ich habe in jeder Hafenstadt, in der wir an Land gehen durften, eine exotische Blüte gesammelt und sie zwischen den Büchern gepresst. Ich hoffe, ich habe das richtig gemacht … Du wirst mir das noch mal erklären müssen, wie das geht."

Miriams Hand zuckte. Ohne den Kopf zu bewegen, betasteten ihre schlanken Finger das Päckchen. Dann stieß sie es mit einem Ruck zu Boden.

„Ich will keine Blüten mehr sammeln", flüsterte sie.

„Miriam …" Felix hob das Päckchen auf und legte es wieder auf die Bettdecke. „Miriam, ich kann dich ja verstehen. Du hast deinen Vater verloren, und das schmerzt. Aber du darfst nicht dein ganzes Leben aufgeben, nur weil dir im Moment alles unerträglich erscheint. Wir alle sind für dich da, weil wir dich lieben."

Miriam schüttelte den Kopf. „Lass mich in Ruhe", flüsterte sie.

Felix saß noch einen Moment an ihrem Bett, doch sie zeigte keine Reaktion.

„Dann geh ich wohl lieber wieder. Darf ich wiederkommen? Ich bin noch für ein paar Tage da …"

Doch Miriam reagierte nicht, und er verließ das Krankenzimmer. Im Flur lehnte er sich müde gegen die Wand. Was sollte er nur machen? Wie konnte er Miriam helfen?

Miriam lag in ihrem Bett und starrte an die Decke. Sie wollte niemanden sehen. Wie konnte das Leben weitergehen, wenn ihr geliebter Papa nicht mehr da war? Alle waren sie da, um sie zu trösten – und nun war sogar Felix gekommen …

Ihre Hand strich vorsichtig über das Päckchen, das er ihr mitgebracht hatte. Das schwere Geschenkpapier fühlte sich glatt an unter ihren Fingern, und sie knibbelte ein bisschen am Tesafilm herum.

Als die Krankenschwester wenig später das Abendessen ans Bett stellte, fiel ihr Blick auf das Päckchen neben Miriams Hand. „Nanu? Hast du ein Geschenk bekommen?“, fragte sie freundlich.

Miriam schüttelte den Kopf. „Könnten Sie es bitte auf den Tisch legen?“, bat sie sie. „Ich möchte es nicht auspacken.“

Und Hunger hatte sie auch nicht.

Erst am nächsten Morgen, nachdem Dr. Berger zur Visite bei ihr gewesen war, griff sie behutsam nach dem Päckchen, das eine Schwester vom Tisch auf ihr Nachkästchen gelegt hatte, und platzierte es vor sich auf der Bettdecke. Ihre Finger strichen behutsam darüber, bis sie Felix' Geschenk schließlich aus dem Papier wickelte.

Es war ein Album mit cremefarbenen Seiten, und zwischen das raschelnde Seidenpapier hatte Felix gepresste Blüten gelegt. Miriam blätterte andächtig von vorne nach hinten.

Obwohl sie getrocknet waren, verrieten die Blüten viel von der Farbenpracht und Fülle, mit der sie an den fremden Orten überall auf der Welt blühen mussten. Miriam spürte, wie ihr Tränen in die Augen stiegen. Felix hatte allein für sie diese Blüten gesammelt – für sie! Hastig wischte sie die Tränen beiseite, doch sie ließen sich nicht aufhalten, und Miriam weinte so heftig, dass sie danach erschöpft einschlief.

Als Felix am Nachmittag das Krankenzimmer betrat, hielt sie das Buch immer noch fest in der Hand. Er lächelte und blickte Miriam an.

„Gefällt es dir?“, fragte er leise.

Miriam nickte. „Es sind wunderschöne Blumen“, sagte sie schüchtern. „Hast du ... Warum hast du sie gesammelt?“

„Ich hab’ sie für dich gesammelt, Miriam. Weil ich doch weiß, wie sehr du Pflanzen magst. Eigentlich wollte ich es dir erst zu Weihnachten schicken. Aber ...“ Er zuckte mit den Schultern und setzte sich zu Miriam auf die Bettkante.

„Danke“, flüsterte sie.

„Versprichst du mir, dass du das Leben wieder anpacken wirst, Miriam? Niemand verlangt, dass alles wieder so sein soll wie früher. Das kann es gar nicht. Aber ich möchte, dass du wieder lachen kannst. Eines Tages. Bitte denk darüber nach. Versprichst du mir das?“

„Ich verspreche es dir“, murmelte sie undeutlich.

Felix griff nach der schmalen Hand des Mädchens. „Gut so“, sagte er. „Ich bin stolz auf dich.“

Sie erwiderte seinen Händedruck. Felix stand auf.

„Kommst du morgen wieder?“, fragte Miriam.

„Wenn du das gerne möchtest, ja.“

Miriam lächelte. Es war ein zaghaftes, vorsichtiges Lächeln, aber Felix erkannte darin den Versuch, das Leben wieder anzunehmen. Er wusste, Miriam brauchte Zeit. Doch sie war stark, und sie würde es schaffen. Sie würde es ganz bestimmt schaffen.

Am nächsten Morgen verkündete Miriam bei der Visite, dass sie jetzt bereit wäre, an den notwendigen Therapiemaßnahmen teilzunehmen. Dr. Berger hörte es mit Freude.

„Werde ich wieder ganz gesund werden?“, fragte Miriam, als sie im Rollstuhl zum Krankengymnastikraum gebracht wurde. Dr. Berger, der neben ihr herlief, zögerte.

„Ich kann nichts versprechen“, sagte er schließlich. „Aber wenn du hart arbeitest, können wir bestimmt einiges erreichen.“

Miriam nickte. Ja, sie wollte arbeiten, und sie wollte kämpfen.

Nachmittags kam Felix zu Besuch, und als er das Krankenzimmer betrat, saß Miriam aufrecht im Bett und blätterte in einem Pflanzenführer, den sie in der Krankenhausbibliothek ausgeliehen hatte. Sie klappte das Buch zu und legte es beiseite, als Felix sich zu ihr auf die Bettkante setzte.

„Hey, du“, sagte er leise. „Geht’s dir heute besser?“

Miriam nickte. Sie griff nach Felix’ Hand. „Das hab ich dir zu verdanken“, sagte sie leise. „Ich glaube, wenn du nicht gewesen wärst, hätte ich nicht den Mut aufgebracht ...“ Sie sprach nicht weiter.

„Das hast du aber doch ganz allein geschafft“, sagte er und lächelte.

Die Tür öffnete sich, und Barbara von Heidenberg trat ein. Als sie Felix und Miriam sah, verfinsterte sich ihre Miene.

„Frau von Heidenberg“, sagte Felix, sprang auf und streckte seine Hand aus. „Mein herzliches Beileid. Das mit Ihrem Mann tut mir sehr leid. Er war ein wunderbarer Mann.“

„Danke. Der Verlust ist für uns … schmerzlich.“ Barbara musterte ihn ausdruckslos. „Ich wusste gar nicht, dass Sie im Lande sind, Herr Tarrasch.“

„Ich kann auch nicht mehr allzu lange bleiben“, antwortete Felix höflich. „Meine Arbeit ruft.“

„Dr. Berger hat mir erzählt, dass es dir schon besser geht“, wandte Barbara sich an ihre Stieftochter, ohne Felix weiter zu beachten. „Das freut mich sehr, Miriam.“ Endlich war das Kind reisefähig! Jetzt konnten sie ja jederzeit nach München aufbrechen – und der Testamentseröffnung stand endlich nichts mehr im Wege …

Felix winkte Miriam zu, die zurücklächelte, dann verließ er das Krankenzimmer. Barbara von Heidenberg hatte sich kein bisschen verändert. Sie war immer noch so kalt wie eine Hundeschnauze.

6. *KAPITEL*

Es wäre besser, wenn Miriam nach der Testamentseröffnung für ein paar Wochen zurück in die Klinik kommen würde", sagte Dr. Berger in einem abschließenden Gespräch vor der vorläufigen Entlassung zu Barbara von Heidenberg.

Barbara hob die Augenbrauen in Erstaunen. „Wieso denn das?" Miriam konnte endlich nach München reisen; das war im Moment alles, was sie interessierte.

„Es gibt noch viel zu tun. Miriam sitzt jetzt zwar im Rollstuhl, aber viele Dinge müssen wir noch in langwierigen Therapien festigen und stabilisieren. Miriam kann diese Maßnahmen bei uns durchführen, wenn sie möchte."

„Ich wüsste nicht, warum sie das tun sollte."

Dr. Berger blickte Barbara von Heidenberg mit gerunzelter Stirn an. „Miriam hat in den letzten Tagen erstaunliche Fortschritte gemacht. Gerade der Halt durch ihre Freunde war sehr wichtig für sie und wird es auch weiterhin sein."

„Ich werde darüber nachdenken", sagte Barbara, um diesem leidigen Gespräch ein Ende zu bereiten. Sie hatte es eilig. Der Termin beim Notar war für den Nachmittag angesetzt, und wenn sie sich nicht sputeten, würden sie zu spät kommen.

„Wir sind jederzeit bereit, Miriam wieder stationär aufzunehmen."

„Auf Wiedersehen." Barbara reichte dem Arzt kommentarlos die Hand.

„Auf Wiedersehen“, sagte Dr. Berger. Er blieb allein in seinem Büro zurück. Von Miriam hatte er sich schon vorher verabschiedet. Das Mädchen würde noch lange brauchen, um den Verlust ihres Vaters zu überwinden, aber immerhin hatte sie sich in den letzten Tagen offen für die Hilfe der Ärzte und Schwestern gezeigt.

Nach den Besuchen von Felix Tarrasch war sie förmlich aufgeblüht, hatte sich bei allen Therapieangeboten sehr interessiert und aktiv gezeigt. Ja, sie wollte ihr Schicksal selbst in die Hand nehmen, und das mit einer Willenskraft, die bei einer Zwölfjährigen außergewöhnlich war.

„Wo fahren wir hin?“, fragte Miriam, als Barbara nicht an der gewohnten Ausfahrt von der Autobahn herunterfuhr.

„Wir haben noch einen Termin in der Stadt“, sagte Barbara. „Es wird nicht lange dauern, versprochen.“

Miriam nickte. Sie hatte zwar überhaupt keine Lust, aber sie wollte auch nicht mit Barbara streiten. Diese schob sie wenig später in das Büro des Notars, das Miriam zuvor noch nie betreten hatte. Barbara stellte die beiden einander vor.

„Herr Rottinger verwaltet das Testament deines Vaters“, sagte Barbara mit glänzenden Augen. „Er hat darauf bestanden, dass du dabei bist, wenn es verlesen wird.“

Miriam schüttelte betäubt den Kopf. Ein Testament? Darüber hatte sie überhaupt noch nicht nachgedacht. Seit dem Tod ihres Vaters hatte sie sich nicht einen Augenblick gefragt, wie es jetzt weitergehen sollte. Sie war einfach davon ausgegangen, dass Barbara und sie zusammenbleiben würden.

Um das Vermögen hatte sie sich erst recht keine Gedanken gemacht. Natürlich wusste sie, dass ihr Vater kein armer Mann gewesen war, schließlich hatte er stets darauf geachtet, dass Miriam nicht vergaß, wie privilegiert sie war. Sie sollte ein gesundes Maß finden im Umgang mit Geld, das war immer sein Bestreben gewesen.

„Hat das nicht Zeit? Ich bin müde", sagte Miriam.

Herr Rottinger blickte zwischen Miriam und ihrer Stiefmutter hin und her.

„Wir können das natürlich verschieben", sagte er zögernd. „Sie können jederzeit einen neuen Termin machen, Frau von Heidenberg. Wenn Miriam sich heute nicht in der Lage sieht ..."

„Ach, Unsinn." Barbara schenkte dem Notar ihr strahlendstes Lächeln. „Wir bringen das hier schnell hinter uns, und dann fahren wir nach Hause. Im Grunde ist es doch nur eine Formsache, oder?"

„Nun, wie Sie meinen."

Thomas Rottinger holte aus einer Aktenmappe zwei von Hand beschriebene Blätter aus cremefarbenem Papier. Er räusperte sich und begann dann, den Text laut und deutlich zu verlesen.

Ich, Wolfgang von Heidenberg, verfüge Folgendes im Falle meines Todes:

Meiner Tochter Miriam von Heidenberg vermache ich mein gesamtes Vermögen, die Häuser, die Konten, die Aktien und alle anderen Vermögenswerte. Sollte meine Tochter Miriam zum Zeitpunkt meines Todes noch nicht das 25. Lebensjahr vollendet haben, so verfüge ich, dass ihre Stiefmutter, meine Ehefrau Barbara von Heidenberg, das Vermögen bis zu diesem Zeitpunkt verwaltet.

Zudem bestimme ich, dass Miriam das Erbe nur dann antreten wird, wenn sie verheiratet ist oder bis zu ihrem 25. Geburtstag geheiratet hat. Sollte dies nicht geschehen, so fällt das Vermögen an meine Ehefrau Barbara von Heidenberg.

Der Notar legte die Papiere vor sich auf die Schreibtischplatte und sah die Tochter und die Ehefrau seines lieben Freundes an. Miriam schien überhaupt nicht verstanden zu haben, was er da gerade vorgelesen hatte, aber Barbara … Barbara kochte vor Wut.

„Haben Sie noch Fragen?“, fragte er.

„Ja, allerdings!“, rief Barbara. „Wann hat mein Mann dieses Testament gemacht? Ich meine … Mein Mann und ich standen einander sehr nah, schon immer, und ich weiß von ihm, dass er mich letztes Jahr kurz vor unserer Hochzeit als Erbin eingesetzt hat …“

„Das Testament ist datiert auf Anfang Juli dieses Jahres. Es ist also ungefähr vier Wochen alt“, sagte Thomas Rottinger beinahe sanft und erwiderte den funkelnden Blick Barbaras kühl.

Sie stand abrupt auf. „Wir gehen“, verkündete sie und

schob Miriams Rollstuhl zum Ausgang.

Miriam ließ sich wortlos von Barbara aus dem Büro schieben. „Barbara, was bedeutet das?“, fragte sie erschöpft. „Was ist an dem Testament nicht richtig?“

„Alles bestens!“, behauptete ihre Stiefmutter süßlich. „Komm, du bist doch so müde, wir fahren nach Hause.“

Nachdem sie Miriam ins Bett geholfen hatte, saß Barbara allein im Wohnzimmer. Sie hatte eine Flasche teuren Whiskey gefunden, den sie jetzt wie Wasser trank. Verdammt! All ihre Pläne zerfielen plötzlich zu Staub.

Sie hatte eigentlich vorgehabt, Miriam in den nächsten Jahren in ein Internat abzuschieben und ihr während der Ferien teure Urlaube zu spendieren, damit sie sich nicht mehr mit dem Kind belasten musste. Und vor allem hatte sie vorgehabt, nun endlich das Leben zu genießen. Aber das stand nicht länger zur Debatte.

Wie hatte Wolfgang ihr das antun können?

Warum hatte er sein Testament geändert?

Hatte er etwa dieselben Schlüsse gezogen wie Barbara – und darauf ganz anders reagiert? Er musste etwas gemerkt haben. Anders konnte Barbara sich seine Reaktion nicht erklären.

Und nun? Was konnte sie jetzt tun?

Miriam war der Schlüssel zum Erfolg. Sie war zwölf Jahre alt, und bis zu ihrem fünfundzwanzigsten Geburtstag war noch viel Zeit. Zeit, die Barbara für sich nutzen musste. Sie musste verhindern, dass Miriam sich verliebte, dass sie heiratete. Denn das war Barbaras einzige Chance.

Sie lachte bitter auf. Dass Wolfgang ihr über seinen Tod hinaus Steine in den Weg legte, hatte sie ihm gar nicht zugetraut.

Jetzt war sie also von Miriam abhängig. Das war doch lächerlich! Aber – eine Tatsache. Sie musste ihrer Stieftochter fortan also das Gefühl geben, ihre Mutter zu sein – und nichts lag Barbara ferner als dieser Gedanke.

Sie würde sich wohl zusammenreißen müssen. Und sie würde verhindern müssen, dass Miriam ihr entgleiten, ihre eigenen Entscheidungen treffen, sich eines Tages verlieben oder gar heiraten würde – denn damit wäre das Erbe, das eigentlich Barbara zustand, für immer verloren.

Sie nahm einen großen Schluck vom Whiskey. Er brannte in der Kehle, aber noch viel mehr brannte der Schmerz darüber, dass sie verloren hatte. Aber sie würde sich nicht geschlagen geben! Sie hatte eine Schlacht verloren, aber nicht den Krieg.

Oh nein, sie würde kämpfen! Miriam war noch leicht zu beeinflussen, und sie würde sich schon lenken lassen. So würde sie es machen …

Barbara lächelte fein. Hatte Wolfgang wirklich geglaubt, er würde sie mit diesem Testament aus dem Spiel bringen? Sie lächelte böse.

Miriam würde wie Wachs in ihren Händen sein …

Als Miriam am nächsten Morgen aufwachte, fühlte sie sich munter und ausgeruht. Sie richtete den Oberkörper auf und blickte sich in ihrem Zimmer um. Sie war allein. Sie seufzte und ließ sich zurück in die Kissen fallen. Wenn sie jetzt nach Barbara rief, würde ihre Stiefmutter sicher ungehalten reagieren, weil sie nicht allein aufstehen konnte.

Aber Miriam konnte schlecht den ganzen Tag im Bett liegen bleiben.

Außerdem musste sie dringend aufs Klo.

„Barbara?“, rief sie leise.

Sie hörte Schritte auf der Treppe. Barbara erschien in der Zimmertür.

„Guten Morgen, Miriam. Hast du gut geschlafen?“

„Guten Morgen. Ja, aber ich würde jetzt gerne aufstehen.“

„Warte, ich hole deinen Rollstuhl.“

Barbara schob den Rollstuhl in das Zimmer und half Miriam hinein. Sie unterstützte Miriam bei der Morgentoilette und half ihr schließlich ins Erdgeschoss, indem sie das Mädchen nach unten trug.

„Wir müssen uns was einfallen lassen mit der Treppe“, sagte sie, als die beiden am Frühstückstisch saßen. „Ich werde mich erkundigen, ob wir vielleicht sogar einen Fahrstuhl einbauen lassen können, was meinst du? Dann kannst du ganz ohne Hilfe rauf- und runterfahren, wann immer du willst.“

„Das klingt gut“, sagte Miriam vorsichtig. Sie blieb wachsam. Auch wenn Barbara heute morgen freundlich zu ihr war – sie wusste, wie schnell Barbaras Stimmung umschwenken konnte, wenn ihr etwas nicht passte.

„Und wir könnten einen Architekten kommen lassen, der das Haus behindertengerecht macht. Hier sind ein paar Türen zu schmal, als dass du einfach mit dem Rollstuhl hindurchkommst“, fügte Barbara hinzu. „Möchtest du noch Kakao?“

„Danke, gerne.“

Barbara holte frischen Kakao aus der Küche. Der Frühstückstisch war reichhaltig gedeckt.

„Barbara?“ Miriam nahm all ihren Mut zusammen. „Barbara, was bedeutet das Testament von Papa?“

Seit gestern Abend hatte sie darüber nachgedacht und war immer noch nicht sicher, ob sie es verstanden hatte.

„Ach“, sagte Barbara leichthin. „Das ist ein ganz normales Testament, nichts Ungewöhnliches. Dein Vater wollte einfach, dass du immer gut abgesichert bist. Und das will ich doch auch.“

Sie lächelte Miriam warm an. Miriam griff nach dem Brötchenkorb.

„Aber was hat das zu bedeuten, dass ich bis zu meinem 25. Geburtstag verheiratet sein soll?“

„Dein Vater legte viel Wert darauf, dass alles seine Ordnung hat“, sagte Barbara. „Darum haben wir damals auch so bald geheiratet. Er ist immer schon für klar geregelte Verhältnisse gewesen. Und mach dir keine Sorgen – niemand wird dich zwingen zu heiraten. Und in den nächsten zehn Jahren kommt das doch überhaupt nicht für dich in Frage.“

Miriam überlegte.

„Ich würde gerne erst meine Schule fertig machen“,

sagte sie dann. „Und vielleicht möchte ich auch studieren."

„Aber natürlich. Du kannst machen, was du willst."

„Ich würde gerne nach Kitzbühel zurück", sagte Miriam nach einer kurzen Pause. „Dr. Berger hat gesagt, dass ich noch einige Therapien dort machen könnte. Er glaubt, ich könnte eines Tages vielleicht wieder laufen."

„Gut", sagte Barbara nach einer kurzen Pause. „Das können wir gerne machen. Während der Umbauarbeiten wirst du dich hier ohnehin nicht wohl fühlen. So viel Dreck und Unruhe. Und ich möchte schon, dass die Bauarbeiten abgeschlossen sind, wenn du im September wieder zur Schule gehst."

„Kann ich wieder auf meine alte Schule gehen?"

Barbara lächelte. „Möchtest du das gerne?"

Miriam nickte. „Da sind doch all meine Freunde."

„Ich werde mich gleich nächste Woche mit dem Direktor in Verbindung setzen und mit ihm darüber reden."

Miriam atmete tief durch, als Barbara in der Küche verschwand, um für sich noch Kaffee zu holen. Barbara schien sich wirklich um sie kümmern zu wollen. Dieses Interesse kannte Miriam gar nicht an ihr.

„Vermisst du Papa auch so sehr?", fragte Miriam, als Barbara sich wieder zu ihr gesetzt hatte.

Barbara rührte Milch in ihren Kaffee. „Ja, ich vermisse ihn sehr."

Miriam blinzelte. Ihr stiegen schon wieder Tränen in die Augen.

„Ach, Miriam." Barbara legte eine Hand auf ihren Arm. „Die Hauptsache ist doch, dass wir füreinander da sind. Und ich werde immer für dich da sein."

Am übernächsten Tag brachte Barbara Miriam nach Kitzbühel zurück. Sie hatte beschlossen, die nächsten Wochen ebenfalls dort zu verbringen, während die Villa so umgestaltet wurde, dass Miriam sich dort bald barrierefrei bewegen konnte.

Nachdem Miriam ihr Zimmer in der Klinik wieder bezogen hatte, war Viktoria ihre erste Besucherin. Sie brachte neue Fotos von Miriams schöner Fuchsstute und frischgebackene Kekse mit und hatte viel zu erzählen.

„Alina vermisst dich", sagte Viktoria. „Wenn ich komme, sieht sie immer ganz ungeduldig die Stallgasse rauf und runter, als würde sie auf dich warten – und sie ist jedes Mal fast beleidigt, dass du nicht da bist."

Miriam schaute sich die Fotos an.

„Ach, ich würde so gerne wieder reiten", sagte sie.

„Hallo, ihr beiden!" Von den Mädchen unbemerkt, war Dr. Berger eingetreten. „Na, wie geht es meiner Musterpatientin?"

Miriam lächelte. „Ich weiß nicht. Es ist alles noch so ungewohnt für mich."

Dr. Berger setzte sich auf die Bettkante und schlug ihre Krankenakte auf. „Aber du träumst schon wieder vom Reiten?"

Miriam errötete leicht. „Ja, das tue ich …"

„Es ist gut, dass du so ehrgeizige Pläne hast", stellte er lächelnd fest. „Und wenn deine Therapie gut verläuft, wüsste ich nicht, was gegen die eine oder andere Reitstunde sprechen sollte. Du bist doch eine geübte Reiterin?"

Miriam nickte stolz.

Dr. Berger schmunzelte. „Ich werde mal mit deiner Mutter besprechen, was wir da machen können."

Barbara von Heidenberg jedoch hielt von der Idee überhaupt nichts. Als sie Miriam das nächste Mal besuchte, rauschte sie in Dr. Bergers Büro und baute sich vor seinem Schreibtisch auf.

„Was fällt Ihnen ein, meiner Tochter derart überzogene Hoffnungen zu machen?", rief sie empört. „Reiten! Wie soll mein Kind denn reiten können, wenn es gelähmt ist?"

„Aber Frau von Heidenberg", seufzte der Arzt. „Ganz im Gegenteil: Es würde Miriam extrem guttun, ein paar Reitstunden zu nehmen. Vom physischen Nutzen mal abgesehen – Reiten verhindert, dass sich ihre Körpermitte völlig versteift –, würde ihrer Tochter ein wenig Bewegung an der frischen Luft guttun. Im Moment liegt sie die meiste Zeit in ihrem Zimmer oder macht Krankengymnastik oder andere Therapien ... Reitstunden würden sie sicher noch mehr motivieren, um ihre Genesung zu kämpfen", fügte er hinzu.

„Das kommt überhaupt nicht in Frage", sagte Barbara von Heidenberg. „Ich verbiete Ihnen, über diese Therapiemöglichkeit auch nur nachzudenken. Jetzt freut sich Miriam darauf, bald wieder reiten zu können – und was versprechen Sie ihr als Nächstes? Dass sie wieder laufen kann?"

Sie stemmte ihre Hände in die Hüften und sah ihm direkt in die Augen. „Ich bin nicht damit einverstanden, mein Kind mit diesen überzogenen Erwartungen unter Druck zu setzen!", rief sie empört. „Was ist denn, wenn all Ihre Therapien nichts bringen? Wie soll Miriam das verkraften?"

Dr. Berger schüttelte den Kopf. „Ich bin davon überzeugt, dass Miriam Fortschritte machen wird. Es ist nur eine Frage der Zeit, glauben Sie mir!"

„Keine Reitstunden!", betonte Barbara von Heidenberg noch einmal. „Jetzt noch nicht. Miriam soll Fortschritte machen, da bin ich Ihrer Meinung. Aber sie soll nicht von Misserfolgen zurückgeworfen werden." Sie holte tief Luft. „Miriam ist sehr sensibel, das ist sie immer schon gewesen. Und durch den Tod ihres Vaters und den damit verbundenen Schock ist sie noch zarter geworden. Ich will nicht, dass Sie sie überfordern."

Dr. Berger nickte. „Das verstehe ich. Ohne Ihr Einverständnis, Frau von Heidenberg, sind mir sowieso die Hände gebunden."

„Dann bin ich ja beruhigt." Sie lächelte ihn vielsagend an. „Und jetzt entschuldigen Sie mich bitte. Ich möchte mich um meine Tochter kümmern."

„Ich find's schön, dass mein Bruderherz noch ein paar Tage bleiben kann", stellte Viktoria fröhlich fest und stupste

Felix in die Seite. Wie sich herausgestellt hatte, musste er erst zum Ende der Kreuzfahrt wieder an Bord gehen, und um dieses Ereignis gebührend zu feiern, hatten die Tarraschs einen Grillabend organisiert und alle Freunde dazu eingeladen.

„Natürlich ist das schön." Frau Tarrasch gab Viktoria einen kleinen Nasenstüber. „Aber ein bisschen merkwürdig ist es schon, findest du nicht auch?"

„Aber ich hab's euch doch erklärt", sagte Felix und rollte mit den Augen. „Mein Chef möchte, dass ich über Weihnachten an Bord bleibe. Und deswegen kann ich jetzt schon mal ein paar Überstunden abfeiern. Er hat einfach den Arbeitsplan ein bisschen umstrukturiert."

„Aber du warst kaum einen Monat an Bord!", widersprach seine Mutter heftig. „Wie kann er dir da schon in der Probezeit so viel Urlaub zugestehen?"

„Ach, Mama." Felix seufzte. „Er ist eben einfach von meinen Qualitäten überzeugt."

„Pass du nur auf, dass du deine Qualitäten als Grillmeister nicht vernachlässigst. Schaut mal, da kommen Miriam und Frau von Heidenberg!"

Unter den ersten Gästen waren auch Miriam und ihre Stiefmutter. Miriam konnte schon ganz gut selbst mit ihrem Rollstuhl umgehen, aber da er nicht durch das schmale Gartentürchen passte, eilten Felix und sein Vater zur Hilfe herbei.

„Das machen wir ganz einfach", sagte Felix und hob Miriam ohne Umstände aus dem Rollstuhl. Sein Vater klappte das Gefährt mit wenigen Handgriffen zusammen und baute es im Garten wieder auf.

„Siehst du, geht doch." Felix setzte Miriam wieder in den Rollstuhl.

Sie strahlte ihn an. „Danke."

Felix hockte sich neben sie. „Keine Ursache", sagte er. „Was darf ich dir vom Büfett bringen?"

„Oh, ich glaube, das kriege ich schon alleine hin." Miriam griff nach den Rädern ihres Rollstuhls und lenkte ihn geschickt zu der langen Tafel, auf der all die Köstlichkeiten aus Frau Tarraschs Küche aufgereiht waren. Sie befüllte den Teller und holte bei Herrn Tarrasch, der mit Begeisterung am Grill stand, ein Würstchen.

Auf den Knien balancierte sie den gefüllten Pappteller zum Tisch, an dem schon viele Nachbarn und Freunde beisammensaßen.

Felix ließ Miriam kaum aus den Augen. Er bewunderte die Tapferkeit, mit der sie diese für sie so völlig neue Situation meisterte! Sie stellte den Teller auf dem Tisch ab und blickte sich suchend um.

„Was möchtest du trinken?", fragte Felix. Miriam gab nach. „Eine Apfelsaftschorle, bitte", bat sie, und Felix eilte davon.

„Und dann hat sie ihn heruntergestoßen." Felix horchte auf, während er Miriams Getränk zubereitete. Er wandte den Kopf und sah, wie zwei Nachbarn aus dem Dorf nicht weit von ihm die Köpfe zusammengesteckt hatten. Felix spitzte die Ohren. Worum ging es da?

„Du meinst, es war Mord?“

„Klar war das Mord. Sie wollte an das Erbe ran. Aber ihr Mann hat vorgesorgt. Nun bekommt die Tochter alles ...“

Felix wandte sich abrupt ab. Die Leute redeten. Und sie hegten genau den Verdacht, der auch Felix nicht aus dem Kopf wollte: Was, wenn Barbara von Heidenberg ihren Mann ermordet hatte?

Andererseits: Welchen Grund hätte sie haben sollen, Wolfgang von Heidenberg umzubringen? Er hatte ihr doch jeden Wunsch von den Augen abgelesen.

Oder war ihr das nicht genug?

Während er zu Miriam zurücklief, blieb sein Blick an ihrer Stiefmutter hängen. Sie stand am Grill, und als ein Freund seines Vaters eine lustige Bemerkung machte, lächelte sie freundlich. Dann nippte sie an ihrem Bowlenglas und schlenderte langsam zu Felix und Miriam herüber.

„Schöne Party“, sagte sie. „Miriam gefällt es auch, nicht wahr?“

Miriam nickte. „Magst du auch was von dem Kartoffelsalat?“

„Nein danke.“ Barbara von Heidenberg wandte sich an Felix.

„Ich habe mich noch gar nicht bei Ihnen bedankt. Schließlich haben wir es Ihnen und Ihrem unermüdlichen Einsatz zu verdanken, dass es Miriam inzwischen viel besser geht.“

Felix zuckte mit den Schultern. „Ich war doch einfach nur da“, sagte er.

„Aber Sie sind extra aus Rio de Janeiro gekommen …“ Barbara schenkte ihm ein gewinnendes Lächeln, bevor sie sich wieder ihrer Tochter zuwandte.

„Möchtest du noch was vom Büfett, Liebes?“

Miriam hatte den leeren Teller von sich geschoben. „Nein danke, Mama.“

Barbara und Felix erstarrten gleichermaßen.

Miriam hatte sie noch nie „Mama“ genannt. Barbara lächelte.

„Also, ich habe jetzt einen Bärenhunger“, verkündete sie. Sie stand auf und verschwand. Felix blickte ihr nachdenklich nach.

Was ging hier vor sich? Wenn Miriam in der Nähe war, verhielt sich Barbara, als wäre sie schon immer um ihr Wohl besorgt gewesen, und Miriam betrachtete sie offensichtlich mehr und mehr als ihre Mutter. Es war eine erstaunliche Veränderung.

„Felix? Felix!“ Miriam wedelte mit der Hand vor seinem Gesicht herum. „Wo bist du denn gerade?“

„Ach, nirgendwo und überall.“ Felix riss sich gewaltsam von seinen finsteren Gedanken los. Dafür war heute Abend wirklich kein Platz.

Am nächsten Nachmittag fuhr Felix zum Klinikum. Er hatte sich eine Strategie zurechtgelegt: Barbara von Heidenberg würde schon mit der Wahrheit herausrücken, wenn er sie mit den Vorwürfen konfrontierte – erst recht, wenn er einen Zeugen benennen konnte!

Er eilte den hellen Krankenhausflur entlang. Schon von Weitem hörte er Stimmen. Die Tür zu Miriams Krankenzimmer stand offen, und als Felix eintrat, bot sich ihm ein überraschendes Bild.

Miriam und ihre Stiefmutter saßen einander an dem kleinen Tisch gegenüber, an dem Miriam normalerweise ihre Mahlzeiten einnahm, und spielten Monopoly. Felix runzelte die Stirn. Es war für ihn etwas völlig Neues, dass Barbara nicht nur davon sprach, dass sie sich ihrer Stieftochter verbunden fühlte, als wäre sie ihr eigenes Kind, nein, sie verstand es offensichtlich auch, sich genau so zu verhalten.

„Hallo, Felix!" Miriams Wangen glühten vor Aufregung. Das Spiel bereitete ihr offensichtlich großen Spaß, und auch ihre Stiefmutter, die sich zu ihm umdrehte, lachte ihn fröhlich an.

„Herr Tarrasch, möchten Sie nicht eine Partie mitspielen?", fragte Barbara.

„Später vielleicht", sagte Felix kühl. „Ich würde gerne mit Ihnen reden, Frau von Heidenberg. Allein", fügte er hinzu.

Barbara von Heidenberg hob die Augenbrauen in gespieltem Erstaunen. „Ach so", sagte sie schließlich. „Ja, ich weiß nicht …"

„Geht ruhig", sagte Miriam fröhlich. „Ich klau dir in der Zwischenzeit die Parkstraße."

„Gut, aber lass mir den Opernplatz!"

Barbara von Heidenberg folgte Felix auf den Flur. Er schloss die Tür hinter ihnen.

„Was gibt es?“, fragte sie kühl und verschränkte die Arme vor der Brust.

„Ich weiß, was Sie getan haben, Frau von Heidenberg.“

„Was soll ich getan haben?“

„Ach, kommen Sie. Sie können sicher Miriam täuschen, und sonst fällt auch jeder auf Ihr falsches Spiel herein. Aber ich habe einen Zeugen, der gesehen hat, wie Sie Ihren Mann ermordet haben.“

„Geben Sie doch nichts auf Gerüchte, Herr Tarrasch!“ Barbara trat zu ihm und legte eine Hand auf seine Brust.

„Wissen Sie“, sagte sie. „Mir wäre es wichtig, wenn Sie solche Anschuldigungen nicht gerade in Gegenwart von Miriam aussprechen würden. Meine Tochter ist noch immer von den Ereignissen sehr mitgenommen. Ich tue im Moment alles, um ihr ein halbwegs normales Leben zu ermöglichen. Wenn Sie nun mit Ihren haltlosen Anschuldigungen kämen, dann …“

„Dann? Was wollen Sie tun? Wollen Sie Miriam verbieten, mit mir befreundet zu sein? Bis vor kurzer Zeit war es Ihnen recht, dass ich mich um Ihre Stieftochter kümmerte. Sie waren ja so froh, weil Miriam sich so weit erholt hatte, um zur Testamentseröffnung nach München reisen zu können. Aber da ist auch nichts gelaufen, wie Sie es sich erhofft haben, nicht wahr? Jetzt wird Miriam alles erben, und Sie sind nur die Verwalterin des Vermögens!“

Felix schob Barbaras Hand beiseite.

„Mich täuschen Sie nicht, Frau von Heidenberg. Ich weiß, was Sie getan haben. Sie haben nicht nur Ihren Mann ermordet, sondern auch Miriams Leben zerstört."

„Halten Sie den Mund!", rief Barbara, sodass eine Schwester, die an ihnen vorbeilief, die beiden mit einem schrägen Blick musterte.

„Sie haben ja keine Ahnung, was Sie da reden", fuhr Barbara mit gefährlich leiser Stimme fort. „Überlegen Sie gut, ob Sie sich wirklich mit mir anlegen wollen, Herr Tarrasch."

„Das habe ich mir gut überlegt", gab Felix zurück. „Ich tue es für Miriam."

Er wandte sich um und ging ohne Gruß.

Barbara starrte ihm stumm hinterher. Verdammt! Sie hatte gehofft, Felix Tarrasch zügeln zu können, wenn sie ihm mit Miriams Wohl kam. Doch sein übertriebener Gerechtigkeitssinn kam ihr wohl gerade in die Quere …

Es gab nur einen Weg. Sie musste verschwinden, so schnell wie möglich. Wenn sie mit Miriam noch länger blieb, lief sie Gefahr, dass Felix Tarrasch weitere Fragen stellte – unbequeme Fragen. Und irgendwann würde sich irgendwer die Mühe machte, diesen „Zeugen" zu befragen – wer auch immer das sein mochte. Nein, Barbara durfte kein Risiko eingehen …

„Wo ist Miriam?"

Das Bett war leer, der Rollstuhl stand am Fußende, und auf dem Nachttisch lagen keine Bücher mehr, die Miriam in den letzten Wochen doch so begierig verschlungen hatte. Felix blickte sich suchend um, dann wandte er sich schließlich an die Krankenschwester, die soeben den Raum betrat und begann, das Bett mit geübten Handgriffen abzuziehen.

„Ich weiß es nicht“, sagte sie schulterzuckend.

Felix trat auf den Flur. Er blickte sich suchend um, dann sprach er einen Arzt an, der ihm über den Weg lief. Es war Dr. Berger.

„Ja, Miriam …“ Dr. Berger seufzte. „Miriam ist gestern Abend abgereist, zusammen mit ihrer Mutter.“

„Abgereist? Davon wusste ich gar nichts.“

„Dann waren Sie genauso ahnungslos wie ich.“ Dr. Berger konnte eine gewisse Bitterkeit nicht verhehlen. „Glauben Sie mir, ich habe mir viel Mühe mit Miriam gegeben, und sie hat auch wirklich gute Fortschritte gemacht. Aber ihre Mutter ist wohl der Meinung, dass Miriam anderswo besser geholfen werden kann.“

„Also sind sie jetzt in einer anderen Klinik?“

„Das nehme ich an“, sagte Dr. Berger knapp. „Aber ich habe keine Ahnung, wo Frau von Heidenberg nun hingereist ist. Das hat sie uns leider nicht verraten.“

Der Pieper von Dr. Berger summte. „Entschuldigen Sie mich, ein Notfall.“ Er eilte fort.

Felix blickte ihm nachdenklich hinterher.

Miriam war fort …

Und niemand wusste, wo sie war.

Dafür konnte es nur einen Grund geben: Der Tod von

Wolfgang von Heidenberg war tatsächlich kein Unfall gewesen. Warum sonst wäre Barbara so überstürzt abgereist?

Felix straffte die Schultern. Nun, er konnte nichts mehr tun.

Doch sein Unbehagen verstärkte sich noch …

7. KAPITEL

„Ich bin sicher, es wird dir gefallen.“ Barbara strich über Miriams Wange. „Du wolltest doch immer schon mal nach Frankreich, oder?“

Miriam seufzte. Sie blickte aus dem winzigen Fenster des Flugzeugs auf die Küstenlinie rund um Nizza. Für die nächsten drei Monate sollte sie also hierbleiben und – so hoffte sie – endlich Fortschritte machen. Ob sie hier wieder lernen würde zu laufen?

„Ich weiß nicht“, sagte sie müde. „Hätten wir nicht mal für ein paar Monate in München bleiben können?“

„Aber Miriam!“, rief Barbara bestürzt. „Willst du denn nicht, dass man dir hilft? Ich habe mehrfach mit Professor Montpellier telefoniert, und er ist überzeugt davon, dass man eine Besserung deines Zustands wird erreichen können. Es ist alles nur eine Frage der Zeit. Du musst Geduld haben!“

Geduld ... Miriam blickte wieder aus dem Fenster. War es wirklich ihre mangelnde Geduld, die ihr immer wieder Steine in den Weg legte? Sicher nicht. Sie hatte in den letzten fünf Jahren oft genug Geduld haben müssen – mit sich und ihrem Körper. Mit den neuen und innovativen Therapieformen, die Ärzte in der ganzen Welt mit ihr ausprobieren wollten. Viele waren der Überzeugung gewesen, dass Miriam geholfen werden konnte – aber niemand hatte das bisher geschafft.

Barbara beobachtete Miriam. In den letzten Monaten

hatte sich ihre Tochter verändert. Sie war erwachsen geworden. Miriam war inzwischen fast siebzehn und eine hübsche, junge Frau geworden. Es war nur noch eine Frage der Zeit, bis sie sich zum ersten Mal ernsthaft verliebte …

Miriam strich sich eine blonde Strähne aus dem Gesicht. Sie lächelte. Das zarte Gesicht hatte sie von ihrer Mutter geerbt. Barbara hatte Fotos der jungen Caroline von Heidenberg gesehen, und Miriam wurde ihrer Mutter mit jedem Tag ähnlicher. Sie war eine richtige Schönheit, und sie hatte sich ihr natürliches Wesen bewahrt. Die Männer würden ihr die Welt zu Füßen legen.

Und genau das musste Barbara verhindern – zumindest bis zu Miriams 25. Geburtstag. Was danach geschah, kümmerte sie nicht. Dann konnte Wolfgangs Tochter ihrethalben tun und lassen, was sie wollte …

In den letzten Jahren waren Stiefmutter und Stieftochter immer enger zusammengewachsen. Miriam betrachtete Barbara inzwischen als ihre Mutter – ein Triumph für Barbara, die es genauso geplant hatte! –, und hatte selbst während der Pubertät keine Geheimnisse vor ihr gehabt.

Barbara wusste, sie war auf der sicheren Seite.

Aber was, wenn Miriam sich verliebte?

Die exklusive Privatklinik lag malerisch am Hang über Nizza. Ein großes Gelände umgab die niedrigen Klinikgebäude. Die Patienten kamen aus der ganzen Welt hierher, weil sie sich von den Ärzten eine Linderung ihrer Leiden erhofften.

Miriam und ihre Mutter bezogen ein luxuriöses Apartment. Hier sollten sie für die Dauer ihres Aufenthalts leben. Es war der Klinikleitung wichtig, dass die Patienten sich wohl fühlten. Das, so hieß es, sei eine wesentliche Voraussetzung für den Therapieerfolg.

Und dazu gehörte auch, dass man nicht allein in der Klinik war, sondern im familiären Umfeld blieb. Barbara war von dem Konzept begeistert gewesen. Sie hatte schon letzten Herbst geplant, für ein paar Monate hierher zu reisen, aber die Klinik hatte – da ihre Therapiekonzepte so erfolgreich waren – eine lange Warteliste. Aber nun waren sie ja endlich da. Barbara inspizierte kritisch die Räume, während Miriam auf die Terrasse rollte und den Blick über Nizza genoss. Hinter der Stadt erstreckte sich das Mittelmeer in einem satten Azurblau.

Es war wirklich schön hier, aber Miriam fragte sich dennoch, ob man ihr endlich würde helfen können. Sie war es leid, von jedem Arzt dasselbe zu hören: Angeblich war Miriams Lähmung reversibel, doch keine Therapie schlug bei ihr an. Die Fortschritte, die sie in den letzten Jahren gemacht hatte, waren minimal.

In solchen Momenten vermisste sie ihren Vater ganz besonders. Seine ruhige Art, die Dinge zu sehen und ihr Mut zu machen, fehlten ihr sehr. Barbara tat viel für sie, aber Miriam hatte den Schmerz um den Verlust ihres Vaters lange vor sich her geschoben. Es hatte Jahre gebraucht, bis sie ins Leben zurückgekehrt war und verstanden hatte, dass die Trauer fortan ein Teil ihres Wesens sein würde.

„Ich glaube, wir werden uns hier wohl fühlen."

Barbara trat zu Miriam an die Balustrade der Terrasse. Der Abhang fiel dahinter steil ab. Es war ein grandioses Panorama, das sich ihnen bot.

Nizza! Barbara atmete tief durch. Oh, sie würden die Zeit hier bestimmt genießen.

„Ja, sicher werden wir das." Miriam seufzte und rollte zurück in das Apartment. „Wann haben wir unseren Termin bei Professor Montpellier?"

„Wir haben noch ein bisschen Zeit", sagte Barbara. „Aber was ist denn nur los mit dir?"

„Ach, ich weiß nicht. Ich habe es einfach satt, dass wir alle drei Monate woanders hinfliegen, nur mit dem Ergebnis, dass sich nichts ändert. Sie machen mir wieder und wieder Hoffnungen – und am Ende ist alles wie vorher." Seit fünf Jahren war sie kaum daheim in München gewesen; immer wieder fand Barbara neue Kliniken, neue Therapien, neue Ärzte.

„Aber Miriam, so darfst du nicht denken!" Barbara strich ihr sanft über die Wange. „Wir wollen doch nicht aufgeben! Wir müssen weiter kämpfen, für dich und dein Leben. Dein Vater hätte das auch gewollt."

Am Nachmittag fand die Vorbesprechung bei Professor Montpellier statt. Auch wenn Miriam versuchte, sich zu bremsen, so spürte sie doch, wie in ihr ein Gefühl von Hoffnung aufkeimte. Ob er ihr jetzt wohl endlich würde helfen können?

„Guten Tag, Frau von Heidenberg." Professor Didier Montpellier war ein attraktiver Mittfünfziger, der Barbara einen Handkuss gab, bevor er sich an Miriam wandte.

„Ah, Mademoiselle Miriam! Ich habe mich schon sehr darauf gefreut, Sie kennenzulernen." Er setzte sich hinter den wuchtigen Schreibtisch und schlug Miriams dicke Krankenakte auf. Er faltete die Hände darüber zu einem Dach.

„Ich bin fest davon überzeugt, dass wir Ihnen helfen können, Miriam. Es gibt ein paar ganz neue Therapien, die ich gerne ausprobieren möchte."

Miriams Hände verkrampften sich in ihrem Schoß.

„Nun …" Professor Montpellier blickte sie offen an. „Natürlich kann es nie eine Garantie für Heilung geben, aber wir werden alles tun, damit es Ihnen bald besser geht."

Miriam nickte. Sie hatte nichts anderes erwartet.

„Wir beginnen morgen früh mit Gymnastik, Wassertherapie und Massagen." Professor Montpellier notierte sich etwas. „Mein Kollege Dr. Pierre Cartier wird Miriams Therapie begleiten."

„Heißt das, wir bekommen einen festen Ansprechpartner?", fragte Barbara.

„Das ist unser Prinzip. Unsere Klinik soll so wenig wie möglich wie ein Krankenhaus wirken."

„Das gelingt Ihnen zweifellos", sagte Barbara. Sie schien zufrieden zu sein.

Sie verabschiedeten sich. Als Professor Montpellier die Tür zum Flur öffnete, kam gerade ein junger Mann um die

Ecke und wäre beinahe mit seinem Schwung in Barbara hineingelaufen.

„Hoppla", sagte er. Miriam musste unwillkürlich grinsen, während Barbara empört nach Luft schnappte.

„Ach, das trifft sich gut", sagte Dr. Montpellier. „Mesdames, darf ich Ihnen Dr. Cartier vorstellen?"

Miriam strahlte. Ihr gefiel der junge Arzt auf Anhieb. Sein jugendliches Aussehen, der braune Lockenkopf, die munter blitzenden grünen Augen, die ihr jetzt zuzwinkerten. Oh, mit ihm würde es bestimmt Spaß machen, zu arbeiten ... Miriam spürte, dass ihr Herz aufgeregt bis zum Hals klopfte.

„Mademoiselle Miriam?" Dr. Cartier reichte ihr die Hand zur Begrüßung. „Darf ich Sie so nennen?"

„Natürlich", hauchte Miriam hingerissen. Sein Händedruck ließ ihre Handinnenfläche kribbeln.

„Wenn Sie möchten, können Sie mich auch Pierre nennen."

„Pierre", wiederholte sie.

„Also gut, ich denke, wir haben alles besprochen", sagte Barbara. „Komm, Miriam."

Barbara schob den Rollstuhl energisch fort, und schon standen sie vor dem Fahrstuhl.

„Was sollte das denn?", fragte Miriam mit gerunzelter Stirn.

„Ich dachte, wir wären so weit fertig gewesen."

„Ja, aber du hast doch Professor Montpellier gehört. Dr. Cartier wird sich um mich kümmern, und da wäre es schon gut gewesen, ihn näher kennenzulernen, meinst du nicht?“

„Tut mir leid“, sagte Barbara. „Aber bist du nicht von der Reise müde?“

„Doch, aber …“ Es hatte keinen Zweck. Barbara wollte offenkundig nicht über ihr merkwürdiges Verhalten reden, und so tröstete sich Miriam damit, dass sie ab morgen jeden Tag mit Dr. Pierre Cartier zusammen sein würde. Und plötzlich konnte sie es nicht mehr abwarten, mit der Therapie zu beginnen.

„Wir fangen ganz langsam an“, sagte Dr. Cartier, als er Miriam am nächsten Morgen um halb zehn abholte. „Erst mal gibt es eine Massage, danach ein bisschen Krankengymnastik. Und dann werden wir einen Plan ausarbeiten, wie wir Ihnen auf die Beine helfen können.“

Er lächelte sie aufmunternd an.

„Meinen Sie wirklich, ich schaffe das?“, fragte Miriam ernst. „Ich meine … Glauben Sie, ich werde wieder laufen können? Eines Tages?“

„Ich glaube ganz fest an Sie“, sagte Dr. Cartier, und Miriam strahlte. Wie er sie anlächelte … Sie spürte, wie das Kribbeln sich in ihrer Magengegend ausbreitete und immer stärker wurde.

„Solange Sie auch an sich glauben, können wir große Fortschritte machen“, versprach er ihr.

„Das werde ich ganz sicher tun“, sagte Miriam. „Ich glaub an mich.“

Sie stürzte sich mit neuem Mut in die anstehenden Tagesaufgaben. Nach der Gymnastik und einer Massage gab es ein leichtes Mittagessen im Garten der Klinik, das sie zusammen mit Dr. Cartier einnehmen durfte. Miriam genoss seine Gegenwart, seine vielen Scherze und vor allem … sein Lächeln!

„Hier seid ihr!“

Gerade erzählte Pierre – er hatte sie erneut gebeten, ihn beim Vornamen zu nennen – von seiner Großfamilie. Miriam lachte laut über die amüsanten Geschichten. Pierre grinste.

Barbara von Heidenberg trat an den Tisch heran. „Na, ihr scheint euch ja gut zu amüsieren. Kommt ihr schon so gut voran?“

„Ich finde, Lachen gehört zu einer guten Therapie dazu“, sagte Pierre mit diesem frechen Grinsen, das Miriams Herz höher schlagen ließ. „Wir haben den nächsten Termin in einer halben Stunde.“

„Dann ist es ja gut.“ Barbara lächelte höflich und ging weg. Es passte ihr nicht, dass Miriam sich mit Dr. Cartier so gut verstand. Sie wirkte heute so glücklich und zufrieden … Sie verliebte sich doch nicht etwa gerade in den jungen Arzt?

Nein, das durfte nicht passieren …

Auf dem Weg in ihr Apartment lief Barbara Professor Montpellier über den Weg.

„Madame von Heidenberg!“ Professor Montpellier gab Barbara einen formvollendeten Handkuss, und sie hakte sich bei ihm unter. „Wie schön, dass ich Sie hier treffe."

„Die Freude ist ganz auf meiner Seite", schnurrte Barbara. Ihr kam eine Idee. „Sagen Sie – gibt es hier in der Gegend eigentlich einen Golfplatz, den Sie mir empfehlen können? Ich weiß meine Tochter in guten Händen, und ich könnte in der freien Zeit doch mein Handicap ein wenig verbessern."

Professor Montpellier überlegte. „Ich könnte Sie in meinen Golfclub mitnehmen, wenn Sie gestatten", sagte er schließlich. „Man muss Mitglied sein oder eine Einladung vorweisen. Wenn Sie mir die Ehre erweisen würden?"

„Gerne, jederzeit." Barbara strahlte. Das lief ja wie am Schnürchen.

„Wie wäre es morgen früh? Ist Ihnen das recht?"

„Es ist mir sogar sehr recht."

Barbara verabschiedete sich gut gelaunt von Professor Montpellier. Oh ja, sie würde in dieser Klinik schon bald die richtigen Freunde haben. Sie hatte die Fäden in der Hand, da war sie sicher.

Die ersten Wochen der Therapie waren erstaunlich schwer. Miriam, die schon einiges gewohnt war, fiel abends immer todmüde ins Bett und schlief bis zum nächsten Morgen durch. Es machte ihr nichts aus, denn wenn tagsüber auch viel von ihr gefordert wurde – das Wichtigste war, dass Pierre immer an ihrer Seite war.

Er kümmerte sich wirklich rührend um sie, ganz anders als sie das von vielen anderen Ärzten gewohnt war, und mit der Zeit entstand eine persönliche, private Ebene zwischen ihnen, die Miriam sehr gefiel. Sie vertraute ihm. Sie erzählte ihm vieles. Und als sie das erste Mal das Gefühl hatte, sie würde es nicht mehr schaffen, da tröstete er sie.

„Wir sollten vielleicht mal einen Tag Pause machen", schlug er vor, doch Miriam war von seinem Vorschlag nur wenig begeistert.

„Was soll ich denn mit einem freien Tag anfangen?", schmollte sie.

Pierre lächelte. „Wie wäre es mit einem Ausflug?", fragte er. „Du bist an der Côte d'Azur, da muss man auch mal was unternehmen, oder nicht?"

„Aber was kann ich schon machen?" Anklagend wies Miriam auf ihren Rollstuhl.

„Da wird mir schon was einfallen."

Am nächsten Morgen holte er sie wie gewöhnlich um halb zehn ab. Miriam hatte Barbara nichts davon erzählt, dass sie einen Tag Pause machen wollten. Barbara konnte in dieser Sache schrecklich streng sein; wenn es nach ihr ginge, müsste Miriam ununterbrochen in der Therapie kämpfen.

Aber Miriam war froh, dass sie einen Tag durchschnaufen konnte.

Sie fuhren mit Pierres Auto – einem schnittigen Alfa Romeo Cabriolet.

„Wohin fahren wir überhaupt?", fragte Miriam.

„Lass dich einfach überraschen."

Eine halbe Stunde später bremste Pierre auf dem Hofplatz eines Gutshofes.

„Wir sind da“, sagte er.

„Wo sind wir denn?“ Miriam blickte neugierig um sich, und dann hörte sie es plötzlich … Pferde wieherten, schnaubten und stampften mit den Hufen.

„Das ist meine kleine Überraschung für dich“, sagte Pierre.

„Ein Reitstall? Aber ich hab seit fünf Jahren nicht mehr …“

„Ja, ich weiß, das hast du mir schließlich erzählt. Aber findest du nicht, dass es an der Zeit ist, daran etwas zu ändern?“

Miriam runzelte die Stirn. „Ich weiß nicht“, murmelte sie unsicher. „Ich meine, ich habe noch nie darüber nachgedacht …“

Pierre stieg aus und holte Miriams Rollstuhl aus dem Kofferraum. Er hob Miriam hinein und schob sie zum Stall.

„Komm schon, Miriam, das wird toll.“ Er rollte sie an den Boxen vorbei, bis er vor einer anhielt. Er schob die Box auf.

„Darf ich vorstellen? Das ist Henri.“

„Hallo, Henri.“ Miriam streckte vorsichtig eine Hand nach dem falbfarbenen Wallach aus, der in der Box stand. Pierre hielt Henri am Halfter fest, während Miriam ihm zärtlich über die Nüstern strich.

„Er ist das liebste Pferd, das ich kenne“, sagte Pierre. „Normalerweise ist er ein Anfängerpferd, und da du heute ja quasi wieder anfängst zu reiten, dachte ich, es passt ganz gut zusammen."

„Ich will nicht reiten", sagte Miriam unvermittelt und rollte von der Box weg. „Bitte, Pierre. Lass uns woanders hinfahren."

„Ja, aber …" Pierre betrachtete Miriam überrascht. „Aber ich dachte, du freust dich darüber. Du hast mir doch erzählt, wie sehr du es vermisst, zu reiten. Ich dachte, wir könnten einen Anfang machen …"

„Wie stellst du dir das vor? Hebst du mich in den Sattel, und damit ist alles wieder gut?" Miriam wandte den Kopf ab.

„Nein, natürlich nicht."

Pierre kniete vor Miriam nieder und legte ihr zärtlich die Hand unters Kinn.

„Sieh mich an", flüsterte er. Sanft hob er ihr Gesicht an, bis sie ihn anblickte. Er musste schlucken. Ihr zartes Gesicht und die blauen Augen, in denen Tränen schimmerten, ließen sein Herz höher schlagen. Miriam war so eine wunderbare, mutige Frau, und um nichts in der Welt wollte er, dass sie sich aufgab.

„Miriam, hör mir zu." Er wählte seine Worte mit Bedacht. „Du hast unrecht, wenn du sagst, dass alles wieder gut sein wird, nur weil du dich wieder auf ein Pferd setzt. Aber ich möchte, dass du dir nicht jedes Vergnügen verwehrst, nur weil dein Körper nicht so funktioniert, wie du dir das wünschst. Er kann wieder laufen lernen, aber du brauchst dafür mehr als nur einen eisernen Willen. Du brauchst auch Bewegung. Und damit meine ich nicht nur deine heiß geliebte Krankengymnastik."

Unwillkürlich musste Miriam lächeln. Sie hasste diese täglichen Übungen, und Pierre wusste das nur zu gut. Pierre wusste inzwischen verdammt viel über sie. Und wie er sie anblickte ... Seine grünen Augen strahlten, und am liebsten hätte sie mit der Hand seinen Lockenkopf durcheinander gewuschelt.

Aber der magische Moment ging vorbei.

„Und du meinst ..." Sie räusperte sich, und Pierre löste seine Hand von ihrer Wange, als fühlte er sich ertappt. „Du meinst wirklich, es könnte mir helfen?"

„Aber bestimmt! Komm schon, einen Versuch ist es wert. Es wird auf jeden Fall Spaß machen, meinst du nicht?"

Miriam nickte.

Sie dachte plötzlich an Alina, ihr liebes Pferd, das sie zum Geburtstag von ihrem Vater geschenkt bekommen hatte. Nachdem sie vor fünf Jahren im Sommer so überstürzt aus Kitzbühel abgereist waren, hatte es eine Zeitlang gedauert, bis Miriam es übers Herz brachte, Barbara nach Alina zu fragen. Barbara hatte ihr damals zunächst nur die Wange gestreichelt und gesagt, sie werde sich darum kümmern.

Doch das hatte bedeutet, dass Alina wenige Wochen später verkauft wurde – und auch wenn Barbara damals durchaus gute Argumente für den Verkauf hatte, schmerzte Miriam der Verlust der Stute, war sie doch das letzte Geschenk ihres Vaters gewesen. Fast schien es, als hätte Barbara diese letzte Verbindung zu Miriams Vater gewaltsam gekappt, um ein völlig neues Leben zu beginnen.

Vielleicht sträubte Miriam sich deswegen jetzt dagegen, in den Sattel zu steigen. Sie schüttelte leicht den Kopf. Nein, sie wollte sich dieser Erinnerung stellen, auch wenn sie schmerzhaft sein würde.

Wie lieb Pierre war! Er hatte sich wirklich etwas Besonderes für sie einfallen lassen. Ob er sich um alle seine Patienten so hingebungsvoll kümmerte? Oder tat er das alles nur für sie? Ihr Herz hüpfte in ihrem Brustkorb auf und ab. Was Viktoria wohl dazu sagen würde? Zu dem Kribbeln und den Schmetterlingen und dazu, dass ihr heiß und kalt wurde, wenn er lächelte …

Miriam schlug die Augen nieder und spürte, wie sie rot wurde.

War sie etwa …

War sie etwa verliebt?

Hatte sie sich etwa in Dr. Pierre Cartier verliebt?

Das konnte doch nicht sein, oder? Andererseits … Sie konnte ihre langwierigen Trainingsstunden morgens kaum erwarten, weil sie bedeuteten, dass sie Pierre wiedersehen würde …

„Bist du so weit, Miriam?“

„Hm?“ Miriam schreckte aus ihren Träumereien hoch. Pierre hatte in der Zwischenzeit Henri und eine kleine Rappstute gesattelt. Er führte die Pferde in den Hof, Miriam folgte ihm im Rollstuhl.

Henri kaute erwartungsvoll auf der Trense herum. Er

wartete darauf, dass es losging. Fast schien es Miriam, als wollte er sie auffordern, sich endlich in den Sattel zu schwingen …

„Also gut …“ Sie atmete tief durch. „Dann wollen wir mal.“

Pierre hob sie in den Sattel, und Miriam, die wie selbstverständlich nach den Zügeln gegriffen hatte und sie lässig in einer Hand hielt, schob ihr Bein nach vorne und stellte den Steigbügel auf die passende Höhe ein, ehe sie Pierre gestattete, ihren Fuß in den Bügel zu setzen.

„Geht's?“, fragte Pierre gespannt, nachdem sie die Prozedur an der anderen Seite wiederholt hatten.

Miriam rutschte noch ein bisschen im Sattel hin und her, doch dann breitete sich auf ihrem Gesicht ein glückliches Lächeln aus, ein richtiges Strahlen, wie Pierre es bei ihr bisher noch nicht erlebt hatte.

„Ist das toll!“, rief sie begeistert. Sie lenkte Henri über den Hof, während Pierre eilig auch aufsaß. „Ich reite!“

„Ja, und wenn du magst, machen wir einen kleinen Ausritt.“ Pierre blickte Miriam erwartungsvoll an. Ob sie dafür schon bereit war? Er wollte sie auf keinen Fall überfordern …

Aus ihrer Kehle drang ein glückliches Glucksen. „Aber nur einen kleinen.“

„Versprochen“, konterte Pierre und trabte los. Er wählte einen Weg, der sie recht schnell wieder zum Hof zurückbringen würde.

Er war froh, mit ihr zusammen zu sein. Sie so glücklich

zu sehen, ließ ihn seine eigenen Sorgen für einen Moment vergessen …

Barbara genoss die Gesellschaft von Professor Montpellier über die erste Golfpartie hinaus immer wieder. Ob sie sich nun zum Tennis, zu einem Mittagsimbiss oder zu einem abendlichen Theaterbesuch trafen – er war ein formvollendeter, weltgewandter und äußerst charmanter Gentleman. An diesem Abend hatte er sie gebeten, sie zu einer zwanglosen Dinnerparty einer französischen Schauspielerin zu begleiten, deren Villa sich malerisch in die Hügel über der Stadt schmiegte.

Barbara trat an die Balustrade der großzügigen Terrasse und blickte auf den Hafen hinab. Schneeweiße Yachten, von zahlreichen bunten Lämpchen beleuchtet, schaukelten auf den sanften Wellen, und der klare Sternenhimmel spannte sich weit über Stadt und Meer.

Das Leben hier gefiel ihr. Wie es wohl wäre, für immer nach Nizza zu ziehen? Ob Miriam sich damit auch anfreunden könnte?

Aber dann dachte sie wieder an Dr. Cartier. Inzwischen war Barbara sicher, dass Miriam sich in ihn verliebt hatte.

„Warum stehen Sie hier so alleine?“ Didier Montpellier trat mit zwei Gläsern Champagner zu Barbara und bot ihr eines davon an. Sie dankte mit einem leichten Kopfnicken und trank einen Schluck.

„Ach, wissen Sie … Ich mache mir ein wenig Sorgen um Miriam.“

„Um Ihre Tochter? Was ist passiert?“

Barbara lehnte sich mit dem Rücken an die Balustrade und warf das dunkle Haar kokett in den Nacken. Sie hatte sich ihre Worte schon genau zurechtgelegt.

„Es ist einfach verwirrend für eine Mutter, wenn ihre Tochter sich verliebt.“

Sie seufzte und ließ den Wind mit ihrem Haar spielen. Sie fröstelte. Das violette Seidenkleid ließ ihre Schultern frei, und sie hatte ihren Schal in der Villa liegen lassen.

„Dann ist Ihre Tochter bestimmt sehr glücklich. Oder ist sie etwa unglücklich verliebt?“

„Nein“, sagte Barbara. „Ich glaube, die Gefühle beruhen auf Gegenseitigkeit.“

Sie machte eine Pause.

Es war genau das passiert, was sie befürchtet hatte: Dieser Cartier hatte sich an Miriam herangemacht und ihr nach allen Regeln der Kunst den Kopf verdreht. Erst gestern Abend hatte Barbara von der Terrasse ihres Apartments aus beobachtet, wie er Miriam nach Hause gebracht hatte. Sie waren tagsüber außerhalb des Klinikgeländes gewesen und hatten sich dort anscheinend königlich amüsiert – und zum Abschied hatte er sie geküsst. Nicht auf die Wange. Auf den Mund!

Miriams Wangen waren leicht gerötet gewesen, als sie schließlich durch die Tür kam, und ihre Augen hatten verdächtig glücklich geglitzert. Sie hatte Barbara ohne die Spur eines schlechten Gewissens erzählt, dass sie den Tag im Reitstall verbracht hatte.

Nein, Miriam durfte sich nicht verlieben! Sie durfte ihr Herz nicht an irgendeinen dahergelaufenen Abenteurer verlieren! Was, wenn er ihr eines Tages einen Antrag machte?

Barbara hatte gestern Abend zwar gute Miene gemacht, aber sie wusste nur zu gut, dass es an der Zeit war, etwas zu unternehmen.

Und das tat sie. Sie musste behutsam vorgehen, und Miriam durfte nichts davon erfahren …

„Das ist doch wunderbar. Ist es das erste Mal, dass Ihre Tochter sich verliebt?“

Barbara lächelte. „Ja. Und gerade das macht mir Sorgen, denn ihre Liebe ist für mich … ich weiß nicht, aber es ist für mich schwierig, das einzuschätzen.“

„Darf ich fragen, wer der Glückliche ist?“, fragte Professor Montpellier.

„Dr. Cartier.“ Barbara trank einen Schluck. Aus dem Augenwinkel beobachtete sie die Reaktion von Professor Montpellier.

Er runzelte die Stirn. „Ein junger, ehrgeiziger Kollege“, sagte er. „Bestehen von Ihrer Seite Vorbehalte gegen diese Romanze?“

Barbara trat einen Schritt auf Professor Montpellier zu. „Nicht doch“, sagte sie hastig. „Meine Tochter musste in den letzten fünf Jahren so viel Leid und Schmerz ertragen, dass es mir unerträglich wäre, wenn sie dieses Glück nicht erleben dürfte. Aber wie steht Ihre Klinik dazu? Immerhin ist Miriam seine Patientin, und ich möchte nicht, dass das junge Paar Schwierigkeiten bekommt.“

„Nun, wenn Sie nichts dagegen haben …“ Professor Montpellier zögerte. „Aber falls es zu irgendwelchen Differenzen kommen sollte, zögern Sie bitte nicht, sofort zu mir zu kommen. Ich bin sicher, wir werden eine Lösung finden, die in Ihrem und dem Interesse Ihrer Tochter sein wird.“

„Das ist ein reizendes Angebot von Ihnen. Wir wissen doch beide, wie schnell so etwas zerbrechen kann …“

Barbara seufzte. Ein älteres Ehepaar trat zu ihnen und begrüßte Professor Montpellier. Er stellte ihnen Barbara von Heidenberg als alte Freundin vor, und schon bald plauderten sie über die gesellschaftlichen Ereignisse der nächsten Monate.

Barbara war mit dem Gespräch mehr als zufrieden. Sie scharte ihre Verbündeten um sich. Jetzt musste sie nur noch herausfinden, ob es auf der weißen Weste von Dr. Pierre Cartier schmutzige Flecken gab. Sie war sicher, es würde sich etwas finden lassen …

Auch Nizza hatte seine dunklen Seiten. Abseits von den Villenvierteln, dem Yachthafen und den breiten Boulevards gab es enge, schmutzige Gässchen, in denen das Gesindel sich herumtrieb. Hier machten Gangster ihre Geschäfte, und hier suchte Barbara von Heidenberg nach jemandem, der für sie die Drecksarbeit erledigte.

Die Gelegenheit dafür ergab sich, als Miriam sie wenige Tage nach der Dinnerparty bat, mit Pierre einen Tagesausflug in die Camargue machen zu dürfen. Dort wollten sie in den Sumpfgebieten die wild lebenden Herden weißer Pferde beobachten.

„Was sagt Professor Montpellier dazu?“, fragte Barbara. Sie wollte es ihrer Stieftochter nicht zu einfach machen.

„Er sagt, es wäre nicht schlecht, wenn ich hin und wieder etwas Abwechslung bekomme. Und wir werden dort einen Ausritt machen. Das trainiert auch!“

Barbara lächelte. „Ach, Miriam“, sagte sie zärtlich. „Du wirkst in den letzten Wochen so glücklich. Wenn es dir wirklich so guttut, mit Pierre zusammen zu sein, wie kann ich dir das denn verbieten?“

„Danke, Mama!“ Miriam umarmte ihre Mutter stürmisch. Sie wusste, die Erlaubnis war nicht selbstverständlich, immerhin war Miriam noch nicht volljährig. Barbara war in diesen Dingen ähnlich streng, wie ihr Vater es gewesen war.

„Ich möchte nur, dass du glücklich bist.“ Barbara hielt Miriam auf Armeslänge von sich. „Und ich möchte nicht, dass du dich ins Unglück stürzt“, fügte sie ernst hinzu.

„Aber das mache ich doch gar nicht“, sagte Miriam verwirrt.

„Nein, du bist schließlich eine vernünftige junge Dame. Aber ...“ Barbara zögerte.

„Aber?“ Miriam lächelte ihre Mutter an. „Was möchtest du mir sagen?“

„Ich möchte einfach nicht, dass du enttäuscht wirst“, sagte Barbara. „Sieh mal, jeder weiß, dass du die Erbin eines riesigen Vermögens bist, und ich weiß nicht, ob jeder Mann so klar zwischen der Liebe und dem Geld unterscheiden kann."

„Ach, Mama ..." Miriam schüttelte den Kopf. „Glaub mir, darum geht es Pierre nicht. Er will einfach nur mit mir zusammen sein."

„Na ja, das wäre natürlich eine glückliche Fügung." Barbara strich ein letztes Mal zärtlich über Miriams Wange. „Ich will nur nicht, dass du denkst, ich würde deine Ängste und Probleme nicht ernst nehmen. Was auch immer du auf dem Herzen hast: Ich bin für dich da."

Nachdem Pierre Miriam abgeholt hatte, bestellte Barbara ein Taxi und nannte dem Fahrer eine Adresse. Er musterte sie erstaunt im Rückspiegel, doch Barbara setzte sich eine große Sonnenbrille auf und blickte gleichgültig aus dem Seitenfenster. Als sie ihr Ziel erreicht hatten – eine finstere, schmutzige Gasse in der schäbigsten Gegend von Nizza –, zahlte sie und versprach dem Fahrer ein großzügiges Trinkgeld, wenn er auf sie warten würde. Er machte es sich mit der Zeitung bequem.

Barbara blickte sich suchend um. Die Adresse war richtig, aber sie sah nirgends Anzeichen dafür, dass sie am Ziel war. Sie sprach einen mürrischen Alten an, der grummelnd in einen Hinterhof wies. Barbara wagte sich vorsichtig hinein.

Das war wirklich eine finstere Gegend, und hätte man ihr nicht versichert, dass sie hier den besten Privatdetektiv von ganz Nizza finden würde, so hätte sie auf der Stelle kehrtgemacht.

Schließlich fand sie das Büro des Schnüfflers, hinter einer schlichten Glastür gelegen. Ein Ventilator rotierte unter der Decke und brachte mit seinem Luftzug Bewegung in die Berge von Unterlagen auf dem Schreibtisch.

Etienne Bavarel war ein kleiner, eher unauffälliger Mann.

„Sie wollen also, dass ich ein paar dunkle Flecken in der Vergangenheit dieses jungen Arztes finde?", fragte er.

Barbara beugte sich vor. „Finden Sie heraus, was er wirklich will. Er betört meine Tochter, und das tut er nicht nur aus reiner Nächstenliebe."

Baverel zog eine Zigarette aus der Packung und zündete sie an.

„Das klingt, als warte viel Arbeit auf mich", sagte er lässig. „Das könnte teuer werden."

„Das tut nichts zur Sache."

„Gut." Der Privatdetektiv nickte leicht. „Ich melde mich in einer Woche bei Ihnen."

Barbara nickte zufrieden. Genau so hatte sie sich das vorgestellt. Sie verabschiedete sich kühl, lief schnell zurück zum Taxi und ließ sich erleichtert in das schäbige Polster sinken.

„Fahren Sie", befahl sie dem Mann, der sogleich gehorchte und den Motor startete. Diesen Teil von Nizza wollte Barbara nie wieder betreten müssen.

Es war eine hässliche Seite dieser wunderbaren Stadt.

Doch wenn sie bekam, was sie wollte, hatte sich dieser Ausflug allemal gelohnt …

8. KAPITEL

„Ist das schön hier!“ Miriam zügelte ihr Pferd. Die Camargue hatte sie vom ersten Moment an verzaubert, und der Ausritt war nun der Höhepunkt eines wunderbaren Tages. Pierre brachte sein Pferd neben ihrem zum Stehen und wies nach vorne. Immer wieder durchzogen flache Seen die Sumpflandschaft. Der See vor ihnen war gesprenkelt vom rosafarbenen Federkleid von mehreren hundert Flamingos.

„Wunderschön“, hauchte Miriam hingerissen. Von ihren Stimmen aufgeschreckt, flogen einige Flamingos auf.

„Nicht so schön, wie du es bist.“ Pierre nahm ihre Hand, die auf ihrem Oberschenkel ruhte, und küsste sie sanft.

Sie wandte sich ihm zu. Ihr Herz klopfte so laut, dass Pierre es hören musste … Er hatte bisher immer einen gewissen Abstand gewahrt, als wollte er sie nicht bedrängen. Doch heute war er anders. Er machte ihr Komplimente und zeigte ihr offen seine Zuneigung.

Und ihr gefiel das. Sie erwiderte seine Gefühle. Sie wollte, dass er sie auf den Mund küsste, so wie er es vor ein paar Tagen schon einmal getan hatte.

Sie hatte sich wirklich verliebt …

Als hätte er ihre Gedanken erraten, drängte Pierre sein Pferd mit einem sanften Schenkeldruck noch näher an ihres und strich Miriam eine blonde Strähne aus dem Gesicht.

„So schön“, flüsterte er. Er beugte sich zu ihr, seine Hand strich durch ihr Haar, und dann berührten sich ihre

Lippen zu einem leidenschaftlichen Kuss, der Miriam erschaudern ließ …

Sie seufzte, als sich ihre Lippen nach einer halben Ewigkeit wieder voneinander lösten. Pierres grüne Augen musterten sie prüfend.

„Ich hoffe, ich habe dich nicht überrumpelt“, sagte er leise. „Ich will nicht, dass du denkst …“

„Nein, nein!“ Miriam griff nach seiner Hand und legte sie an ihre Wange. „Es ist alles wunderbar …“

Pierre lächelte sie schüchtern an. „Ich wollte das schon länger tun“, gestand er ihr leise. „Ich war mir nur nicht sicher, weil …“ Er atmete tief durch. „Ich wusste nicht, wie ich es anstellen sollte. Immerhin bist du doch meine Patientin, und eigentlich darf ich das nicht. Eigentlich habe ich damit meinem Chef eine Vorlage geliefert, um mich zu feuern.“

„Aber das darf er nicht!“ Miriam war ehrlich bestürzt. „Warum sollte er dich denn feuern?“

„Es wird in der Klinik nicht so gerne gesehen, wenn sich zwischen Personal und Patienten eine Beziehung entwickelt, die über die rein therapeutischen Maßnahmen hinausgeht, und damit meinen sie eine Liebesbeziehung.“ Pierre seufzte. „Niemand hat etwas gegen eine Freundschaft. Aber das würde mir nicht genügen …“

Er blickte sie so verliebt an, dass Miriams Herz fast vor Freude zersprang. „Niemand kann das von uns verlangen“, sagte sie fest. „Meine Mutter hat mich bereits gewarnt, aber …“

„Deine Mutter?“ Pierre runzelte die Stirn. Er griff mit beiden Händen fest nach den Zügeln und lenkte sein Pferd zurück auf den Reitpfad. „Kann deine Mutter uns denn verbieten, miteinander glücklich zu sein?“

Miriam folgte ihm. Sie hielt die Zügel locker in einer Hand. Sie war selbst erstaunt, wie schnell sie sich wieder an das Reiten gewöhnt hatte.

„Nein, natürlich nicht. Ich lasse mir nichts von ihr verbieten. Aber sie ist eben auch immer besorgt. Wir haben doch nur noch uns, seit mein Vater starb.“

„Ich finde, wir sollten unser Glück genießen“, sagte Pierre mit fester Stimme. „Und wenn ich damit meinen Job aufs Spiel setze …“ Er zuckte mit den Schultern. „Ich bin mit dieser Klinik nicht verheiratet, und ich könnte mir vorstellen, überall zu arbeiten. Es muss nicht immer Nizza sein. Und das Wichtigste ist für mich, dass es dir gut geht. Dir zu helfen, wieder laufen zu lernen, das ist mein größtes Ziel.“

„Meinst du denn, ich habe eine Chance?“, fragte Miriam.

Pierre nickte. „Natürlich hast du das. Es gibt da ganz neue, sehr innovative Therapien, die sich nicht nur mit dem körperlichen Aspekt deiner Lähmung beschäftigen. Wichtig ist, dass Körper und Seele im Einklang sind. Wenn ich mir ansehe, wie man dich in den letzten Jahren behandelt hat, werde ich das Gefühl nicht los, dass man deine Psyche sträflich vernachlässigt hat.“

Miriam sah ihn fragend an.

„Schau dich an! Du sitzt im Sattel. Die Muskeln deiner Beine sind bis zu einem gewissen Maß trainiert, aber dein Kopf spielt einfach nicht mit.“ Nach einer kleinen Pause fuhr er fort: „Eine Kollegin von mir arbeitet in Paris sehr erfolgreich mit Psychotherapie.“

Miriam runzelte die Stirn.

„Ich weiß nicht … Das klingt, als hätte ich Probleme.“

„Natürlich nicht! Du bist äußerlich ausgeglichen, aber wie es in dir drin aussieht, das zeigst du niemandem. Gerade durch den Unfall und den damit verbundenen Schock kann dein Unterbewusstsein erheblichen Schaden genommen haben. Ich würde Madeleine gerne bitten, dich mal anzusehen.“

Miriam atmete tief durch. „Okay“, sagte sie schließlich langsam. „Vielleicht ist es ja einen Versuch wert.“

Pierre nickte. Das war doch schon mal ein Anfang.

„Und dann … gibt es noch eine andere Möglichkeit …“

Miriam blinzelte in die Sonne. „Ja?“

Pierre biss sich auf die Unterlippe. „Ach nichts …“, lachte er schnell und beugte sich zu ihr hinüber, um sie zu küssen. Ihre Lippen waren so weich …

Miriam erwiderte seinen sanften Kuss voller Hingabe. Sie konnte sich nicht erinnern, wann sie das letzte Mal so glücklich gewesen war …

Barbara von Heidenberg gab sich keine Mühe, ihre Sorge um Miriam zu verbergen. „Meinst du wirklich, diese Bekannte von Pierre wird dir helfen?“, fragte sie skeptisch.

Miriam schwärmte nun schon seit Tagen davon, welch fantastische Möglichkeiten diese neue Therapieform für sie bedeuten könnte – wenn seelische Blockaden gelöst würden, könnte es ihr wirklich gelingen, wieder zu laufen. Das war doch wunderbar!

Doch Barbara blieb skeptisch.

„Madeleine ist mit ihrer Therapie schon so oft erfolgreich gewesen“, sagte Miriam. „Ich bin mir sicher, dass diese auch bei mir anschlagen wird.“

Barbara runzelte die Stirn.

„Keine Angst“, sagte Miriam, um Barbara zu beruhigen. „Ich erwarte keine Wunderheilung. Selbst wenn ich jetzt Fortschritte mache, kann es unter Umständen noch Monate dauern, bevor ich überhaupt einen ersten Schritt laufen kann. Und auch dann liegt noch ein weiter Weg vor mir.“

„Du redest schon wie ein Arzt“, sagte Barbara. „Hast du denn keine Angst, dass die Therapie scheitert?“

„Ach, ich weiß nicht. Ich glaube, darüber mache ich mir Gedanken, wenn es so weit ist.“

Barbara sagte nichts weiter dazu. Sollte Miriam ruhig glauben, dass es Heilungschancen für sie gab. Ihre Hoffnungen würden sich noch früh genug zerschlagen, dafür würde sie schon sorgen …

Schon früh am Morgen hatte sie einen Anruf des Privatdetektivs bekommen. „Wir treffen uns heute Mittag“, sagte er, nannte eine Uhrzeit und die Adresse eines Bistros am Hafen und legte auf, ohne ihre Antwort abzuwarten.

Etienne Baverel kam zwanzig Minuten zu spät.

„Entschuldigen Sie bitte, Madame von Heidenberg." Er schob sich auf den Stuhl direkt neben ihr und legte einen dicken braunen Umschlag neben sich auf den dritten Stuhl. „Ich musste noch im Fotolabor vorbeifahren."

Barbara musterte mit hochgezogenen Augenbrauen. „Ich hoffe, Sie haben etwas für mich", sagte sie kühl.

„Aber sicher." Er klopfte mit der flachen Hand auf den Umschlag. Dann bestellte er bei der Kellnerin Rotwein und das Mittagsgericht.

„Also? Haben Sie etwas über Pierre Cartier herausgefunden?"

Barbara wollte diese Verabredung so schnell wie möglich hinter sich bringen. Sie musterte ihr schmuddeliges Gegenüber mit kaum verhohlener Abscheu. Fast könnte man meinen, sie war ein lästiger Bittsteller.

„Was wollen Sie denn wissen?", fragte der Schnüffler lauernd.

Barbara beugte sich vor. „Monsieur Baverel, ich denke, ich habe mich bei unserem letzten Treffen deutlich genug ausgedrückt!"

Sein Grinsen verstärkte sich. Er griff nach dem Umschlag.

„Das hier dürfte Ihnen gefallen", sagte er und reichte Barbara einige zusammengeheftete Blätter. Es handelte sich um Pierre Cartiers Kontoauszüge. Barbara überflog die Seiten und runzelte die Stirn.

„Ja", sagte Etienne Baverel gedehnt, „Monsieur Cartier

hat einen ordentlichen Berg Schulden angehäuft in den letzten Jahren."

„Wie ist das möglich?", fragte Barbara.

„Sie meinen, der junge Mann müsste mit seinem üppigen Gehalt auskommen?"

„Ja …" Barbara runzelte die Stirn.

Der Privatdetektiv schob einen Stapel Fotos über den Tisch. „Ich würde sagen, er lebt über seine Verhältnisse."

Barbara blätterte die Bilder durch, warf einen Blick auf die Papiere und nickte zufrieden. Denn dass Pierre Cartier einen eher ausschweifenden Lebensstil pflegte, war nicht seine einzige Achillesferse: Der junge Arzt, der ihrer Stieftochter so eifrig den Hof machte, schien es auch mit dem hippokratischen Eid nicht allzu genau zu nehmen. Das war genau das, wonach sie gesucht hatte.

„Sie haben gute Arbeit geleistet", sagte sie. Sie zog aus ihrer Tasche einen dicken Umschlag und schob ihn über den Tisch. „Ich denke, diese Summe ist angemessen."

Etienne Baverel zählte die Scheine und reichte seiner Klientin den Umschlag mit den gesammelten Beweisen.

Sie stand auf und nickte dem Privatdetektiv noch einmal knapp zu. Dann ging sie. Jetzt hatte sie alles, was sie brauchte, um Dr. Cartier zu zerstören, und damit meinte sie nicht nur seine Liebe zu Miriam. Mit den Informationen, die sie jetzt in der Hand hielt, würde sie auch seine Karriere ruinieren …

Aber sie wollte sich damit Zeit lassen. Miriam sollte sich ruhig an das große Glück gewöhnen, bevor es zerplatzte wie eine Seifenblase.

Miriam ahnte von alledem nichts. Sie freute sich, dass Barbara ihre Vorbehalte gegenüber Pierre langsam ablegte und sie am Abend ausführen wollte. Beim gemeinsamen Essen würde sie bestimmt endlich begreifen, wie gut sie und Pierre zusammenpassten und wie glücklich sie miteinander waren!

Sie legte sich einen marineblauen Pullover um die Schultern – denn abends konnte es empfindlich kühl werden – und rollte von ihrem Schlafzimmer in das großzügige Wohnzimmer ihres Apartments. Barbara wartete schon auf sie. Sie trug ein hübsches dunkelrotes Kleid, das einen tiefen Rückenausschnitt hatte. Es stand ihr hervorragend, und das wusste sie auch.

Sie trafen sich mit Pierre vor dem Nobelrestaurant, das Barbara ausgewählt hatte. Diesmal machte es Miriam überhaupt nichts aus, dass sie so edel speisten. Im Gegenteil: Die ganze Welt sollte sehen, wie glücklich Pierre und sie waren. Immer wieder streichelte er sanft ihre Hand oder gab ihr einen kleinen Kuss.

Barbara beobachtete die beiden lächelnd.

Was waren sie doch für ein schönes Paar.

Das junge Glück war wirklich perfekt.

Wie schade, dass sie es zerstören musste.

„Barbara, das musst du dir angucken, das ist unglaublich!“

So aufgeregt hatte Barbara ihre Stieftochter schon lange nicht mehr erlebt. Seit zehn Tagen war nun Cartiers Bekannte schon in Nizza und unternahm mit Miriam lange, ausgedehnte Spaziergänge, bei denen sie locker miteinander plauderten.

Barbara konnte den therapeutischen Sinn dieser Übung zwar nicht erkennen, behielt die Sache aber trotzdem oder gerade deshalb im Auge. Schließlich wäre nichts schlimmer, als wenn Miriam plötzlich geheilt werden würde! Sie musste unbedingt verhindern, dass ihre Stieftochter ihrer Kontrolle entglitt …

„Was ist passiert?“ Barbara trat zu Miriam, die ihren rechten Oberschenkel mit beiden Händen umfasst hielt und konzentriert die Augenbrauen zusammenzog.

„Warte“, sagte sie, doch nichts passierte. Miriam starrte ihr Bein an. „Vorhin ging's noch“, sagte sie leise. „Oder habe ich mir das nur eingebildet?“

„Du musst Geduld mit dir haben“, sagte Barbara besänftigend. „Was sagt denn Madeleine zu deinen Fortschritten?“

Miriam seufzte. „Madeleine wird wieder abreisen“, sagte sie. „Sie meint, sie kann für mich nichts weiter tun.“

„Das tut mir leid, mein Schatz“, rief Barbara bestürzt und strich Miriam über die Wange. Innerlich frohlockte sie. Ein Problem weniger …

„Ist nicht so schlimm.“ Miriam drückte ihre Hand und lächelte schief. „Aber einen Versuch war es wert.“ Sie wendete ihren Rollstuhl und rollte zur Tür. „Ich geh dann mal. Pierre erwartet mich seit zehn Minuten.“

Kaum war Miriam aus der Tür, wählte Barbara die

Nummer von Professor Montpellier.

„Ich muss Sie sprechen, Didier“, sagte sie statt einer Begrüßung. „Es ist dringend.“

Sie trafen sich auf dem Golfplatz.

Der Klinikchef sah besorgt aus. „Gibt es Probleme?“

„Ich glaube, Cartier macht Miriam falsche Hoffnungen. Er spricht von einer Blockade in ihrer Wirbelsäule, die gelöst werden muss. Und Miriam glaubt ihm.“

„Macht Ihre Tochter denn sichtbare Fortschritte?“

Barbara schüttelte den Kopf. „Eben nicht“, sagte sie leise. „Außerdem ...“

Sie atmete tief durch.

„Ich traue Dr. Cartier nicht. Vor allem, seit ich erfahren habe, dass er einen, nun ja ... lockeren Lebenswandel führt.“

Professor Montpellier hob erstaunt die Augenbrauen. „Frauen?“

„Schulden!“, gab Barbara zurück, und die Miene des Chefarztes verfinsterte sich.

„Sie haben Nachforschungen angestellt?“ Montpelliers Frage klang eher wie eine Feststellung.

„Sie müssen verstehen ... Ich muss schließlich wissen, mit wem meine Tochter Umgang hat. Es ist ja nun mal allgemein bekannt, dass sie ein beträchtliches Vermögen erben wird.“ Barbaras Stimme klang frostig. Sie zog aus ihrer Tasche einen Schläger und trat auf das Grün, um ihren aussichtsreich positionierten Ball einzulochen. „Soll ich zusehen, wie meine Tochter sich ins Unglück stürzt? Es reicht mir, dass ich einmal einen geliebten Menschen verloren habe, Monsieur Montpellier."

„Verstehen Sie mich nicht falsch, Madame", sagte Professor Montpellier eilig. „Ich kann Ihre Haltung durchaus nachvollziehen. Dennoch ist es höchst irritierend für mich, dass Sie an der Integrität meiner Mitarbeiter zweifeln. Wie Sie wissen, hat unsere Klinik einen hervorragenden Ruf, und das auf der ganzen Welt."

Barbara puttete gekonnt ein und wandte sich erst wieder an den Professor, nachdem sie den Ball wieder aus dem Loch gefischt hatte.

„Ich fürchte", sagte sie leise, „Sie haben ein kleines Problem."

„Was wollen Sie damit sagen?"

„Wenn Ihnen das makellose Renommee Ihres Instituts so am Herzen liegt ... Wie können Sie dann zulassen, dass ein Arzt, dem das Wasser offenkundig bis zum Hals steht, ausgerechnet eine steinreiche Erbin behandelt? Was, wenn bekannt wird, dass Sie nicht einmal dann einen Riegel vorgeschoben haben, als dieser Arzt eine Beziehung mit seiner Patientin begonnen hat ... seiner Patientin, die nicht einmal volljährig ist ... einem jungen, unschuldigen Mädchen ... leicht zu beeinflussen ..." Sie blickte ihn herausfordernd an.

Professor Montpellier überlegte. Auch, wenn er persönlich davon überzeugt war, dass Pierre Cartier tiefe und ehrliche Gefühle für Miriam von Heidenberg hegte – ihre Stiefmutter hatte durchaus recht. Eine derartige Publicity würde das Aus für seine Klinik bedeuten.

„Was haben Sie vor?“, fragte er schließlich.

Barbara sah ihn erstaunt an. „Mache ich etwa den Eindruck, als wollte ich hier irgendwelche Forderungen stellen?“ Plötzlich war sie wieder lammfromm. „Ich möchte einfach nicht, dass Miriam enttäuscht wird.“

Armer Professor, dachte sie sich, und armer, armer Pierre. Wenn Ihr wüsstet …

„Au, das tut weh!“ Miriam verzog das Gesicht. Sie lag auf der Seite auf einer Liege im Behandlungszimmer, während Pierre behutsam ein neues Medikament in ihren Rücken injizierte.

Pierre glaubte, dass der Ansatz ihrer bisherigen Therapien falsch war, denn man hatte vor allem versucht, ihre Muskeln zu stärken. Doch das schien gar nicht das Problem zu sein – sonst könnte sie schließlich nicht reiten. Es mussten also die Blockaden in der Wirbelsäule sein, die ihr zu schaffen machten. Und die würde Pierre nun lösen.

„Ist es schlimm?“, fragte er.

Miriam schüttelte stumm den Kopf, obwohl das eine glatte Lüge war. Der Schmerz zog sich durch den Rücken bis in den Nacken, und ihr war, als hätte man einen glühenden Pfeil durch sie hindurchgejagt.

„Ich halt’s schon aus“, sagte sie mit schwacher Stimme. Sie spürte, dass sie am ganzen Körper zitterte.

Pierre legte beruhigend eine Hand auf ihre Schulter.

„Es ist gleich vorbei“, versprach er ihr. „Nur noch eine Injektion, dann hast du es erst mal geschafft.“

Miriam schloss die Augen. Erneut spürte sie den Einstich der Spritze, dann wieder diesen brennenden Schmerz. Sie merkte, dass ihr Tränen aus den Augenwinkeln rannen. Aber sie wollte doch tapfer sein! Wenn es bedeutete, dass sie wieder würde laufen können, musste sie das einfach aushalten.

„Das war's schon.“ Pierre zog die OP-Handschuhe aus und warf sie in einen Abfalleimer. „Du bleibst jetzt erst mal liegen. Du solltest dich so wenig wie möglich bewegen.“

Pierre ließ sie in ein Stationszimmer bringen und wachte den ganzen Tag an ihrem Bett. „Es ist gut, wenn du Schmerzen hast“, tröstete er sie. „Das bedeutet, dass der Wirkstoff in deinem Körper arbeitet und die Blockaden löst.“

Miriam fühlte sich wie durch den Fleischwolf gedreht, als Pierre sie am Abend nach Hause brachte. Am nächsten Tag würde die Behandlung weitergehen.

Barbara musterte Miriam aufmerksam, nachdem sie ihre Stieftochter ins Bett gebracht hatte. „Ist alles in Ordnung?“, fragte sie besorgt.

Miriam nickte müde. „Es geht mir gut, Mama. War nur ein bisschen anstrengend heute.“

Barbara schien nicht so richtig überzeugt zu sein. „Übernimmst du dich auch nicht? Du siehst schwach aus.“

Miriam schüttelte den Kopf und schloss die Augen.

Barbara seufzte und verließ nach einem letzten Blick zu Miriam das Schlafzimmer. Sie schien Schmerzen zu haben.

Es war so weit!

Höchste Zeit für den nächsten Schachzug ...

„Brechen Sie diese Behandlung sofort ab, Professor!", rief Barbara von Heidenberg ohne ein Wort der Begrüßung, als sie am nächsten Morgen in das Büro des Klinikchefs rauschte. Ihre Augen blitzten vor Wut. „Machen Sie dieser Schmierenkomödie sofort ein Ende und pfeifen Sie diesen ... diesen Stümper zurück!"

„Madame von Heidenberg, bitte beruhigen Sie sich!" Der Professor sprang auf und wies mit einladender Geste auf den Besuchersessel. „Setzen Sie sich doch!"

Doch Barbara blieb stehen und sah ihn drohend an. „Meine Tochter hat rasende Schmerzen! Sie konnte heute Nacht kaum schlafen!" Sie stemmte ihre Arme in die Hüften und fauchte erneut: „Brechen Sie diese Behandlung sofort ab!"

Ihre Worte hingen unheilvoll in der Luft, während Professor Montpellier nach Miriams Akte griff und sie nachdenklich aufschlug.

Pierre Cartier war ehrgeizig, sehr ehrgeizig sogar, das war ihm bekannt – und man sagte dem charismatischen jungen Arzt nach, dass er noch nie einen Patienten aufgegeben hatte. Genau deswegen war er davon überzeugt gewesen, mit Cartier die beste Wahl für Miriam von Heidenberg getroffen zu haben.

Professor Montpellier blätterte in ihrer Akte. Dr. Cartier schien sich mit Mademoiselle von Heidenberg größte Mühe zu geben. Erst gestern hatte er begonnen, seiner Patientin ein neues Medikament zu spritzen.

Aber was war das?

Montpellier starrte auf das Krankenblatt. Das konnte nicht sein. Er sah kurz zu Barbara hinüber, die ihn unbarmherzig fixierte, und blickte erneut auf das Papier.

Das war doch nicht möglich!

Das Medikament, das Dr. Cartier Miriam von Heidenberg verabreicht hatte, war noch gar nicht zugelassen.

„Also?“

„Ich werde sofort etwas unternehmen.“ Montpellier schluckte schwer. „Dr. Cartier hat unverantwortlich gehandelt. Er hat seine Ziele über das Wohl einer Patientin gestellt.“

„Barbara?“ Miriam richtete sich mühsam auf der Liege auf. Pierre hatte gerade die Spritzen aufgezogen, um die Behandlung fortzusetzen, als Barbara mit Professor Montpellier das Behandlungszimmer betrat.

„Schluss damit!“, zischte der Klinikchef und sah Pierre scharf an. „Hände weg von der Spritze! Sie packen sofort Ihre Sachen, Cartier! Sie sind gefeuert! Fristlos! Verlassen Sie diesen Raum!“

„Was ist denn los?“ Miriam setzte sich auf und blickte verständnislos in die ernsten Gesichter von Barbara und Montpellier.

Pierre blickte irritiert zwischen Miriam und ihrer Mutter hin und her, doch Miriam zuckte nur mit den Achseln. Behutsam legte er die Spritze zurück in die Schale.

„Es muss sich um ein Missverständnis handeln“, sagte er langsam. „Ich warte draußen.“

Er verließ den Raum und zog die Schiebetür hinter sich zu. Professor Montpellier setzte sich auf einen Hocker direkt an Miriams Liege. „Sie haben heute Nacht über Einschlafschwierigkeiten und starke Schmerzen geklagt, Mademoiselle“, sagte er und musterte sie besorgt. „Geht es Ihnen heute besser?“

Miriam biss sich auf die Unterlippe.

„Ich habe Kopfschmerzen“, sagte sie ausweichend. „Aber das ist nicht weiter schlimm.“

„Miriam!“ Barbara drängte sich in den Vordergrund. „Miriam, das ist Wahnsinn! Dieses Medikament hat schon nach einer Behandlung zu so gravierenden Nebenwirkungen bei dir geführt, du kannst doch nicht zulassen, dass es so weitergeht!“

„Aber wenn es mir doch hilft!“, rief Miriam verzweifelt. „Bitte, Professor, lassen Sie es mich versuchen. Die Schmerzen halte ich schon aus!“

Doch der Professor schüttelte den Kopf. „Es tut mir leid, Mademoiselle“, sagte er. „Aber ich kann es nicht zulassen. Ich bin sogar verpflichtet, die Therapie abzubrechen. Sehen Sie, diese Nebenwirkungen zeigen uns, dass Ihr Körper nicht so mit dem Medikament arbeitet, wie wir es erhoffen."

Und nach einer kurzen Pause fügte er hinzu: „Und es ist ein Medikament in der Studie. Es wäre unverantwortlich, es weiter einzusetzen."

Er stand auf, nickte Miriam und Barbara noch ein letztes Mal knapp zu, dann verließ er das Behandlungszimmer. Miriam sank auf der Liege zurück und schloss die Augen.

„Pierre hätte nicht weitermachen dürfen, nachdem du gestern schon so massive Nebenwirkungen hattest", bemerkte Barbara und tätschelte ihre Hand. „Damit hat er eindeutig seine Kompetenzen überschritten. Es tut mir leid."

„Aber ..." Miriam schluckte. Was sollte das heißen? Sie richtete sich wieder auf und blickte Barbara an.

„Ich fürchte, du musst dich der Wahrheit stellen." Barbara sprach leise und hielt den Blick gesenkt. „Pierre ist ehrgeizig. Ihm scheint nicht nur an deinem Wohl gelegen zu sein, sondern vor allem an seiner Karriere."

Miriam blickte Barbara verständnislos an. „Wie meinst du das?", fragte sie tonlos.

Barbara seufzte. „Was ich dir jetzt sage, wird dir wehtun, Miriam", sagte sie. „Ich konnte nicht tatenlos zusehen, wie sich dieser Mann dir genähert hat. Und darum habe ich Erkundigungen eingezogen. Diskret, versteht sich", fügte sie eilig hinzu, als sie merkte, dass Miriam protestieren wollte. „Ich hätte es nicht erwähnt, wenn ich dabei nicht erfahren hätte, dass Pierre einen Haufen Schulden hat."

Sie ließ diese Worte auf Miriam wirken. Ihre Stieftochter

schüttelte betäubt den Kopf. „Wie kann das sein?“, fragte Miriam leise.

„Ich weiß es nicht.“ Barbara seufzte. „Ich wünschte, es wäre irgendwas anderes. So aber muss ich befürchten, dass er all seine Gefühle nur einsetzt, um mit deiner Hilfe an das große Geld zu kommen. An deiner Seite wären all seine finanziellen Probleme auf einen Schlag erledigt.“

Miriam sank zurück auf die Liege. Ihre Gedanken rasten. Hatte Pierre ihr all die Gefühle nur vorgespielt? War es ihm die ganze Zeit nur um ihr Vermögen gegangen?

„Es tut mir leid“, sagte Barbara.

„Ich möchte nach Hause“, flüsterte Miriam. „Nach München.“

Barbara streichelte Miriams Oberarm. „Natürlich“, sagte sie. „Ich werde mich darum kümmern.“

Miriam hatte die Augen geschlossen. Bittere Tränen rannen über ihre Wangen, während sich ihre Gedanken im Kreis drehten.

Pierre hatte sie hintergangen. Sie hatte ihm vertraut, und er hatte sie nur benutzt.

Aber hatte er das nicht nur getan, weil er sie liebte?

Oder war es ihm wirklich nur um ihr Erbe gegangen?

Ach Pierre …

Miriam schluchzte auf. Es tat so weh, so weh!

Warum hatte er ihr das angetan?

9. KAPITEL

Miriam starrte auf den Umschlag in ihrem Schoß. Vor fünf Minuten hatte sie ihn aus dem Briefkasten gezogen, zusammen mit der restlichen Post. Seit Tagen hatte sie ungeduldig auf diese Nachricht gewartet, doch das Kuvert jetzt vor sich zu sehen, bereitete ihr Herzklopfen.

Würde sich ihr Traum erfüllen?

„Na, war endlich die ersehnte Nachricht dabei?" Barbara betrat das Wohnzimmer. Sie lächelte Miriam aufmunternd an.

„Ich weiß es nicht. Ich hab noch nicht hineingeschaut." Miriam drehte den Umschlag in den Händen. „Ich meine, was mache ich denn, wenn sie absagen? Wenn sie mich nicht haben wollen?"

„Davon stürzt die Welt nicht ein", sagte Barbara. „Nun mach schon auf!"

Obwohl Miriams Hände leicht zitterten, riss sie das Papier ungeduldig auf. War sie angenommen? Durfte sie ab Oktober an die Universität gehen?

„Sehr geehrte Frau von Heidenberg", las Miriam vor, „wir freuen uns, Ihnen zum kommenden Wintersemester einen Studienplatz anbieten zu können …" Miriam ließ den Brief sinken. Sie hatte es also geschafft! Ab Oktober würde sie an der Münchner Universität Biologie studieren …

„Das sind ja wunderbare Neuigkeiten." Barbara umarmte Miriam. „Das müssen wir unbedingt feiern, meinst du nicht?“

„Ja.“ Miriam strahlte. Oh, sie würde studieren gehen. Ihr größter Wunsch ging damit in Erfüllung …

„Am besten gehen wir heute Abend groß essen“, schlug Barbara vor. „Und dann kümmern wir uns um alles Weitere. Wir können dir im ersten Stock noch ein Arbeitszimmer einrichten und …“

„Barbara …“ Miriam holte tief Luft. Sie wusste, der Zeitpunkt war nicht der beste, aber sie hatte schon seit Tagen nach dem richtigen Moment gesucht. Und nun sprach Barbara es ja selbst an.

„Ich möchte gerne in eine eigene Wohnung ziehen“, sagte Miriam schließlich. Sie warf Barbara einen kurzen Seitenblick zu. Ihre Stiefmutter sah sie entgeistert an.

„Tja, das kommt plötzlich“, sagte Barbara. Sie setzte sich Miriam gegenüber auf das Sofa und legte die Hände um die Knie. „Denkst du schon länger darüber nach?“

Miriam nickte leicht. „Ich fände es einfach besser für mich. Ich möchte auf eigenen Füßen stehen.“

„Das hat dir bestimmt Viktoria eingeredet, oder?“

„Das hat doch mit Viktoria überhaupt nichts zu tun“, widersprach Miriam. „Aber ja, wir haben darüber geredet, und Viktoria denkt auch, dass es mir guttun wird, wenn ich mal für eine Zeitlang nur auf mich angewiesen bin.“

„Du willst also ausziehen.“

„Das hat doch nichts mit dir zu tun, Barbara. Ich will einfach mal ein bisschen für mich selbst verantwortlich sein dürfen. Ich bin dir dankbar für alles, was du für mich tust. Du bist meine Mutter. Aber ich bin jetzt neunzehn, und ich will mein Leben selbst in die Hand nehmen."

Barbara hob abwehrend die Hände. „Ich bin ja auch nicht grundsätzlich dagegen", sagte sie. „Es kommt nur etwas überraschend."

„Aber du verstehst mich doch, oder?", fragte Miriam. „Ich möchte es wenigstens versuchen. Wir könnten mir eine Wohnung in der Nähe der Uni suchen. Ich müsste dann nicht jeden Tag durch die ganze Stadt fahren." Als Barbara schwieg, redete Miriam einfach weiter. „Ich will dich von dieser Entscheidung doch nicht ausschließen. Es ist mir wichtig, dass wir auch das hier gemeinsam planen."

„Aber trotzdem stellst du mich vor vollendete Tatsachen."

„Das tut mir leid. Ich wusste nicht, wie ich es dir sagen soll."

„Ich spiele in deinen Plänen wohl überhaupt keine Rolle mehr."

„Das stimmt doch gar nicht!" Miriam war ehrlich erstaunt über Barbaras Vorwürfe. „Ich würde doch nie einfach so ausziehen. Ich würde doch nie …" Ihr fehlten die Worte. Was glaubte Barbara denn? Dass Miriam immer das kleine, hilflose Mädchen bleiben würde, das vor sieben Jahren seinen Vater verloren hatte? Wohl kaum. Ihr musste doch klar sein, dass Miriam irgendwann wissen wollte, wie das Leben sein konnte, wenn man auf eigenen Füßen stand – und Barbara nicht da war, um sie vor jeder kleinen Schwierigkeit zu bewahren.

„War ich zu mütterlich?“, fragte Barbara, als hätte sie Miriams Gedanken erraten.

„Vielleicht ein klein wenig“, sagte Miriam. „Manchmal habe ich das Gefühl, du traust mir gar nichts zu.“

„Das tut mir leid. Ich mache mir eben immer Sorgen um dich.“

„Aber du verstehst mich doch, oder?“, fragte Miriam.

Barbara nickte. „Aber ja. Wenn du magst, werde ich einen Makler anrufen, damit er für dich ein paar passende Objekte in der Nähe der Universität heraussucht. Die können wir uns dann ansehen.“

Sie stand auf. Sie wollte jetzt allein sein. Mit dieser Entwicklung hatte sie nicht gerechnet. Sie überraschte Barbara und zeigte ihr nur zu deutlich ihre Grenzen auf.

Miriam war kein kleines Mädchen mehr. Und der Kampf um Miriams Zukunft – ob sie einen Mann finden würde, mit dem sie glücklich werden konnte, den sie heiraten würde – begann jetzt erst richtig. Es hatte genügend Männer gegeben in den letzten beiden Jahren, aber keiner war geblieben. Dafür hatte Barbara gesorgt.

Doch wenn Miriam jetzt ihrer Kontrolle entglitt – wie sollte sie dann verhindern, dass Miriam ihr Glück fand?

Sie brauchte einen neuen Plan.

Das alljährliche Golfturnier in Barbaras Club stand vor der Tür. Sie würde wie immer teilnehmen – allerdings würde ihre Stieftochter sie in diesem Jahr nicht begleiten.

„Nein danke", sagte Miriam und schüttelte entschieden den Kopf. „Am Samstag kommt Viktoria. Wir wollen uns ein paar Wohnungen anschauen."

Barbara biss sich auf die Lippe, bevor sie wieder ein Lächeln auf ihr Gesicht zauberte. „Es tut mir leid, ich habe wirklich nicht viel Zeit gehabt, um mich darum zu kümmern."

„Wir haben vor drei Wochen darüber geredet", sagte Miriam. „Und du hattest es versprochen."

„Ja, ich weiß", gab Barbara zerknirscht zu. „Aber du weißt doch auch, was ich alles erledigen muss."

„Also habe ich mich selbst darum gekümmert. Und Viktoria hilft mir gerne bei der Suche, sie wollte ohnehin noch mal auf dem Rückweg von Kitzbühel hier in München haltmachen."

„Dann ist ja alles in bester Ordnung", sagte Barbara fröhlich.

Nun, das war überhaupt nicht in Ordnung, aber sie hütete sich, Miriam das auf die Nase zu binden. Schlimm genug, dass sich Miriam jetzt auf eigene Faust um die neue Wohnung kümmerte. Es schien ihr wirklich ernst zu sein mit dem Auszug. Und sowenig Barbara der Gedanke gefiel – es würde ihr schon was einfallen, damit Miriam ihrer Kontrolle nicht völlig entglitt.

Der Zufall wollte es, dass sie bei dem Turnier einem jungen Mann zugelost wurde, der ihr gefiel. Nicht für sie selbst – denn sie hatte keine Lust, sich mit einem Jungspund einzulassen – nein, er wäre der ideale Partner für Miriam. Zumindest für eine gewisse Zeit.

Sein Name war Roman von Bortschek, und Barbara nutzte das Turnier, um mehr über den jungen Mann herauszufinden. Er entstammte einer alten Adelsfamilie, hatte aber in den letzten Jahren ein bisschen Pech gehabt, wie er freimütig zugab. Es war kein Geheimnis, dass das Familienunternehmen der von Bortscheks vor dem Ruin stand.

Und während Barbara von Heidenberg beschloss, weitere Erkundigungen über Roman von Bortschek einzuziehen, wunderte der sich über ihr Verhalten. Er wusste schließlich, was man sich über die kühle, dunkle Schönheit erzählte: Sie gab sich nur mit Menschen ab, die für sie irgendwann noch einmal wichtig sein konnten, und behandelte alle anderen wie Luft – und sie legte, obwohl sie selbst erst vor einigen Jahren in den Adel eingeheiratet hatte, einen gewaltigen Standesdünkel an den Tag. Gerade deshalb war sie aber in der Münchner Gesellschaft so beliebt.

„Was machen Sie beruflich?", fragte Barbara ihn beim siebten Loch. Roman konzentrierte sich auf seinen Abschlag, und erst nachdem er den Ball zu weit links abgeschlagen hatte, antwortete er.

„Ich habe BWL und Jura studiert", sagte er. „Momentan bereite ich mich auf mein zweites Staatsexamen vor."

„Und wie haben Sie sich Ihre Zukunft vorgestellt?" Barbara legte ihren Ball zurecht und zog einen Schläger aus ihrer Tasche.

„Ich werde mir wohl eine verantwortungsvolle Aufgabe

suchen.“ Roman tat dies mit einem Schulterzucken ab.

„Vielleicht kann ich da was für Sie tun.“ Barbaras Abschlag war weit besser als Romans. Er bewunderte ihren eleganten Schwung. „Guter Schlag“, kommentierte er.

„Danke“, sagte Barbara und verstaute ihren Schläger. „Wissen Sie, dieser Job, der mir vorschwebt … Eigentlich können Sie gleich morgen anfangen.“

„Das klingt nicht, als wäre es eine allzu anspruchsvolle Tätigkeit.“

„Wenn Sie sich da mal nicht irren.“ Barbara lächelte verschlagen. „Sind Sie interessiert? Ich weiß schon, Sie wollen erst wissen, worum es geht. Aber seien Sie versichert: Mit Ihrem Aussehen und Ihrem Auftreten sind Sie genau der Richtige für diesen Job.“

Und mit der entsprechenden Geldnot scheinst du ja auch gesegnet zu sein, dachte Barbara boshaft. Sie hatte einen Blick dafür. Romans Golfertasche war abgewetzt, und seine Kleidung war aus der letzten Saison. Sie wusste, er würde anbeißen.

„Also, worum geht's?“, fragte Roman von Bortschek nach einer Weile, in der er sich vergeblich bemüht hatte, aus einem Sandhaufen abzuschlagen.

„Es ist im Grunde ganz einfach.“ Barbara wählte ihre Worte mit Bedacht. „Meine Tochter Miriam zieht in wenigen Wochen nach München, in die Nähe der Universität. Mir ist natürlich nicht wohl bei dem Gedanken, dass sie so allein und auf sich gestellt sein wird. Andererseits möchte ich ihr das Gefühl geben, dass sie es allein schafft. Aber ich bin nun mal ihre Mutter und kann nicht aus meiner Haut …“ Sie machte eine unbestimmte Geste.

„Ich soll Kindermädchen spielen?“, fragte Roman entsetzt. „Entschuldigen Sie, Frau von Heidenberg, aber das scheint mir doch ein wenig abwegig. Ich meine, Ihre Tochter ist doch alt genug, oder nicht?“

Natürlich wusste Roman von Bortschek um das Schicksal von Miriam von Heidenberg. Jeder wusste das. Sie war vor Jahren bei einer Bergtour schwer verletzt worden. Und seitdem saß sie im Rollstuhl. Er verstand Barbaras Sorge wirklich. Aber wie stellte sie sich das vor?

„Ich dachte eher, Sie werden so was wie ein Freund“, sagte Barbara vorsichtig. „Sie passen ein bisschen auf Miriam auf und unterstützen sie in ihrem neuen Leben … ganz diskret. Miriam darf nicht merken, dass ich dahinterstecke.“

„Und warum nicht?“, fragte Roman herausfordernd.

„Ach, Herr von Bortschek. Meine Tochter will auf eigenen Beinen stehen. Ich habe ja grundsätzlich nichts dagegen. Aber ich will ehrlich sein: Die Sorge um Miriam würde mich verrückt machen.“

Roman hob in gespieltem Erstaunen die Augenbrauen. „Aha. Und was habe ich damit zu tun?“

Barbara lächelte boshaft. „Das ist mein Angebot: Ich beschaffe Ihnen eine Wohnung in Miriams Nähe und sorge dafür, dass Sie sich auf absehbare Zeit keine Geldsorgen machen müssen.“

Roman von Bortschek erwiderte das Lächeln schmallippig. Sie schien über die finanzielle Lage des Unternehmens – seine Familie war praktisch ruiniert – ja bestens informiert zu sein. Was sie nicht wissen konnte: Er hatte seinen aufwändigen Lebensstil auch während seines Studiums beibehalten – und dadurch so immense Schulden angehäuft, dass es Jahre dauern würde, bis er wieder auf die Beine kam.

Nachdenklich folgte Roman von Bortschek Barbara, die gut gelaunt auf das Grün zuschlenderte und sich dabei halb zu ihm umdrehte.

„Machen Sie mit?“, fragte sie und schenkte ihm ein verführerisches Lächeln.

Barbara von Heidenberg war einfach verdammt attraktiv.

Am selben Abend schlossen sie eine Abmachung.

„Und, was meinst du?“ Miriam rollte in das Wohnzimmer. Dies war nun schon die vierte Wohnung, die Viktoria und sie besichtigten. Der Makler stand unruhig in der Wohnzimmertür und scharrte mit den Füßen. Aber Viktoria ließ sich davon nicht beirren. Sie inspizierte alles sorgfältig, bevor sie antwortete.

„Nicht schlecht“, sagte sie schließlich.

„Nicht schlecht?“ Miriam war erstaunt. „Also bitte, ich finde, die Wohnung passt perfekt!“

„Na ja, hier sind keine Treppen“, bemerkte Viktoria trocken, und Miriam schüttelte grinsend den Kopf. Sie hatten den Makler deutlich darauf hingewiesen, dass nur eine behindertengerechte Wohnung in Frage käme. Trotzdem verfügte die erste Wohnung, die er ihnen zeigte, über einen Schlafraum, den man nur über eine Wendeltreppe erreichte. Außerdem war die Tür zum Badezimmer für Miriams Rollstuhl zu schmal.

Ähnliches wiederholte sich bei den anderen beiden Wohnungen: Die eine verfügte im Hausflur über keinen Aufzug, sodass Miriam überhaupt keine Chance hatte, bis in den zweiten Stock zu gelangen. Und die dritte Wohnung war schlicht zu klein.

Jetzt standen sie also in der letzten Wohnung, die auf der Liste des Maklers stand. Das Wohnzimmer war groß und hell, über doppelte Fenstertüren gelangte man auf einen großzügigen Balkon. Die Küche war offen gestaltet und groß genug, dass Miriam sich mit dem Rollstuhl darin bewegen konnte. Es gab ein Schlafzimmer und ein großes Badezimmer – es passte einfach perfekt. Außerdem lag diese Wohnung in einer Anlage direkt am Botanischen Garten der Universität. Es war einfach ideal, das musste schließlich auch Viktoria zugeben.

Allein der Preis hätte sie abgeschreckt, aber sie wusste, dass das bei Miriam keine Rolle spielte. Einen winzigen Moment lang war Viktoria deswegen ein bisschen neidisch. Sie musste in London mit einem winzigen Zimmer vorliebnehmen und teilte sich das Badezimmer mit vier anderen Studenten … Aber es würde Miriam zweifellos guttun, Barbaras mütterlichen Fängen zu entkommen.

„Ich nehme die Wohnung!“, sagte Miriam glücklich.

Der Makler grinste zufrieden. „Ich melde mich Anfang der Woche bei Ihnen, dann klären wir alles Weitere."

Miriam nickte. „Und ich würde meiner Mutter gerne die Wohnung zeigen, bevor ich den Mietvertrag unterschreibe."

„Selbstverständlich." Der Makler wäre mit allen Forderungen einverstanden gewesen, wenn er damit nur seinen Fauxpas mit den falschen Wohnungen wettmachen konnte.

Miriam blickte sich um. „Ich weiß schon genau, wie ich es einrichten werde", sagte sie. „Hier kommt der Schreibtisch hin, daneben das Regal mit meinen Büchern, und dort das Sofa."

Viktoria lächelte. „Ich sehe schon: Als Nächstes möchtest du mit mir losziehen und Möbel aussuchen."

„Kannst du denn so lange bleiben?" Miriams Augen leuchteten auf.

„Leider nicht." Viktoria schüttelte bedauernd den Kopf. „Ich muss Donnerstag wieder in London sein. Freitag treffe ich mich mit Felix in Southampton."

„Ist er immer noch glücklich auf dem Schiff?", fragte Miriam.

„Du meinst – mit Marina?" Viktoria wiegte den Kopf. „Ich weiß es nicht", gestand sie schließlich. „In den letzten Monaten hat er sich bei diesem Thema eher bedeckt gehalten. Ich glaube, es kriselt gewaltig zwischen den beiden."

„Das ist schade."

Miriam seufzte. Sie hatte Felix nun schon seit Jahren nicht mehr gesehen, und alles, was sie über ihn wusste, erfuhr sie von Viktoria. Doch Viktoria wusste selbst nicht allzu viel. Felix war in den letzten Jahren fast nie in Kitzbühel gewesen. Aber er schrieb Postkarten aus allen Winkeln der Welt, die Viktoria gewissenhaft sammelte.

Die beiden Freundinnen kehrten zur Feier des Tages bei Miriams Lieblingsitaliener ein und kamen erst spät nach Hause. Barbara erwartete sie schon, als Viktoria Miriams Rollstuhl in die herrschaftliche Halle der Villa Heidenberg rollte.

„Wo wart ihr denn so lange?“ Barbara eilte zu Miriam und umarmte sie. „Ich hab mir Sorgen gemacht!“

Miriam machte sich aus der Umarmung ihrer Mutter los. „Wie war dein Golfturnier?“, fragte sie.

„Ach, das.“ Barbara machte eine wegwerfende Handbewegung. „Erzählt lieber, ob ihr eine Wohnung gefunden habt.“

Miriam strahlte. „Sie ist wunderbar. Genau das Richtige für mich. Keine Barrieren, Fahrstuhl im Haus, und die Räume sind groß und offen. Du musst sie dir unbedingt Montag anschauen, bevor ich den Mietvertrag unterschreibe.“

„Das sind ja tolle Neuigkeiten. Darauf müssen wir anstoßen.“ Barbara bat die beiden jungen Frauen ins Wohnzimmer. Sie hatte ein paar Häppchen vorbereitet, und eine Flasche Champagner stand bereit.

„So feierlich heute?“, fragte Miriam.

Barbara machte eine wegwerfende Handbewegung. „Ich habe etwas gutzumachen bei dir“, sagte sie. „Ich habe mich benommen wie eine Glucke.“

Sie schenkte allen Champagner ein, und sie stießen an.

„Auf die neue Wohnung und dein neues Leben!“, sagte Barbara fröhlich.

Sie plauderten noch ein wenig, und Miriam erzählte Barbara, was sie noch an der Wohnung verändern wollte. Barbara schlug vor, einen Innenarchitekten zu beauftragen, aber das wollte Miriam nicht.

„Es muss ja nicht perfekt sein“, sagte sie abwehrend. „Ich möchte nur ein bisschen Farbe an die Wände bringen und die passenden Möbel dazu kaufen. Mehr nicht.“

„Wie du willst. Aber ich unterstütze dich, wann immer du Hilfe brauchst, das weißt du doch, oder?“

„Klar weiß ich das.“

„Das ist ein großer Schritt, den du da wagst, und ich bin wirklich stolz auf dich.“

Miriam freute sich. Barbara schien sich nicht nur damit abzufinden, dass sie auszog, sondern sie schien auch alles zu tun, damit Miriam sich so schnell wie möglich einlebte.

Alles andere war nur noch eine Frage der Zeit. Am kommenden Montag besichtigte Barbara mit Miriam die Wohnung. Sie zeigte sich zufrieden, und noch am selben Nachmittag unterschrieb Miriam den Mietvertrag. Sie beauftragten einen Maler mit der Gestaltung der Räume. Das Schlafzimmer wurde in einem hellen Blau gestrichen, das Wohnzimmer terrakottafarben, und die Küche bekam einen frischen grünen Anstrich.

Zum Einzug veranstaltete Miriam eine kleine Einweihungsparty, und auch wenn Viktoria schon längst wieder nach London abgereist war, war es eine schöne Feier mit Miriams Freunden.

Barbara war mit ihrem Plan mehr als zufrieden. Es war ihr gelungen, ein zweites Apartment im Haus anzumieten. Sie hatte den Schlüssel Roman von Bortschek überreicht, der sichtlich verlegen wirkte.

„Sie brauchen das nicht“, sagte er, doch Barbara schnitt ihm mit einer herrischen Handbewegung das Wort ab.

„Hören Sie schon auf“, sagte sie ungeduldig. „Sorgen Sie einfach dafür, dass Sie am Abend der Einweihungsparty mit einer guten Ausrede und einem hübschen Blümchen vor der Tür stehen, dann verdienen Sie sich auch diese Wohnung.“

Und den Rest, fügte sie in Gedanken hinzu. Sie wollte, dass Roman von Bortschek diesmal einen vernichtenden Schlag gegen Miriam führte.

Ihre Tochter war ohnehin schon verunsichert, wenn es um die Männerwelt ging, und hatte inzwischen verinnerlicht, dass jeder Mann in erster Linie an ihrem Geld interessiert war. Umso wichtiger war, ihr von Anfang an zu vermitteln, dass Roman kein Interesse an ihrem Vermögen hatte. Das konnte er allerdings nur erreichen, wenn er selbst einen gewissen Lebensstandard präsentierte.

Aber Barbara hatte sich um alles gekümmert. Als sie ihm allerdings einen zweiten Schlüssel in die Hand drückte, reagierte er im ersten Moment verhalten.

„Ich habe ein Auto“, sagte er.

„Ja, aber nicht das richtige“, erwiderte Barbara spitz

und drückte ihm den Schlüssel für ein sportliches Cabrio in die Hand. „Sie können doch nicht mit einem Golf herumfahren, Herr von Bortschek."

Er nahm den Schlüssel.

Barbara grinste bei dem Gedanken, dass die Ausgaben, die sie tätigte, sich hundertfach auszahlen würden, wenn Roman es erreichte, dass Miriam endgültig den Glauben daran verlor, je einen Mann zu finden, der nur an ihr interessiert war und nicht an ihren Reichtümern.

Die Einweihungsparty war in vollem Gange, als es erneut an der Tür klingelte. Miriam rollte zur Tür – und stand Roman von Bortschek gegenüber.

„Hallo?", sagte sie.

„Hallo." Roman hielt einen großen Ficus benjamina in beiden Händen, den er auf dem Boden abstellte, bevor er ihr die Hand reichte. „Ich wollte mich vorstellen. Ich bin der neue Nachbar."

„Ach, Sie sind auch gerade erst hier eingezogen?", fragte Miriam. „Das ist ja lustig, ich wohne hier gerade ein paar Tage. Kommen Sie doch rein."

„Danke." Roman trug den Ficus in die Wohnung und stellte den großen Topf im Flur ab.

„Ich heiße Roman von Bortschek." Er reichte Miriam die Hand.

„Miriam von Heidenberg." Sie lachte. „Sie haben Dreck neben der Nase, Herr von Bortschek."

Er fuhr mit der Hand durch sein Gesicht. „Oh Gott, wie peinlich. Den ersten Eindruck werde ich nie wiedergutmachen können, fürchte ich."

Miriam kicherte.

„Aber bitte, nennen Sie mich Roman."

„Also gut, Roman. Haben Sie Hunger? Meine Mutter hat mal wieder viel zu viel Essen bestellt."

„Doch, Hunger habe ich." Roman folgte Miriam in den großen Wohnraum, in dem die Gäste in Grüppchen beisammenstanden und sich unterhielten. Barbara reckte den Hals, und als sie Roman sah, machte sich ein zufriedenes Lächeln auf ihrem Gesicht breit. Er machte seinen Job anscheinend gut.

Aber sie musste noch ein bisschen nachhelfen. Nicht, dass Miriam es bei einer lockeren Bekanntschaft beließ …

„Herr von Bortschek, das ist aber eine Überraschung, Sie hier zu treffen." Barbara trat zu Roman und Miriam, die sich gerade am Büfett die Teller beluden.

„Frau von Heidenberg." Sichtlich überrascht stellte Roman seinen Teller ab und begrüßte Barbara. „Wie kommt es …?"

„Miriam ist meine Tochter." Barbara legte die Hand auf Miriams Schulter. „Und was treibt Sie hierher?"

„Oh, ich habe gerade vor wenigen Tagen eine Wohnung hier bezogen. Apartment 3C. Und ich dachte, ich könnte mich bei der Nachbarin vorstellen, die hier offensichtlich eine rauschende Party feiert."

„Ihr kennt euch?", fragte Miriam.

„Herr von Bortschek und ich haben vor ein paar Wochen bei dem Golfturnier zusammengespielt", erklärte Barbara.

„Damals wusste ich ja nicht, dass die bezaubernde Mutter eine ebenso bezaubernde Tochter hat. Wäre mir das bewusst gewesen, hätte ich Sie schon längst mal zu einem Abendessen eingeladen, Frau von Heidenberg. Vor allem, nachdem Sie mich so vernichtend geschlagen haben."

Barbara neigte den Kopf. „Immer wieder gerne", sagte sie. „Ich habe das Golfspiel mit Ihnen sehr genossen, Herr von Bortschek. Wenn Ihnen also mal wieder nach einer Partie ist …"

„Ich werde mich gerne bei Ihnen melden, Frau von Heidenberg."

„Dann will ich euch nicht länger stören." Barbara legte die Hand auf Miriams Schulter. „Das ist wirklich eine gelungene Party, findest du nicht?"

Miriam nickte.

Roman setzte sich auf das Sofa, und nachdem Miriam sich zu ihm gesellt hatte, schienen sie sich schnell angeregt zu unterhalten. Der hochgewachsene, attraktive Roman schien Miriam zu gefallen.

Barbara beobachtete die beiden. Sie war höchst zufrieden mit sich.

Jetzt war es nur noch eine Frage der Zeit …

„Verdammt!" Miriam warf den Hammer aufs Sofa. Sie schaffte es einfach nicht, das Bild so hoch zu hängen, wie sie es sich vorstellte – und jetzt klingelte auch noch ihr Telefon.

„Hallo, hier ist Roman. Ich wollte mich noch mal für

die tolle Party bedanken."

„Hallo, Roman. Schön, dass du anrufst." Miriam klang genervt.

„Störe ich?", fragte Roman.

„Nein, überhaupt nicht. Ich versuche nur, dieses blöde Bild aufzuhängen, und ich krieg es einfach nicht hin."

„Ich könnte dir helfen", sagte er. „Ich wollte dich ohnehin fragen, ob du nicht Lust auf einen Kaffee hast."

„Kaffee klingt gut. Aber wenn du mir mit dem Bild hilfst, müsste ich wohl eher dich einladen."

„Einverstanden. Ich bin in drei Minuten bei dir."

Kurz darauf ging der Türsummer. Miriam lächelte, als sie Roman öffnete.

„Du bist meine Rettung", sagte sie. „Manche Dinge kriege ich einfach nicht alleine hin, sosehr ich mich auch bemühe."

„Wofür hat man Nachbarn? Wo ist denn das Bild?"

„Im Wohnzimmer."

Das Bild lehnte am Sofa, und Miriam wies auf die Wand über ihrem Schreibtisch. „Dort soll es hin", sagte sie.

„Das sollte kein Problem sein."

Roman schnappte sich den Hammer, und ein paar Sekunden später hing das Bild genau dort, wo Miriam es sich gewünscht hatte. „Passt perfekt", sagte er zufrieden. „Und schön sieht es außerdem aus."

„Es ist von Maria Sybilla Merian", erklärte Miriam. Sie wies auf das Blütenmotiv. „Stell dir vor, sie ist all den Konventionen ihrer Zeit zum Trotz nach Sumatra gereist, um ihre Leidenschaft für Blumen zu leben. Sie hat unheimlich viel gezeichnet und geforscht."

„Ist sie für dich ein Vorbild?"

„Ja, irgendwie schon", sagte Miriam. „Sie war so eine starke Frau."

„Das bist du doch auch. Gut, diese Wohnung ist nicht gerade Sumatra, aber ich stelle es mir auch schwierig genug vor."

„Manchmal ist es das auch", gab sie zu. „Wenn ich Bilder aufhängen will, zum Beispiel."

„Siehst du. Aber du kannst mich ja jederzeit fragen. Wie wäre es jetzt mit einem Kaffee und einem Bagel? Ich weiß zufällig, dass hier in der Nähe ein hervorragendes Kaffeehaus ist."

„Also gut", sagte Miriam. „Aber ich lade dich ein. Das ist ja das Mindeste, wenn du schon meine Bilder aufhängst."

„Einverstanden!" Roman grinste. „Das nächste Mal bin ich dann aber dran."

„Na, mal sehen", sagte Miriam.

Roman war zufrieden. Er mochte Miriam, und obwohl sie sich kaum kannten, schien sich zwischen ihnen auf spielerische Art eine Freundschaft zu entwickeln – genau so, wie Barbara es von ihm verlangt hatte. Dass die Aufmerksamkeit, die er Miriam zuteilwerden ließ, gleichzeitig seinem Konto guttat, verdrängte er nach Kräften. Er wollte nicht daran denken, dass er sich für eine Freundschaft bezahlen ließ, die er sicher auch aus freien Stücken eingegangen wäre.

10. KAPITEL

Das erste, scheinbar unüberwindliche Hindernis stellte sich Miriam an ihrem ersten Tag an der Universität in den Weg. Es war die schwere Tür zu dem Hörsaal, in dem die Einführungsveranstaltung für die Biologen stattfand. Sie ließ sich nur nach außen öffnen und schlug blitzschnell wieder zurück. Schon für eine normale Studentin bedeutete es eine Kraftanstrengung, die schwere Metalltür zu öffnen. Für Miriam war es schlicht unmöglich.

„Darf ich dir helfen?"

Am liebsten hätte Miriam ihr Gegenüber angefaucht, dass sie sich sehr gut selbst helfen konnte. Aber in diesem Fall stimmte das ja nicht. Sie hatte sich die Tür schon einige Minuten aus einer gewissen Entfernung angeschaut und war zu dem Schluss gekommen, dass sie jemanden um Hilfe bitten musste. Und das gefiel Miriam überhaupt nicht. Schließlich wollte sie doch selbständig sein.

„Ich glaube schon." Miriam blickte nach oben. Der junge Mann lächelte sie munter an. Seine blauen Augen blitzten vergnügt, und das hellbraune Haar war verwuschelt, als wäre er erst vor wenigen Minuten aus dem Bett gesprungen.

„Ich bin Bernhard." Er reichte ihr die Hand.

„Miriam."

„Gut, Miriam, dann wollen wir mal. Ich muss nämlich auch in den Hörsaal."

„Bist du auch im ersten Semester?“, fragte Miriam hoffnungsvoll. Es wäre zu schön, wenn sie am ersten Tag schon Kontakte knüpfen konnte.

„Nein, tut mir leid. Ich studiere schon seit ein paar Jahren Biologie. Ich bin eigentlich hier, um das Tutorenprogramm vorzustellen.“

„Ach so.“ Miriam klang enttäuscht.

„Aber es spricht ja nichts dagegen, trotzdem mal einen Kaffee trinken zu gehen.“ Er zwinkerte ihr zu und hielt ihr die schwere Tür auf. Miriam rollte in den Hörsaal und blickte sichtlich beeindruckt die aufsteigenden Reihen hinauf, die von wild durcheinander redenden Kommilitonen bereits bis auf den letzten Platz besetzt waren. Einige Studenten saßen sogar auf den Stufen zwischen den Reihen.

Miriam rollte an den Rand der Sitzreihen. Kam es ihr nur so vor, oder beobachteten die anderen sie? Sie schüttelte den Kopf. Nein, bestimmt bildete sie sich das ein. Hier waren alle viel zu sehr mit sich selbst beschäftigt.

Miriam seufzte. Sie hatte es sich nicht so schwer vorgestellt.

Dabei wurde es gar nicht so schlimm, wie sie befürchtet hatte. Der Professor erläuterte den Studenten, was im ersten Semester auf sie zukommen würde. Miriam hatte sich im Vorfeld schon ein bisschen kundig gemacht und ihren Stundenplan gebastelt. Sie war jetzt zuversichtlich, dass sie es schaffen würde, sich durchzuboxen.

Nach der Veranstaltung strömten die Studenten schwatzend aus dem Hörsaal und strebten auf die Mensa zu, und Bernhard, der zwischendurch das Tutorenprogramm vorgestellt hatte, mit dem ältere Semester die Studienanfänger unterstützten, schlängelte sich zu Miriam durch.

„Wie wäre es jetzt mit einem Kaffee?“, fragte er.

Miriam lächelte ihn an. „Warum nicht?“, sagte sie. Es schien ihm überhaupt nichts auszumachen, dass sie nicht laufen konnte.

„Darf ich?“ Er wies auf den Rollstuhl, und Miriam nickte dankbar. Es war doch ganz schön anstrengend, ihn den ganzen Tag zu bewegen, wenn sie allein unterwegs war. Eine kleine Pause würde ihr guttun.

„Seit wann sitzt du im Rollstuhl?“

Sie saßen in der Cafeteria. Bernhard hatte ihnen Kaffee und Marmorkuchen geholt. Miriam brach ein Stückchen vom Kuchen ab und aß ihn, bevor sie antwortete. Mit wenigen Worten erzählte sie von dem Unfall.

„Und du kannst dich an nichts mehr erinnern?“ Bernhard schüttelte ungläubig den Kopf. „Das ist wirklich schlimm.“

„Im Grunde bin ich inzwischen froh, dass ich mich an nichts mehr erinnern kann“, gestand Miriam. „Es war meine Schuld, und wenn ich genau wüsste, wie es passiert ist … ich glaube, ich würde mir Vorwürfe machen.“

„Aber das machst du wahrscheinlich ohnehin, oder?“

Bernhard lächelte, und Miriam blickte beiseite. Er war klug und behutsam, aber trotzdem schmerzten seine Worte sie sehr.

„Ich wundere mich, dass du so selbstverständlich mit mir umgehst“, sagte Miriam. „Ich meine, bisher kenne ich es anders. Die meisten Menschen starren mich nur an wie ein seltenes Tier.“

„Das liegt vielleicht daran, dass meine kleine Schwester seit ihrer Geburt gelähmt ist.“ Bernhard grinste schief und rührte so heftig in seinem Kaffee, dass ein Teil auf den Tisch schwappte.

„Oh, das tut mir leid.“

Er zuckte mit den Schultern. „Sie ist bewundernswert stark. Sie hat sich damit arrangiert und kommt sehr gut zurecht. Nächstes Jahr will sie auch studieren, sie macht im Moment ihr Abitur.“

„Das muss schön sein, so einen tollen großen Bruder zu haben“, schwärmte Miriam. „Meine beste Freundin hat auch einen, und mit ihm habe ich mich immer fast so gut verstanden, als wäre er *mein* großer Bruder.“

„Und sonst hast du keine Geschwister?“

Miriam schüttelte den Kopf. „Ich bin ein Einzelkind.“

„Schade“, sagte Bernhard. „Wir sind insgesamt zu fünft – eine richtige Großfamilie. Zwei Mädchen, drei Jungs.“

„Wow“, sagte Miriam.

„Ich stelle sie dir bei Gelegenheit mal vor“, sagte Bernhard. „Zwei meiner Brüder müssten ohnehin irgendwo auf dem Campus herumschwirren, da bleibt es gar nicht aus, dass wir uns irgendwann mal über den Weg laufen.“

Miriam lächelte. Bernhard gefiel ihr, sie konnte sich

gar nicht dagegen wehren. Er war so natürlich und hatte überhaupt nichts von dem Verhalten, das sie von ihren Gleichaltrigen kannte – oder von jenen, die in ihren Kreisen verkehrten. Im Gegenteil, in Jeans und einem braunen Strickpullover wirkte er einfach wie ein normaler Mensch.

Und nach normalen Menschen hatte sich Miriam gesehnt. Darum hatte sie sich gegen Barbaras Widerstand durchgesetzt. Sie wollte das Studentenleben voll auskosten – und nicht, dass ein Fahrer sie nach jeder Vorlesung abholte und heimbrachte.

„Hey, das ist ja toll, dass ich dich hier treffe!"

Miriams Kopf fuhr herum. Hinter ihr stand Roman und grinste sie gut gelaunt an.

„Darf ich mich zu euch setzen?"

„Klar", sagte Miriam, obwohl es ihr nicht recht war. Am liebsten hätte sie sich mit Bernhard ein bisschen allein unterhalten. Schade, dass Roman jetzt dazwischenfunkte.

„Und wie gefällt dir das Leben als Studentin?", fragte Roman. Er legte sein Notebook auf den Tisch und blickte sich suchend um. „Muss man hier den Kaffee selbst holen oder wird der an den Tisch serviert?"

Bernhard konnte sich ein Grinsen nicht verkneifen.

„Den musst du dir schon selber holen", sagte Miriam.

„Wollt ihr auch noch was?"

Miriam schüttelte den Kopf, während Bernhard auf die Uhr blickte.

„Tja, ich muss jetzt auch wieder los", sagte er. „Man

sieht sich bestimmt demnächst, spätestens im Tutorium."

Er zwinkerte Miriam zu, stand auf und ging. Miriam blickte ihm nach. Schade, dass Bernhard die Flucht ergriff. So kam es ihr jedenfalls vor …

War es ihre Schuld? Hatte sie etwas Falsches gesagt? Oder war ihm Romans Gegenwart unangenehm?

Miriam blickte zu Roman hinüber, der an der Kasse bezahlte. Ihm sah man an, dass er keine Geldsorgen hatte. Hatte Bernhard das verschreckt? Miriam schaute an sich selbst herunter. Sie hatte sich heute früh auch für Jeans und einen schlichten Pullover entschieden. Sie wollte nicht auffallen.

„Magst du auch einen Salat?"

Miriam schüttelte den Kopf. „Ich hab noch Kuchen." Sie wies auf den Marmorkuchen, der auf einem Pappteller vor ihr lag.

„Wie du meinst. Und jetzt erzähl doch mal – wie ist es so an der Uni?"

In den nächsten Wochen lebte Miriam sich allmählich ein. Der Alltag an der Universität unterschied sich zwar völlig von dem Rhythmus, in dem sie vorher gelebt hatte, aber er gefiel ihr. Sie hatte Vorlesungen und Seminare und lernte viel, und ihr erstes Erfolgserlebnis ließ nicht lange auf sich warten.

Sie absolvierte ein Praktikum in den Gewächshäusern der Universität im Botanischen Garten. Hier sollten die Studenten während des Semesters kleine Setzlinge von bestimmten Staudenarten heranzüchten, die dann später ins Freie gepflanzt werden sollten. Miriam war mit Feuereifer bei der Arbeit. Sie liebte die Arbeit mit den Pflanzen, und sie war froh, weil sie ihr Wissen, das sie sich schon vorher angeeignet hatte, anwenden konnte. Die Dozentin, die Miriam über die Schulter schaute, lobte sie für den geschickten Umgang mit den Setzlingen.

„Na, kommst du gut voran?" Als sie nach dem Praktikum das Gewächshaus verließ, lief ihr Bernhard über den Weg.

„Danke, ja!" Miriam freute sich, ihn zu sehen. Wenn sie ehrlich war, hatte sie in den letzten Tagen immer wieder nach ihm Ausschau gehalten.

„Hast du schon was vor?", fragte sie spontan. „Heute Abend, meine ich."

„Eigentlich wollte ich mit ein paar Freunden in die Kneipe. Aber vielleicht magst du ja mitkommen?", schlug Bernhard vor.

„Total gerne", sagte Miriam.

„Schön, dann hole ich dich gegen acht Uhr ab. Ist das okay?"

Miriam nickte begeistert. Sie nannte Bernhard ihre Adresse. Er hob die Augenbrauen, sagte aber nichts. Er schien zu wissen, dass sie in einer teuren Gegend wohnte.

Auf dem Heimweg dachte Miriam darüber nach. Bisher hatte sie Bernhard von ihrem zweiten Handicap noch nichts erzählt. Für sie war der Reichtum mehr Fluch als Segen. Ja, es ermöglichte ihr ein unbeschwertes Studium, sie musste sich keine Sorgen machen. Aber trotzdem wusste sie, dass Bernhard es sicher nicht so leicht hatte wie sie. Und er war nicht allein damit. Viele der Kommilitonen mussten neben dem Studium arbeiten, um es sich leisten zu können.

Wie sollte sie Bernhard erklären, wie es um ihr Vermögen stand, ohne ihn zu verschrecken? Miriam seufzte. Sie wusste, das war so gut wie unmöglich. Sie kannte die Menschen. Sobald Geld ins Spiel kam, wurde es kompliziert. Sie konnten noch so oft beteuern, es machte ihnen nichts aus. Insgeheim verhielt es sich anders.

Am liebsten hätte sie Bernhard ihren Reichtum verschwiegen – zumindest in seinem ganzen Ausmaß.

Als er sie abends abholte, war Miriam froh, dass sie Barbaras Vorschlag, einen Innenarchitekten zu bemühen, widersprochen hatte. So wirkte ihre Wohnung nicht so durchgestylt wie zum Beispiel die Villa, in der sie ja bisher gelebt hatte. Bernhard schaute sich um.

„Du hast es hier aber schön“, sagte er. „Das ist bestimmt nicht billig, hier zu wohnen, oder?“

„Ich weiß es nicht“, behauptete Miriam. „Aber so schlimm wird es schon nicht sein.“

Bernhard erwiderte nichts.

„Wollen wir los?“

„Ja, natürlich.“ Er riss sich los. „Komm.“

Der Abend wurde lustig. Miriam hielt sich an Bernhards Seite, und er schien unglaublich viele Leute zu kennen. Ein bisschen stolz war sie, dass er sich so aufmerksam um sie kümmerte und sie allen Freunden als „die liebe Miriam“

vorstellte. „Wer sich mit ihr anlegen will, kriegt mit mir Ärger“, sagte er zu einer Freundin und grinste.

Aber alle nahmen Miriam offen in diesem Freundeskreis auf, und schon bald entspannen sich interessante Gespräche. Die Zeit verging wie im Flug, und erst nach Mitternacht machten sie sich auf den Weg nach Hause.

„Das war toll“, sagte Miriam. Bernhard brachte sie nach Hause. Er lenkte den klapprigen Opel geschickt durch den nächtlichen Stadtverkehr.

„Finde ich auch. Du hast wohl vorher nicht viel Gelegenheit gehabt, Freundschaften zu schließen?“

„Nein“, gab Miriam zu. „Ich war in den letzten Jahren ja kaum in einer Schule. Immer musste ich in irgendeine Klinik, und dort habe ich Privatunterricht bekommen.“

„Privatunterricht, soso.“ Bernhard klang belustigt. „Da hat sich also ein Lehrer nur um dich gekümmert?“

In Wahrheit waren es drei Lehrer gewesen, die verschiedene Themenbereiche abdeckten, aber das verschwieg Miriam Bernhard lieber. Sie biss sich auf die Zunge. Warum hatte sie auch den Mund nicht halten können? Bestimmt würde er weitere Details hören wollen.

„Na ja, bei meiner Schwester Anna war es manchmal ähnlich“, räumte Bernhard ein. „Sie hatte nur keinen Lehrer, der mit ihr den Stoff nachgearbeitet hat.“

„Das waren auch mehr Nachhilfestunden als richtiger Unterricht“, korrigierte Miriam sich. Verdammt! Warum war es nur so schwer, ihr Vermögen aus ihrem Leben herauszuhalten?

„Herr von Bortschek, was verschafft mir denn die Ehre Ihres Besuchs?“ Barbara von Heidenberg war ehrlich erstaunt, als Roman den Salon betrat. Sie stand auf und legte die exklusive Modezeitschrift beiseite, in der sie gerade nach Inspiration für ihr neues Ballkleid gesucht hatte. Aber sie hatte bisher ohnehin nur langweilige Modelle gesehen und war dankbar für die Ablenkung, die ihr der junge Mann bot.

„Ich dachte, Sie wollten regelmäßig informiert werden, wie es um Ihre Tochter bestellt ist?“, fragte Roman.

„Sicher, aber das wäre nicht nötig gewesen, dass Sie hier vorbeischauen“, sagte Barbara. „Vor nicht allzu langer Zeit wurde das Telefon erfunden. Oder fehlt Ihnen das Geld für eine derartige Investition?“

Er ignorierte ihre spitze Bemerkung.

„Darf ich mich setzen?“, fragte er.

„Bitte“, sagte sie reserviert. „Aber glauben Sie nicht, dass ich sonderlich viel Zeit für Sie haben werde. Ich bin eine viel beschäftigte Geschäftsfrau, Herr von Bortschek.“

„Aber Ihnen sollte das Wohl Ihrer Tochter doch ein paar Minuten Ihrer kostbaren Zeit wert sein.“

„Nur zu. Ich bin ganz Ohr.“

Roman von Bortschek rutschte unruhig auf dem Sofa hin und her, während er von Miriam und ihrem studentischen Leben berichtete. Er hatte erfahren, dass sie sich immer häufiger mit einem gewissen Bernhard Zweinert traf. Barbara nickte und machte sich eine Notiz.

„Das war alles?“, fragte sie, nachdem er seinen Bericht

schließlich beendet hatte.

„Eigentlich schon."

Barbara horchte auf. Sie blickte Roman an, und er spürte, wie seine Knie weich wurden. Das war der Grund, warum er wirklich hergekommen war. Er konnte Barbara von Heidenberg nicht aus dem Kopf bekommen. Nachts lag er wach und dachte an sie …

„Also wollen Sie mir noch was sagen?", fragte Barbara, jetzt schon deutlich ungeduldiger.

„Nein." Er senkte den Kopf. „Nein, das war erst mal alles."

„Wollen Sie mehr Geld?", fragte sie. Sie stand auf, und unwillkürlich erhob sich auch Roman. Barbara von Heidenberg trat auf ihn zu, und ihre Finger strichen über seine Wange.

„Oder wollen Sie etwas anderes …?"

Roman schluckte. Sie spielte mit ihm. Aber für den Moment war ihm das egal. Er wollte nicht darüber nachdenken, welche Konsequenzen sein Tun haben könnte. Eigentlich wollte er gar nicht nachdenken.

Und Barbara sorgte dafür, dass er eine Zeitlang alles andere um sich herum vergaß …

Die ersten Wochen vergingen wie im Flug. Miriam hatte sich hervorragend eingewöhnt, und die Tatsache, dass sie meist mit Bernhard zusammen war, machte sie glücklich. Sie lernte unheimlich viele Leute kennen und schloss so manche Freundschaft.

Es wurde langsam Winter, und damit wurden auch die abschließenden Arbeiten im Gewächshaus fällig. Die Pflanzen mussten winterfest gemacht werden. An einem Mittwoch holte Bernhard Miriam nach ihrem Praktikum dort ab. Er stapfte auf, als sie endlich als Letzte das Gewächshaus verließ. „Ich dachte schon, du wolltest mich hier erfrieren lassen."

„Entschuldige, aber ich habe über der Arbeit die Zeit vergessen", gestand Miriam. „Stell dir vor, meine Füße sind richtig kleine Eisblöcke, und ich habe es nicht mal gemerkt."

„Ich glaube, es ist Zeit für eine meiner Spezialitäten. Darf ich dich auf einen heißen Kakao mit Rum entführen?"

Er durfte. Miriam ließ sich von Bernhard zu seiner kleinen Studentenwohnung fahren. Dass seine Wohnung im ersten Stock lag, hatte sie nur beim ersten Besuch dort schockiert. Denn Bernhard, groß und kräftig, wie er war, hatte Miriam ohne Umstände aus dem Rollstuhl gehoben und die Treppe hochgetragen. Ihre lautstarken Proteste ignorierte er einfach. „Komm bloß nicht auf die Idee, dich zu wehren!", ermahnte er sie, aber sie ließ trotzdem nicht davon ab, ihm spielerisch auf den Rücken zu trommeln, bis er sie in der kleinen Wohnküche auf dem Sofa absetzte.

Und da saßen sie nun. Bernhards Wohnung war im Vergleich zu Miriams Apartment winzig, aber unheimlich gemütlich. Auf der Fensterbank in der Küche, der man seine Liebe zu Büchern und zu Pflanzen deutlich ansah, blühte eine seltene Orchidee und ließ Miriam verzückt ausrufen.

„Wie hast du das denn hinbekommen, dass sie so wunderschön blüht?“, fragte sie.

„Das bleibt mein kleines Geheimnis.“

„So wie dein Kakaorezept, oder?“

Bernhard stand am Herd und rührte in einem kleinen Stieltopf. „Ja, so ungefähr.“ Er grinste. „Eine heiße Schokolade braucht viel Schokolade.“

„Ach, wer hätte das gedacht!“, neckte Miriam ihn. „Was noch? Verrat mir dein Geheimrezept, bitte!“

„Dann muss noch ein guter Schuss Rum dazu, die richtige Milch – und natürlich Schlagobers.“

Er servierte ihr einen großen Becher Kakao, auf dem eine Sahnehaube thronte. „Ist es so recht, Madame?“

„Oh, aber sehr recht.“

Er setzte sich zu ihr.

„Was machst du Weihnachten?“, fragte er und legte den Arm um ihre Schulter. Miriam schmiegte sich in seine Umarmung.

„Ich weiß es noch nicht“, behauptete sie.

In Wahrheit wusste sie es schon seit Monaten. Sie würde wie jedes Jahr Weihnachten mit ihrer Mutter verbringen. Heiligabend würden sie vor der Bescherung in ein Nobelrestaurant gehen, und am ersten Weihnachtsfeiertag würden sie gemeinsam einen kleinen Brunch für die besten Freunde veranstalten. Sogar Viktoria wollte aus dem fernen London kommen, weil sie sich dieses Ereignis nicht entgehen lassen wollte.

Schon seit Wochen fragte Barbara Miriam immer wieder, ob sie nicht einen ihrer Kommilitonen einladen wollte. Doch Miriam wiegelte immer ab.

Denn sie hätte zwar Bernhard gerne dabei – aber wenn sie an den Rahmen der Veranstaltung dachte, schüttelte sie immer wieder resigniert den Kopf. Es war unmöglich. Bernhard einzuladen und weiterhin die Fassade eines normalen, wenn auch etwas wohlhabenden Mädchens aufrechtzuerhalten, das würde er ihr nicht länger abnehmen. Und sie hatte sich so sehr an ihn gewöhnt. Sie wollte nicht, dass sich zwischen ihnen irgendwas änderte …

„Noch gar nichts geplant?"

„Na ja, ich werde Heiligabend bei meiner Mutter sein und am ersten Feiertag auch." Miriam war das Thema unangenehm.

„Möchtest du mit deiner Mutter vielleicht am zweiten Feiertag zu uns kommen?", fragte Bernhard. „Meine Mutter macht den besten Gänsebraten der Welt, und meine Geschwister wollen dich gerne mal kennenlernen. Vor allem Anna ist neugierig auf dich."

„Tut mir leid, aber ich glaube, ich kann nicht", sagte Miriam. „Ich könnte schon, aber meine Mutter …" Sie verstummte. Ihr fiel einfach keine Ausrede ein. Was sollte sie denn sagen? Dass Barbara einfach nicht dazupasste? Dass sie völlig fehl am Platz wäre und die anderen Gäste spüren lassen würde, wie wenig ihr diese Veranstaltung behagte? Das wäre typisch für Barbara …

„Was ist mit deiner Mutter?“ Bernhard tunkte den Zeigefinger in die Sahne und stippte auf Miriams Nase. „Ist sie eine böse Stiefmutter? Ist sie etwa des Teufels Großmutter mit den drei goldenen Haaren?“, neckte er sie.

„Lass das!“ Miriam wischte die Sahne von ihrer Nase. Sie musste trotz ihrer Verärgerung lachen. „Barbara ist nicht so. Aber ich glaube, sie passt einfach nicht zu euch.“

„Hm“, machte Bernhard. „Aber du würdest gerne kommen?“

„Ja“, sagte Miriam. „Ich würde wirklich gerne kommen.“

„Das ist schön.“

Bernhard beugte sich zu Miriam herüber, nahm ihr den Kakaobecher ab und stellte beide auf den Tisch. Er wandte sich ihr zu, blickte sie ernst an und griff nach ihren Händen.

„Du bist wunderschön“, flüsterte er.

Und dann näherten sich ihre Lippen einander zum ersten Kuss.

Miriam schloss die Augen. Sie spürte, wie sie nach hinten sank, sanft von Bernhards starken Armen gehalten. Sie spürte seinen Herzschlag.

Aber sie konnte den süßen Augenblick nicht genießen.

Wie lange wollte sie Bernhard noch belügen?

Nach längerem Nachdenken und nachdem Barbara erneut nachgefragt hatte, ob Miriam nicht irgendeinen Kommilitonen zum Weihnachtsbrunch mitbringen wollte, fragte sie schließlich Roman, ob er sie begleiten wollte.

Sie traf ihn eine Woche vor Weihnachten in der Cafeteria.

„Hast du Zeit und Lust, am ersten Feiertag zu uns zu kommen?“, fragte sie Roman. Sie saßen an einem Tisch beisammen, und Miriam stocherte lustlos in ihrem Salat herum. Roman, der sich nur einen Kaffee geholt hatte, stimmte sofort begeistert zu.

„Gerne! Lädst du noch jemanden von der Uni ein?“

Miriam runzelte die Stirn. „Hatte ich eigentlich nicht vor“, sagte sie kurz angebunden. Wieder musste sie an Bernhard denken. Ach du meine Güte, es war aber auch eine vertrackte Situation. Wenn sie doch nur von Anfang an mit offenen Karten gespielt hätte! Jetzt waren sie verliebt, und nichts würde sie lieber tun, als ihn zum Brunch mitzunehmen.

Aber wenn sie sich Roman anschaute – er passte viel besser in dieses edle Ambiente. Sie würde ihn einladen, damit Barbara Ruhe gab. Und am zweiten Feiertag würde sie einfach Viktoria mitnehmen zu der Weihnachtsfeier bei Bernhards Familie.

Dann konnte sich ihre beste Freundin auch gleich ein Bild von ihm machen.

„So, und jetzt musst du mir alles erzählen.“ Viktoria setzte sich neben Miriam an den Tisch. Der Weihnachtsbrunch war im vollen Gange. Um sie herum wogten noch die vielen wichtigen Freunde, die Barbara eingeladen hatte. Roman von Bortschek hielt sich verdächtig oft in Barbaras

Nähe auf, doch diesen Gedanken sprach Viktoria nicht offen aus.

„Was soll ich dir erzählen?“, fragte Miriam. Sie war sichtlich verwirrt.

„Na ja, wie bist du denn an diesen Mann gekommen? Ich meine, nichts für ungut, Miriam. Er ist charmant und sehr nett, aber er passt doch überhaupt nicht zu dir.“

„Ach, du meinst Roman?“ Miriam drehte sich halb um. Sie blickte zu Roman hinüber, der ihren Blick bemerkte und zu ihnen hinübergrüßte. Dann wandte er sich wieder seinem Gesprächspartner zu, der hektisch auf ihn einredete.

„Ja genau, Roman. Wo kommt er her, was macht er – und was mich viel mehr interessiert: Was findest du an ihm?“

„Wir sind einfach nur gut befreundet“, sagte Miriam. „Er hat seine Wohnung im selben Haus wie ich. Bei unserer Einweihungsparty kam er überraschend hinzu.“ Sie zuckte mit den Schultern. „Hast du den Krabbensalat schon probiert?“

Viktoria lachte. „Das glaub ich einfach nicht. Hallo, Miriam, warum lenkst du vom Thema ab? Ist es dir unangenehm? Willst du nicht darüber reden?“

„Doch, schon, aber ich finde, da gibt es nichts, worüber wir reden müssen. Roman und ich sind einfach Freunde, und weil Barbara wollte, dass ich jemanden zum Brunch mitbringe ...“

„Ach so. Du hast gedacht, er würde am besten hier hereinpassen.“

Viktorias Weitsicht verblüffte Miriam.

„Nein, na ja. Vielleicht“, sagte sie. Sie spießte eine Krabbe in Cocktailsauce auf. „Du, der Krabbensalat ist wirklich lecker!“

Viktoria musterte Miriam nachdenklich.

„Was ist?“, fragte Miriam. Der Blick ihrer besten Freundin machte sie nervös.

„Nichts“, sagte Viktoria. „Ich frage mir nur gerade, wer er ist. Und warum er hier nicht reinpasst und du deshalb Roman mitgebracht hast.“

Miriam antwortete nicht. Sie blickte Viktoria an, die eine ungeduldige Geste machte.

„Und ich hab gedacht, ich wäre deine beste Freundin.“

„Das bist du doch auch. Aber es ist nicht so einfach …“, sagte Miriam lahm.

„Nicht? Dann überleg dir, wie du es mir in einfachen Worten sagen kannst, während ich mir was vom Krabbensalat hole.“

Viktoria stand auf, zwinkerte Miriam zu und verschwand in Richtung Büfett. Miriam biss in das Brötchen und kaute nachdenklich. Wie sollte sie es Viktoria sagen? Ach, sie hatte es ihr ohnehin früher oder später erzählen wollen, da machte es doch nichts aus, wenn sie es jetzt tat, oder?

„Gefällt dir der Brunch?“ Barbara setzte sich zu Miriam. Sie stellte die Sektflöte auf den Tisch und zupfte ein paar Trauben vom Stängel.

„Ja, schön.“

„Dein Begleiter scheint sich ja nicht gerade aufmerksam um dich zu kümmern“, bemängelte Barbara und wies mit dem Kopf zu Roman. Der sah sie beisammensitzen und schlenderte zu ihnen herüber.

„Ach, das ist doch nicht so schlimm“, sagte Miriam ausweichend.

„Eine tolle Idee, den Weihnachtstag mit einem so ungezwungenen Brunch zu begehen“, sagte er. „Vielen Dank für die Einladung, Frau von Heidenberg.“

Barbara neigte den Kopf. „Bedanken Sie sich lieber bei meiner Tochter Miriam“, sagte sie. In ihrer Stimme lag ein Unterton, der Miriam aufmerken ließ. Sie blickte zwischen Roman und Barbara hin und her.

„Also, ich lass euch dann mal alleine, ihr zwei Turteltäubchen.“ Barbara stand auf und ging weg. Miriam wandte sich zu Roman um – und erschrak.

Er wirkte ganz bleich und blickte Barbara nach, als hätte sie ihn verzaubert. Miriam schnippte mit den Fingern vor seinem Gesicht, und er schrak auf, als hätte sie ihn geweckt.

„Hallo, jemand zu Hause?“, fragte Miriam lachend. „Amüsierst du dich?“

„Entschuldige, ich …“ Roman stand auf, doch nach einem Moment des Zögerns sank er wieder auf den Stuhl. „Was weiß deine Stiefmutter über uns?“, fragte er.

„Was soll sie schon wissen? Ich habe ihr gesagt, ich bringe einen guten Freund mit. Sie hat ja darauf bestanden, dass ich jemanden mitbringe.“

„Ja, aber dieser Spruch gerade, dass wir Turteltäubchen wären ...“ Er runzelte die Stirn. „Glaubt sie, wir sind ein Paar?“

„Ach, bestimmt nicht. Sie denkt vielleicht, dass wir mal eines werden. Aber ich habe ihr ausdrücklich gesagt, dass ich dich nur als guten Freund betrachte.“

Roman schien nicht völlig beruhigt, und nachdem Viktoria wieder auftauchte, entschuldigte er sich und ging.

„Und?“, fragte Viktoria. Sie breitete die feine Serviette auf ihrem Schoß aus und kostete von dem Krabbensalat.

„Er heißt Bernhard“, sagte Miriam leise. „Und ich will nicht, dass er von alldem hier erfährt.“ Sie machte eine Handbewegung, die den Raum und die Villa gleichermaßen umfing.

„Hm“, machte Viktoria. „Ich fürchte, du musst mir das erklären.“

Miriam versuchte es. Sie erzählte, wie Bernhard und sie sich kennengelernt hatten und sich aus ihrer anfänglichen Freundschaft langsam tiefe Zuneigung und schließlich Liebe entwickelte. Sie fühlte sich bei ihm wohl, gerade weil er nichts von ihrem Vermögen wusste.

„Ich fürchte einfach, das wird alles ändern“, sagte Miriam. „Bisher haben doch alle Männer, denen ich davon erzählt habe, entweder versucht mich auszunutzen oder früher oder später Reißaus genommen.“

„Und du glaubst, das wird sich bei Bernhard wiederholen?“

Miriam schüttelte den Kopf. „Nein, das glaube ich

nicht. Er ist so bodenständig und normal, es würde mich wundern, wenn er sich aufgrund dessen verändern würde. Aber weißt du, es ist auch so vertrackt ... Erst dachte ich, es würde sich mit der Zeit ergeben, dass ich ihm davon erzähle. Und inzwischen habe ich das Gefühl, mit jedem Tag, an dem ich es ihm verschweige, belüge ich ihn und zeige ihm nicht die wahre Miriam."

„Also, das ist Unsinn", widersprach Viktoria. „Ich meine, du bist nicht plötzlich eine andere, nur weil er vom Geld weiß. Aber stimmt schon, du solltest es ihm bald sagen. Nicht dass ihn am Hochzeitstag der Schlag trifft, weil du plötzlich eine Millionenerbin bist." Sie lächelte Miriam aufmunternd zu.

„Nur Mut!", sagte sie.

Miriam erwiderte das Lächeln. „Danke", sagte sie leise. Ihre Stimme zitterte.

„Hier bist du also." Roman von Bortschek betrat Barbaras Schlafzimmer. Sie saß vor dem Spiegel und zog sich die Lippen mit einem dunkelroten Lippenstift nach.

Sie warf ihm einen vernichtenden Blick zu.

„Wie du dich verhältst, ist einfach nur kindisch", sagte sie und gab sich keine Mühe, die Verachtung zu unterdrücken, die sie für Roman empfand.

Er benahm sich wie ein kleiner Junge, dem man das Spielzeug weggenommen hatte. Den ganzen Tag schlich er um Barbara herum, verwickelte sie immer wieder in ein Gespräch und versuchte, sie vom Rest der Gesellschaft zu isolieren. Sie verschränkte die Arme.

„Ich weiß gar nicht, was du willst“, sagte Roman.

„Ja, das fürchte ich langsam auch.“ Barbara stand auf und trat so nah an Roman, dass er ihr betörendes Parfum riechen konnte. Er streckte die Hand nach ihr aus und strich zärtlich über ihre Schulter. Die Seidenbluse fühlte sich so weich an unter seinen Fingern …

„Lass das“, zischte Barbara und wischte seine Hand mit einer ungeduldigen Bewegung fort.

„Was ist denn los?“, fragte Roman. „Sonst gefällt es dir doch …“

Sie funkelte ihn wütend an. „Sonst ist das Haus auch nicht voller Gäste. Und Miriam! Was soll sie denn von dir denken, wenn du plötzlich mit ihrer Mutter …?“ Sie sprach nicht weiter.

„Mir macht es nichts aus, soll sie es ruhig wissen“, sagte Roman. „Es ist doch kein Geheimnis, oder?“

„Doch, es ist ein Geheimnis“, sagte Barbara ruhig, obwohl in ihrem Innern ein wütender Kampf tobte. Meine Güte, dieser Roman war wirklich dümmer, als sie vermutet hatte … Sie musste ihm klarmachen, was sein eigentliches Ziel war!

„Sieh mal, ich habe nichts dagegen, dass wir uns treffen und ein bisschen Spaß zusammen haben. Aber ich finde, du solltest dich vermehrt um Miriam kümmern. Immerhin habe ich dich für genau diesen Job engagiert.“

„Ich verstehe nicht …“ Roman runzelte die Stirn. „Ich meine, ich weiß, dass ich für sie da sein soll, aber …“

Himmel, dachte Barbara. Hatte sie sich denn so missverständlich ausgedrückt?

„Magst du Miriam?“

„Natürlich“, sagte Roman. „Sie ist ein nettes Mädchen, wir sind befreundet.“

„Befreundet, aha“, sagte Barbara. „Na ja, das ist immerhin schon was. Wie wäre es, wenn du aus dieser Freundschaft etwas mehr herausholen würdest?“ Sie strich mit dem Finger über seinen Hemdkragen. „Wenn du und Miriam also mehr wärt als nur Freunde, dann würde ich mich auch darüber freuen ...“

„Aber das geht nicht“, sagte Roman. Er trat von Barbara zurück und ging nervös im Schlafzimmer auf und ab. „Ich meine, ich habe mich wirklich bemüht um Miriam. Sie zu erobern, das wollte ich natürlich, aber es ist nicht so leicht ...“

„Dann mach es gefälligst möglich!“, zischte Barbara. „Du bekommst genug Geld dafür.“

Roman hob in einer beschwichtigenden Geste die Hände. „Hör mir zu!“, rief er. „Miriam hat einen Freund. Sie hat sich in diesen Bernhard verliebt, und seit zwei Wochen sind sie ein Paar.“

Barbara musterte Roman stumm. Ihre Gedanken rasten. Dann stürzte sie vor und versetzte Roman eine schallende Ohrfeige.

„Du Idiot!“, schrie sie. Am liebsten hätte sie mit den Fäusten auf ihn eingetrommelt. „Das nennst du also aufpassen, ja? Keine drei Monate ist Miriam allein, und schon hat sie einen Freund!“

„Ich wusste nicht … Du sagtest doch …“ Roman war verwirrt.

„Ja, dass du auf sie aufpassen sollst. Und mir Bericht erstatten.“

„Das tue ich doch gerade“, wandte Roman hilflos ein.

Barbara atmete tief durch. Nun ja, dachte sie, warum nicht? Die Situation war nicht verloren. Wenn Miriam einen Freund hatte, dann musste Roman die beiden eben auseinanderbringen. Sicher würde ihm das gelingen, wenn Barbara ihn passend anleitete.

„Pass mal auf, Roman.“ Sie trat zu ihm, nahm seine Hand, die er auf seine brennende Wange presste, in ihre Hände. „Wenn ich dir diesen Job gegeben habe, dann vor allem, weil ich von deiner Qualität als Liebhaber überzeugt bin. Es ist eine kurzfristige Sache, du musst dich nicht für alle Zeiten an Miriam binden. Und du weißt ja, ich zahle gut …“

Sie lächelte ihn verführerisch an. „Wenn du Erfolg hast, könnte es mir sogar eine nicht unbedeutende Summe wert sein. Bring die beiden auseinander.“

Roman überlegte. „Wenn ich das tue …“

„Ich glaube, das ist keine Frage, ob du es tust“, sagte Barbara. „Du willst doch nicht von heute auf morgen deine Einnahmequelle einbüßen.“

Er lächelte sie gequält an.

„Nur unter einer Bedingung“, sagte er. „Zwischen uns wird sich nichts ändern. Ich kann weiterhin kommen und gehen, wann ich will.“

Barbara nickte. „Gut, damit kann ich leben.“

Er wandte sich ab und ging. An der Tür rief sie ihn zurück.

„Vergiss nicht, dass ich dich in der Hand habe, Roman von Bortschek. Wenn mir nicht gefällt, was du tust, werde ich schnell Ersatz finden.“

Er nickte knapp und ging.

Barbara seufzte. Konnte sie sich wirklich auf Roman verlassen? Würde er seine Aufgabe so erfüllen, wie sie das von ihm erwartete?

Als sie am nächsten Tag zu Bernhards Familie fuhren, war Miriam seltsam stumm. Sie saß, den Berg Geschenke auf ihrem Schoß, neben Viktoria, die ihre kleine, rostfleckige Ente geschickt durch den Münchner Verkehr lenkte.

„Was hat dir denn die Sprache verschlagen? Bist du etwa nervös?“

Miriam nickte. Doch dann schüttelte sie im nächsten Moment den Kopf.

„Ich mache mir Gedanken um Roman“, gestand sie. „Findest du nicht, dass er gestern ein bisschen über die Stränge geschlagen hat?“

„Ein bisschen?“ Viktoria lachte ungläubig. „Also bitte, so wie er sich benommen hat, reicht da ein bisschen nicht mehr aus. Erst trinkt er alles, was er kriegen kann – und deine Mutter hat ja eine ausgezeichnete Bar –, und dann macht er dir eine Liebeserklärung …“

„Hm“, machte Miriam. „Ich habe nie damit gerechnet, dass er sich vielleicht in mich verlieben könnte. Für mich war er immer nur ein Freund.“

„Ja, aber auch Freunde verlieben sich hin und wieder. Nimm’s ihm nicht übel, das ist bald vergessen. Und dann wirst du mit ihm befreundet sein wie zuvor.“

Miriam musterte ihre beste Freundin von der Seite. „Geht es dir auch manchmal so?“, fragte sie. „Ich meine, dass Männer dir eine Liebeserklärung machen und dann …“

„Miriam, das ist ein normaler Vorgang. Du bist wunderschön, eine tolle Frau, wieso sollten sich die Männer nicht in dich verlieben?“

„Sie verlieben sich nicht in mich“, widersprach Miriam. „Sie verlieben sich in mein Geld oder in die Vorstellung, mich eines Tages zu heiraten und ein großes Erbe anzutreten.“

Viktoria schüttelte entschieden den Kopf. „Manchmal bist du einfach zu misstrauisch“, sagte sie. „Was hätte denn ein Roman von Bortschek davon, dich zu heiraten? Ich meine, wenn ich das richtig verstanden habe, kommt er selbst aus einer reichen und angesehenen Familie.“

„Aber ich rede doch nicht von Roman.“

Viktoria blickte sie kurz von der Seite an. „Du denkst an Bernhard, hm?“

Miriam nickte.

„Wirst du es ihm heute sagen?“

Miriams Antwort war ein Schulterzucken. Viktoria bremste abrupt, lenkte die Ente mit einer scharfen Rechtskurve in eine Seitenstraße und parkte mit quietschenden Bremsen auf dem Seitenstreifen.

„Was ist denn jetzt los?“, fragte Miriam.

„So, du hörst mir jetzt mal zu, Miriam. Ich sage das nicht, weil ich dich ärgern will oder dir wehtun will, sondern weil ich deine beste Freundin bin. Und als beste Freundin habe ich die Pflicht, dir zu sagen, wenn du dich in was verrennst. Du glaubst doch nicht im Ernst, dass Bernhard, wenn du ihm alles erzählst, sofort Reißaus nehmen wird, oder?“

Miriam schüttelte den Kopf.

„Und denken wir mal weiter. Du kennst ihn schließlich. Wenn er nicht sofort die Flucht ergreift – und du sagst selbst, das wird er nicht tun –, was soll er alternativ tun? Einfach bei dir bleiben?“

Nicken.

„Gut, dann bleibt er bei dir. Was wäre denn dann anders als jetzt?“

„Aber das Geld ...“

„Das Geld, ich hab das Geld vergessen!“ In gespielter Vergesslichkeit schlug sich Viktoria mit der flachen Hand vor die Stirn. „Ja, du meine Güte. Was wird er tun? Von dir ein monatliches Salär fordern? Dich um teure Geschenke bitten? Wenn er so was tut, wäre er schön blöd. Wird er aber nicht.“

„Was macht dich da so sicher?“, fragte Miriam verzweifelt.

„Ganz einfach. Meine liebste und beste Freundin, die ich schon mein ganzes Leben kenne, vertraut diesem Mann.

Sie hat sich für ihn entschieden, obwohl sie verdammt misstrauisch ist und nicht jeden an sich ranlässt."

Miriam lächelte zaghaft.

„Wirst du es ihm sagen?", fragte Viktoria. „Noch heute?"

„Ja", sagte Miriam.

„So gefällst du mir schon besser." Viktoria lenkte den Wagen zurück auf die Straße.

Bernhards Familie bewohnte eine Doppelhaushälfte am Stadtrand von München. Als Miriam den Klingelknopf drückte, wurde die Tür sofort aufgerissen. Bernhard stand in der Tür, als habe er sie schon sehnsüchtig erwartet.

„Ihr seid gerade rechtzeitig!" Er umarmte Miriam und küsste sie auf den Mund, ehe er Viktoria die Hand reichte und sich vorstellte.

Die Familie hatte sich schon im großen Esszimmer versammelt. Es gab eine kurze Begrüßung, dann saß man schon ungezwungen beisammen und schmauste. Schnell kam Miriam mit Anna ins Gespräch, der jüngsten Schwester von Bernhard. Sie war so munter und lebensbejahend wie ihre Geschwister, und dass sie im Rollstuhl saß, schien ihr überhaupt nichts auszumachen.

Miriam bewunderte Anna für diese lockere Art. Sie selbst hatte sich bis heute nicht daran gewöhnen können, gelähmt zu sein. Sie wollte sich einfach nicht damit abfinden.

Nach dem Mittagessen brach man zu einem ausgedehnten Spaziergang auf. Später sollte es noch Kaffee, Stollen und Unmengen von Weihnachtsplätzchen geben, wie Bernhards Mutter verkündete, bevor sie die „Kinderschar“, wie sie es liebevoll formulierte, vor die Tür schickte, um sich nach dem üppigen Mahl ein wenig zu bewegen.

Viktoria unterhielt sich prächtig mit Bernhards Brüdern, und es war Miriam nur recht, dass Bernhard mit ihr immer weiter zurückblieb. „Lass uns eine Pause machen“, bat sie ihn, als sie im Wald an einer Bank vorbeikamen.

„Gerne.“

Bernhard schob den Rollstuhl dicht neben die Bank. Er ließ sich aufatmend auf die Bank sinken und streckte die Arme in die Luft.

„Das ist ein herrlicher Tag“, sagte er. „Die Sonne scheint, und die Luft ist so klar! Und du bist bei mir, das ist überhaupt das Schönste.“ Er beugte sich zu Miriam herüber und küsste sie.

„Bernhard, ich muss mit dir reden!“, sagte Miriam, nachdem sich ihre Lippen voneinander lösten.

„Warum denn so ernst?“ Er griff nach ihren Händen, die in den neuen Handschuhen steckten, die Bernhard ihr geschenkt hatte. Weil Miriam doch immer kalte Finger hatte.

„Ach, es ist nur ...“ Sie seufzte und wich seinem Blick aus. Doch das ließ Bernhard nicht gelten. Er griff zart nach ihrem Kinn und bog ihren Kopf, sodass ihre Augen ihn anblickten.

„Was ist denn los, Miriam?“, fragte er sichtlich besorgt. „Wenn irgendwas nicht in Ordnung ist, sollten wir darüber reden, findest du nicht?“

Sie nickte stumm. Dann nahm sie all ihren Mut zusammen.

„Es ist doch nur, dass ich ... meine Familie ... wir sind reich!“, stieß sie atemlos hervor.

Bernhard musterte Miriam. Seine Mundwinkel zuckten. Doch er biss sich auf die Lippen.

„Und das ist für dich ein Problem?“, fragte er.

Miriam entzog ihm ihre Hände. „Nein, für mich ist es das nicht. Aber bisher haben alle Männer, die ich kennengelernt habe, sich verändert, wenn ich es ihnen erzählt habe.“

„Aber Miriam! Glaubst du denn, ich würde dich weniger lieben, weil deine Familie ein bisschen Geld hat?“

„Es ist nicht nur ein bisschen“, sagte Miriam kleinlaut. „Es ist ein bisschen mehr.“ Und dann zählte sie auf, was alles zu den Besitztümern ihrer Familie gehörte. Bernhard hörte stumm zu.

„Und ich hab vermutlich noch die Hälfte vergessen“, fügte Miriam hinzu.

„Ja und?“, fragte Bernhard. „Wo ist das Problem?“

Miriam senkte wieder den Blick. „Bisher hat es alles kompliziert gemacht“, sagte sie leise. „Und ich will nicht, dass es uns genauso geht.“

„Das wird es nicht“, sagte Bernhard. „Sieh mal, ich liebe dich. Ich habe von diesem Geld nichts gewusst, als ich mich in dich verliebt habe. Meinst du wirklich, dass ich jetzt anders sein werde?“

„Ich habe es aber schon ein paarmal so erlebt“, widersprach Miriam.

Bernhard umfasste ihr Gesicht mit den Händen und küsste sie. „Warte einfach ab, was passiert. Wenn ich mich verändere – gut, dann bin ich es auch nicht wert. Aber für mich zählst nur du, sonst nichts."

Miriam schloss die Augen und erwiderte seinen Kuss. Eine schwere Last wurde von ihr genommen. Ja, sie würden es schaffen. Bernhard hatte es ihr versprochen. Und wenn er so sicher war – wie konnte sie denn nur einen Moment länger zweifeln?

„Geht's dir gut?", fragte Bernhard besorgt.

„Es ging mir noch nie besser", sagte Miriam und strahlte. Sie war glücklich.

11. KAPITEL

Der Februar war kalt und brachte noch einmal viel Schnee. Roman schlug den Kragen seines Mantels hoch, als er sich quer über den Campus auf den Weg machte, um sich mit Miriam in der Cafeteria zu treffen.

Das Semester war nächste Woche zu Ende, und er war noch keinen Schritt vorangekommen. Er hatte sich den Job wirklich etwas einfacher vorgestellt. Immerhin hatte er doch alles, was Frauen sich wünschten. Es konnte doch wirklich nicht so schwierig sein, Miriam davon zu überzeugen ...

Zugegeben, Weihnachten war er wirklich stinksauer gewesen. Barbara hatte ihn nicht direkt abgewiesen, aber sie hatte ihm unmissverständlich klargemacht, dass zwischen ihnen nichts mehr laufen würde, wenn er sich nicht so um Miriam kümmerte, wie sie es wünschte. Nur war seine Liebeserklärung an Miriam leider der vollkommen falsche Weg gewesen, und es hatte ein paar Tage gedauert, bis Miriam ihm geglaubt hatte, dass er betrunken gewesen war und keinerlei Gefühle für sie hegte.

Miriam und Bernhard sollte er also entzweien. Es schien ihm auf den ersten Blick gar nicht so schwierig zu sein. Aber als er sich im neuen Jahr vermehrt um Miriam bemühte – sie oft in ihrer Wohnung besuchte, sich mit ihr verabredete und einfach alles für sie tat, sobald sie ihn darum bat –, merkte er nur allzu schnell, wie innig die Beziehung der beiden war.

Aber nichts sollte ihn davon abhalten, seinen Auftrag auszuführen. Er fuhr einmal in der Woche zu Barbara. Und auch wenn er keinerlei Fortschritte vermelden konnte, so war Barbara doch weiterhin mit ihm zufrieden. Er lächelte. Barbara war eine ganz besondere Frau, und es lohnte sich allemal, für sie zu arbeiten.

Er betrat die Cafeteria.

„Wir sind hier!“ Miriam hob die Hand und winkte. Neben ihr saß Bernhard. Verdammt! Ausgerechnet heute. Roman hätte sich gewünscht, auch mal mit Miriam allein sein zu können, aber natürlich trieb sich immer wieder ihr Freund bei Miriam herum.

Roman holte sich an der Selbstbedienungstheke Kaffee und ein Baguette mit Lachs, dann schlängelte er sich ohne Hast durch die Stuhlreihen und setzte sich zu Miriam und Bernhard.

„Hast du Lust, heute Abend mit uns ins Kino zu gehen?“, fragte Miriam.

„Ins Kino?“ Roman rührte in seinem Kaffee und gab vor, angestrengt nachzudenken. Doch dann schüttelte er den Kopf.

„Tut mir leid, heute Abend geht Kino definitiv nicht. Ich habe Karten fürs Ballett. Schwanensee“, fügte er bedeutungsvoll hinzu.

„Schwanensee! Oh, das ist toll“, seufzte Miriam. Barbara hatte Roman den Tipp gegeben, dass Miriam Ballett liebte. Und bei seinem letzten Besuch hatte sie ihm zwei Logenkarten in die Hand gedrückt.

„Ich hab noch eine Karte übrig."

Er blickte Miriam von der Seite an, die sichtlich hin- und hergerissen war.

„Möchtest du mitkommen?", fragte er.

„Ich weiß nicht ..." Miriam zögerte. Sie blickte Bernhard an.

„Ins Kino kannst du doch immer gehen", sagte der. „Der Film läuft ja auch noch nächste Woche."

Roman warf ihm einen überraschten Blick zu. Von Bernhard hätte er zuletzt Schützenhilfe erwartet. Auch Miriam blickte ihn erstaunt an.

„Aber du hast dich so aufs Kino gefreut", widersprach sie.

„Klar, aber das läuft nicht weg. Der Schwanensee schon."

„Es ist auch seit Monaten schon ausverkauft", sagte Roman. „Ich habe Glück, dass ich noch zwei Karten bekommen habe."

„Ja dann ... Ich würde gerne mitkommen."

„Prima. Dann hole ich dich heute Abend um sieben ab?"

Miriam nickte. Roman stand auf, stellte das Tablett mit dem dreckigen Geschirr in den dafür vorgesehenen Wagen und winkte noch einmal, bevor er ging. Das lief ja alles wie am Schnürchen. Endlich hatte er das Gefühl, dass ihm auch mal ein kleiner Fortschritt gelang. Jetzt musste er nur noch diesen Abend nutzen, um Miriam zu verunsichern.

Es musste doch einen Weg geben, Bernhard und sie auseinanderzubringen, oder?

Zur Not würde er ihr eben Gefühle vorspielen. Das konnte ja nicht so schwer sein. Und schließlich war Miriam kein Drache. Ganz im Gegenteil: Sie war einfach wunderschön, hinreißend charmant, witzig, klug, stark …

Moment. Roman blieb ruckartig stehen. Was war das denn?

Ja, er freute sich immer, wenn er Miriam auf dem Campus begegnete oder wenn sie sich im Haus trafen, und ja, er verbrachte gern Zeit mit ihr. Und wenn er ehrlich war, musste er zugeben, dass sein Herz vorhin einen Satz gemacht hatte, als sie zugestimmt hatte, ihn ins Ballett zu begleiten …

Waren das überhaupt noch falsche Gefühle? Musste er ihr überhaupt etwas vorspielen, um zu erreichen, was Barbara von ihm verlangte? Oder war aus dem Job, der ihn aus seiner finanziellen Zwangslage befreite, sehr viel mehr geworden?

Konnte es sein, dass er dabei war, sich in Miriam zu verlieben?

Nein. Das war doch lächerlich.

Oder doch nicht?

Er beschleunigte seine Schritte. Wenn er sich beeilte, konnte er am Nachmittag noch bei Barbara vorbeifahren und ihr Bericht erstatten …

Ein Lächeln umspielte seine Lippen. Er wusste, dass es nicht dabei bleiben würde.

„Und dir macht es wirklich nichts aus, wenn ich mit Roman ins Ballett gehe?“

„Glaub mir, Ballett ist überhaupt nicht mein Ding. Selbst wenn du jetzt mit zwei Karten wedeln würdest, könnte mich deine Begleitung nicht darüber hinwegtrösten, dass ich mir ein Ballett anschauen müsste. Also geh ruhig mit Roman, ihm scheint das ja Spaß zu machen.“

Sie saßen in Bernhards Wohnküche und lernten für die letzten Klausuren. Miriam hatte es sich mit ausgestreckten Beinen auf dem Sofa bequem gemacht, und Bernhard hatte ihr fürsorglich einen ganzen Stapel Kissen in den Rücken gestopft. Bernhard saß ihr gegenüber auf einem Stuhl und hatte seine Lehrbücher um sich auf dem Tisch verteilt, während Miriams Mappe mit ihren Unterlagen auf ihrem Schoß lag.

„Ich will nur nicht, dass du eifersüchtig bist“, sagte Miriam leise.

Sie blickte ihn fragend an, und Bernhard zuckte mit den Schultern.

„Natürlich ist es mir nicht recht“, sagte er. „Aber ich kann es dir schlecht verbieten, oder? Außerdem …“ Er biss sich auf die Lippen, als wollte er sich selbst bremsen.

„Ja? Was außerdem?“

„Ach, nichts. Abgesehen davon kann ich mir Karten fürs Ballett im Moment nicht leisten.“

Miriam antwortete nicht. Sie vertiefte sich wieder in ihre Unterlagen. Aber mit dem Bleistift tippte sie immer wieder auf die Mappe, in einem hektischen, unruhigen Rhythmus, bis Bernhard von seinen Büchern aufsah.

„Habe ich irgendwas Falsches gesagt?“

„Nein, schon in Ordnung.“

„Du hast doch was. Sonst würdest du nicht mit dem Bleistift rumspielen.“

Miriam legte den Bleistift behutsam auf den Tisch.

„Es scheint ja doch ein Problem für dich zu sein, dass ich das Geld habe, um mir gerade mal einen Abend im Ballett leisten zu können“, sagte sie zögernd.

Bernhard lachte. „Nein, überhaupt nicht. Mir ist ein Abend im Kino tausendmal lieber als Schwanensee. Aber du magst Ballett, und wenn du die Gelegenheit hast, solltest du sie nutzen. Es geht hier nicht nur um mich, Miriam. Ich will nicht, dass du dir irgendwas vorenthältst, nur weil ich es nicht mittragen kann. Darum geht es doch nicht, wenn man zusammen ist. Man muss auch vernünftig sein und vor allem sich und dem anderen Freiräume lassen.“

Auch wenn seine Worte Miriam für den Moment beruhigten: Sie hatte ein ungutes Gefühl, als sie sich abends fürs Ballett fein machte. Sie wählte ein langes dunkelblaues Kleid aus feinem Satin und zog dazu kleine Stiefeletten an. Erst als sie das Kleid bereits angezogen hatte, fiel ihr auf, dass sie es allein nicht schließen konnte. Zu viele winzige Knöpfe zierten die Rückennaht und den Reißverschluss, den sie kaum erreichte.

Sie seufzte. Roman würde ihr helfen müssen, wenn er kam.

Zum Glück war Roman pünktlich. Als Miriam die Tür

öffnete, stand er mit einer einzelnen weißen Rose vor ihr.

„Für dich“, sagte er, als er eintrat und ihr die Rose überreichte.

„Das ist lieb von dir. Kannst du mir helfen? Ich war so blöd und hab ein Kleid angezogen, das ich allein nicht schließen kann.“

„Natürlich.“

Behutsam schloss Roman einen winzigen Knopf nach dem anderen. Täuschte sich Miriam – oder ließ er sich Zeit damit? Seine Finger berührten immer wieder ihre samtweiche Haut, und er widerstand nur mühsam dem Impuls, zärtlich über ihre Schulter zu streichen. Nachdem er den letzten Knopf geschlossen hatte, lächelte Miriam ihn dankbar an.

„Danke“, sagte sie. „Ich stelle die Rose schnell ins Wasser, dann können wir auch schon los.“

„Ich hoffe, du hast keinen Ärger bekommen, weil du mit mir ins Ballett gehst“, sagte Roman und folgte Miriam in die Küche. „Ich hatte nicht den Eindruck, dass Bernhard so eifersüchtig ist, aber ...“

„Mit Bernhard ist alles in Ordnung“, sagte Miriam schnell. Sie wollte mit Roman nicht über ihre Beziehung reden. Er war zwar ein guter Freund, aber das ging ihn nun wirklich nichts an. „Wollen wir los?“

Miriam genoss den Abend im Ballett. Sie konnte gar nicht genug bekommen von der wunderbaren Musik und den grazilen Bewegungen der Tänzerinnen. Fast schien es, als schwebten sie über der Bühne. Miriam saß so nah wie nur möglich an der Brüstung und legte den Kopf auf den Arm. Es war ein Traum. Ein wunderschöner Traum.

Roman konnte den Blick nicht von ihr lassen. Das zarte, verträumte Lächeln, das ihre Lippen umspielte, und der feurige Glanz in ihren Augen bezauberten ihn. Ihre Wangen glühten förmlich vor Begeisterung, und ihre Nasenflügel bebten vor Aufregung. Voller Hingabe folgten ihr Blick dem Tanz der jungen Schwäne, und es schien, als würde die Welt um sie herum versinken. Roman hatte nur noch Augen für diese Elfe an seiner Seite, die sich anmutig die Lippen benetzte und ihm einen kurzen Blick zuwarf, der sein Herz zum Lodern brachte. Eine blonde Locke löste sich, und er widerstand nur mühsam dem Impuls, sich zu ihr hinüberzubeugen, ihre zarte Wange zu berühren und ihr Haar aus ihrem wunderschönen Gesicht zu streichen.

In der Pause beeilte sich Roman, zwei Gläser Champagner zu besorgen. Miriam strahlte ihn an, und sie prosteten einander zu.

„Was hältst du davon, wenn wir nach der Aufführung noch was essen gehen?“, schlug Roman spontan vor. Er wollte einfach nicht, dass dieser schöne Abend zu Ende ging. Miriam sah ihn erstaunt an.

„Das war nur so ein Gedanke“, sagte er schnell. „Ich dachte, es wäre ein schöner Abschluss ...“

„Ja, warum eigentlich nicht?“ Miriam nickte. „Das ist eine gute Idee.“

Insgeheim aber machte sie sich Gedanken. Bernhard hatte nichts dagegen, wenn sie mit Roman ins Ballett ging.

Aber was würde er sagen, wenn er erfuhr, dass sie danach noch essen waren? Würde er ihr nicht Vorwürfe machen?

Ach nein, Roman war ein guter Freund, mehr nicht. Und daran würde auch ein Restaurantbesuch nichts ändern.

Roman führte Miriam nach der Vorstellung in eines der besten Restaurants der Stadt.

Nachdem sie bestellt hatten und Roman den Wein gewählt hatte, beugte er sich zu Miriam herüber.

„Was hält deine Mutter eigentlich von Bernhard? Sie hat ihn doch bestimmt schon kennengelernt, oder?"

Miriam schüttelte den Kopf.

„Bisher ergab sich leider noch keine Gelegenheit", sagte sie ausweichend.

Die Wahrheit war: Miriam hatte bisher jede sich bietende Gelegenheit ungenutzt verstreichen lassen. Sie wusste selbst nicht, warum sie so zurückhaltend war. Und Barbara fragte auch immer wieder, wann sie denn endlich Miriams neuen Freund kennenlernen würde. Denn irgendwie hatte sie erfahren, dass es da jemanden gab. Miriam tippte auf Roman selbst, der doch beim Weihnachtsbrunch auffallend oft mit Barbara geredet hatte.

Aber warum auch nicht – schließlich trafen sich die beiden inzwischen regelmäßig zum Golfen.

„Ja, ich muss es wohl endlich hinter mich bringen." Miriam seufzte. „Es ist immer schwierig. Wenn ich Bernhard am Sonntag zum Mittagessen mitbringen würde, dann würde er gleich die Villa und all das sehen, und ich glaube, es ist eine Sache, davon zu wissen, aber eine völlig andere, wenn man dann davorsteht."

„Nur Mut!", sagte Roman aufmunternd. „Deine Mutter wird ihn mögen, da bin ich mir sicher."

„Ja, das glaube ich auch. Sie muss ihn einfach mögen, ich bin so glücklich mit ihm. Ich meine – das kann ihr doch nur recht sein, oder?"

In diesem Moment hätte Roman am liebsten die Wahrheit gesagt. Sie wirkte so klein und hilflos, während sie krampfhaft darüber nachdachte, wie sie es ihrer Mutter und ihrem Freund recht machen konnte, ohne dazwischen zerrissen zu werden.

„Du schaffst das schon", sagte er lediglich.

„Das war wirklich ein schöner Abend", sagte Miriam, als sie sich an ihrer Wohnungstür verabschiedeten.

„Wir können das gerne mal wiederholen", sagte Roman. Er lächelte sie an, und Miriam hatte für einen winzigen Moment das Gefühl, er wollte noch etwas hinzufügen. Aber er umarmte sie freundschaftlich zum Abschied, drückte ihr einen zarten Kuss auf die Wange und wünschte ihr eine gute Nacht.

Miriam ging Roman nicht mehr aus dem Kopf. Der Abend im Ballett und später im Restaurant hatte ihn überrascht. Bisher war Miriam für ihn vor allem ein Auftrag gewesen. Eine Freundin, ja, irgendwie hatte sich zwischen ihnen auch die Freundschaft entwickelt. Aber in erster Linie war sie ein Job, den Barbara ihm erteilt hatte.

Und der lautete: Miriam und Bernhard auseinanderbringen, unter allen Umständen, mit allen ihm zur Verfügung stehenden Mitteln. Barbara hatte ihm bei ihrem letzten Treffen unmissverständlich klargemacht, dass es *seine* Aufgabe war. Sie wollte damit nichts zu tun haben.

Er stellte keine Fragen. Er wusste, wie gefährlich Barbara sein konnte, wenn jemand nicht nach ihrer Pfeife tanzte. Und schließlich hatte sie ihn in der Hand. Wenn sie mit ihm nicht zufrieden war, so hatte sie angedeutet, gab es keinen Grund, ihn nicht durch einen anderen zu ersetzen.

Er führte kein schlechtes Leben. Aber was Barbara von ihm verlangte, schien ihm fast zu viel. Denn er sollte nur eines: Miriams Glück zu zerstören! Andererseits wäre sie dann frei …

Am nächsten Sonntag wagte Miriam endlich, wovor sie sich schon seit Wochen ein wenig fürchtete. Sie bat Bernhard, sie zum sonntäglichen Mittagessen zu ihrer Mutter zu begleiten.

„Du willst mich deiner Mutter vorstellen?" Bernhard strahlte. „Na endlich!"

Miriam lächelte schief. „Glaub ja nicht, dass es so einfach ist", sagte sie. „Wir essen jeden Tag von goldenen Tellern, und am Sonntag sind sie mit Brillianten besetzt."

„Umso besser. Das wollte ich immer schon mal machen." Er kitzelte sie. „Von goldenen Tellern essen, du bist doch nicht Dornröschen! Und deine Mutter wird mich mögen, das verspreche ich dir, ich werde mich wie der Traum aller

Schwiegermütter zu benehmen wissen!“

Miriam lächelte ihn warm an. Auch wenn Bernhard ein paar Jahre älter war als sie, manchmal war er eben noch ein Kindskopf. Aber er brachte sie zum Lachen. Und sie liebte ihn.

Letztlich wurde es gar nicht schlimm, im Gegenteil. Bernhard brachte für Barbara einen Strauß Tulpen mit, über die sie sich sichtlich freute. Das Mittagessen fand in ungezwungener Atmosphäre im Esszimmer statt, und Barbara verstand es, die Unterhaltung lebendig zu halten, ohne Bernhard oder Miriam das Gefühl zu vermitteln, dass ihre Fragen einem peinlichen Verhör gleichkamen.

Bernhard wurde mit der Zeit auch lockerer und erzählte gerne von seinem Studium, seiner Familie und Plänen. Nach dem Mittagessen machten sie noch einen ausgedehnten Spaziergang, danach fuhren Miriam und Bernhard wieder heim.

„Siehst du, so schlimm war es gar nicht“, sagte Miriam. „Barbara mag dich, glaube ich.“

„Stimmt, es war nicht so schlimm wie befürchtet“, neckte Bernhard sie. „Was meinst du, wollen wir uns einen schönen, richtig faulen Nachmittag machen? Ich finde, das haben wir uns verdient.“

„Au ja“, freute Miriam sich. „Was schlägst du vor?“

„Wir machen es uns bei dir zu Hause gemütlich. Ich koche uns heute was Feines, und wir schauen uns ein paar Filme an. Gute Idee?“

„Sehr gute Idee.“ Miriam strahlte. In diesem Moment

war sie sicher, dass nichts und niemand ihr gemeinsames Glück würde stören können.

Aber sie sollte sich irren …

Barbara hatte angerufen und Miriam gefragt, ob sie zu einer ausgedehnten Einkaufstour in die Maximilianstraße mitkommen wollte. Miriam hatte gerade nichts anderes vor, Bernhard hatte viel mit seiner Hausarbeit zu tun, die er Ende der Woche abgeben musste, und so sagte sie zu.

„Und, was hältst du von Bernhard?", fragte Miriam, als sie in einer Edelboutique stöberten.

„Ach, er ist ja wirklich sehr nett", sagte Barbara. Sie nahm einen hellen Kaschmirpullover vom Stapel und schaute nach der Größe. Dann wandte sie sich einer Verkäuferin zu und fragte nach einem passenden Rock in Dunkelgrün. Die Verkäuferin verschwand, um danach zu suchen.

„Sehr nett?", echote Miriam. „Also bitte, ich meine …"

Barbara lächelte Miriam an. „Du weißt schon, wie ich das meine. Er ist ein reizender, junger Mann, und ihr seid wirklich ein hübsches Paar. Aber …"

Sie sprach nicht weiter. Die Verkäuferin brachte zwei Kostüme in dunklen Grüntönen, die Barbara mit dem Kaschmirpullover anprobieren wollte. Während sie in der Umkleidekabine stand, wählte Miriam eine Hose und dazu passend eine Bluse aus, die sie später auch anprobieren wollte.

„Aber?", hakte sie nach. Barbara trat aus der Umkleidekabine und betrachtete sich im Spiegel.

„Ach, du weißt schon. Wie die Männer nun mal sind. Da schauen sie in erster Linie darauf, was eine Frau ihnen über das normale Maß hinaus zu bieten haben. Ich könnte mir vorstellen, dass du sehr begehrt bist", fügte Barbara hinzu.

„Na ja …" Miriam dachte an den Abend mit Roman. Und sie dachte auch an die Kommilitonen, die sie immer wieder zu einem Kaffee einluden und enttäuscht reagierten, sobald Miriam ihnen behutsam erklärte, dass sie einen Freund hatte.

„Ich finde, man kann gar nicht vorsichtig genug sein", sagte Barbara. „Weiß er, wie reich du bist?"

Miriam nickte. Sie war genervt! Warum musste Barbara mit diesem Thema anfangen? Genügte es nicht, dass sie mit Bernhard in den letzten Monaten genug Probleme hatte? Sie war so froh, dass dieses leidige Thema vom Tisch war …

„Und was sagt er dazu?"

„Es ist ihm egal. Er macht sich nichts daraus."

„Ach so", sagte Barbara nur. Sie drehte sich vor dem Spiegel und verschwand wieder in der Umkleide.

„Aber ihr streitet doch nicht oft, oder?"

„Nein, wir streiten nicht."

„Und du findest das nicht komisch?" Barbara trat wieder aus der Umkleide. Miriam hatte unwillkürlich während des Gesprächs drei Pullover auf ihrem Schoß aufgehäuft: in Blau, Dunkelrot und Petrol.

„Was ist daran komisch, wenn wir uns nicht streiten?", fragte Miriam.

„Dein Vater und ich haben uns immer gestritten. Und wir waren sehr glücklich. Streiten gehört zu einer Beziehung dazu. Wenn es das nicht gibt, würde ich mir Sorgen machen. Vielleicht nimmt Bernhard sich zurück, wenn ihm was nicht passt, weil er glaubt, er könnte dich damit verärgern."

Barbara machte eine bedeutungsschwangere Pause. Dann sagte sie: „Ich glaube, ich nehme beide Kostüme. Die sehen beide gut aus, findest du nicht auch?"

„Moment, wie meinst du das? Was soll das heißen, Bernhard nimmt sich zurück?", fragte Miriam nach. Sie strich mit gerunzelter Stirn über die Pullover in ihrem Schoß.

„Ach, das hab ich doch nur so dahergesagt", beschwichtigte Barbara sie. „Ich glaub noch nicht mal, dass da was dran ist. Aber ..."

„Es ist wegen dem Geld, nicht wahr?", fragte Miriam. „Du meinst, er streitet mit mir nicht, weil er hinter dem Geld her ist."

Barbara zuckte mit den Achseln. „Könnte sein", sagte sie schließlich nach einer kleinen Pause. „Ich weiß es nicht."

Miriam schüttelte den Kopf. „Ich glaube nicht, dass Bernhard es auf mein Geld abgesehen hat. Ich habe es ihm schließlich sehr spät gesagt – erst als ich mir sicher war, dass es ihm egal ist."

„Aber du kannst nie sicher sein!", widersprach Barbara heftig. „Möchtest du die drei Pullover nehmen?"

Miriam nickte abwesend. Sie reichte die Pullover

Barbara, die zur Kasse ging und mit ihrer Kreditkarte bezahlte. Barbara beobachtete Miriam, die etwas verloren wirkte. Sie legte die Bluse und die Hose auf einen der niedrigen Tische.

Sie wusste, in Miriam arbeitete es jetzt. Ihre Tochter fragte sich, ob Bernhard wirklich an ihr interessiert war oder doch andere Interessen verfolgte.

Mehr musste sie im Augenblick gar nicht tun. Miriam sollte ruhig ein wenig darüber nachdenken. Alles Weitere würde sich finden, früher oder später …

Wie sehr es in Miriam arbeitete, bekam Roman mit, als er sich wenige Tage später mit ihr zum Kaffeetrinken traf. Seit ihrem Ballettabend unternahmen sie jetzt häufiger etwas zusammen, gerade auch, weil Bernhard oft keine Zeit hatte. Die Hausarbeit forderte ihn mehr, als er zunächst angenommen hatte. Er fand nicht mal die Zeit für die Nachmittage im Gewächshaus, die Miriam und er bisher immer genossen haben. Gemeinsam mit den Pflanzen zu arbeiten, war ihnen ein schöner Ausgleich zum Stress in der Universität.

„Findest du, Bernhard hat sich verändert?“, fragte Miriam.

Roman war erstaunt.

„Wie kommst du denn darauf?“, fragte er zurück.

Miriam zuckte mit den Achseln. „Ich weiß nicht. Barbara hat mich gefragt, ob wir streiten, und nein, wir streiten nicht. Das findet sie bedenklich. Sie meint, es gehört zu einer guten Beziehung dazu …“

Sie lächelte. Das Thema war ihr sichtlich unangenehm, aber sie hatte versucht, mit Viktoria darüber zu reden, die sofort abgewiegelt hatte. Jetzt interessierte sie Romans Meinung.

„Ich finde nicht, dass er sich verändert hat, aber du wirst ihn besser kennen“, sagte Roman vorsichtig. „Seit wann soll er sich denn verändert haben?“

Miriam schüttelte den Kopf. „Lass nur“, sagte sie. „Es ist auch nicht so wichtig.“

„Na ja, es war anscheinend wichtig genug, dass du darüber mit mir reden wolltest.“

„Ach, es ist doch Unsinn, oder? Barbara meinte letztens, dass Bernhard sich vielleicht zurücknimmt, wegen … ach, wegen dem Geld. Dass er darum nicht mit mir streitet. Weil er nicht will, dass wir uns trennen. Das heißt also, er liebt mich grundsätzlich, geht aber den Auseinandersetzungen aus dem Weg.“

Roman war beeindruckt von Barbaras Argumentation. Tatsächlich war dies eine Möglichkeit, Miriam zu verunsichern. Er überlegte.

„Und du hast das Gefühl, dass Bernhard es nur auf dein Geld abgesehen hat?“ Es war weniger eine Frage, sondern eine Feststellung.

„Nein!“ Miriam wies diesen Vorwurf empört zurück. „Ach, ich weiß im Moment überhaupt nicht, was ich glauben soll“, sagte sie.

„Aber du vertraust Bernhard doch?“

„Natürlich tue ich das."

„Dann solltest du mit ihm darüber reden", sagte Roman ernst. „Er sollte wissen, worum du dich sorgst. Ich meine, das ist nicht gerade ein Pappenstiel, die Millionen ... Glaub mir, Miriam, ich weiß, wie schwer das ist. Immer werden wir nicht bloß nach unserem Charakter und Aussehen beurteilt, sondern gerade bei Menschen, die wir kennenlernen, spielt das Geld eine wesentliche Rolle. Wir können uns nicht davon befreien. Es gehört zu uns, aber es macht keinen Unterschied, ob es da ist oder nicht. Nur viele begreifen das nicht."

„Aber genau so verhält Bernhard sich doch – als würde es ihn nicht interessieren. Und ich glaube ihm das auch. Also, eigentlich glaube ich ihm das", fügte sie nachdenklich hinzu.

„Du klingst nicht gerade, als wärst du von der Sache überzeugt."

„Das bin ich auch nicht", gestand Miriam. „Bisher war es so einfach mit Bernhard. Wir lieben einander, wir sind gerne zusammen. Und wir machen kein Drama daraus, wenn ich mal für uns beide bezahle. Ich weiß doch, dass Bernhard nicht so viel Geld hat."

„Aber vielleicht stört ihn gerade das."

Miriam stiegen plötzlich Tränen in die Augen. „Ich weiß überhaupt nicht mehr, was ich glauben soll", schluchzte sie. „Erst sagst du, es macht ihm nichts aus, aber es steht immer zwischen uns. Und dann behauptest du, es stört ihn, wenn ich selbstverständlich das nutze, was ich habe. Was soll ich denn jetzt glauben, Roman?"

Am liebsten hätte er ihr gesagt, dass sie niemandem glauben sollte. Schon gar nicht Barbara und ihm erst recht nicht! Dieser verfluchte Auftrag!

Wie sie so hilflos vor ihm saß, die Hände im Schoß, das blonde Haar zu einem Pferdeschwanz streng zurückgebunden, das schmale Gesicht so ernst und verzweifelt …

Spontan kauerte er sich neben sie und legte seinen Arm um ihre Schultern. Es tat ihm gut, dass sie sich so vertrauensvoll an ihn wandte. Sie saßen für einen Moment einfach nur still da, während Miriams Kopf an Romans Schulter lehnte. Er atmete tief durch, und seine Hand strich vorsichtig über Miriams Arm.

Er konnte es nicht länger leugnen – Miriam war ihm ganz und gar nicht gleichgültig. Wäre der Auftrag nicht, wie würde er sich dann ihr gegenüber verhalten? Würde er dann auch versuchen, ihr Glück zu zerstören? Denn auch, wenn er wollte, dass sie glücklich war, sollte sie es doch mit ihm sein!

Ja, Roman von Bortschek hatte sich wahrhaftig in Miriam von Heidenberg verliebt.

„Was soll ich nur tun?", fragte sie ihn mit belegter Stimme.

„Rede mit Bernhard. Sag ihm, was dich bedrückt. Ich bin sicher, ihr könnt das wieder in Ordnung bringen."

Was tat er da eigentlich? Er sah Miriam an, dass sie zweifelte – und wenn sie sich Bernhard gegenüber ähnlich verhalten würde, dann würde sie ihm damit wehtun. Er würde von Vertrauensbruch reden und davon, dass Miriam ihm glauben musste.

Und Roman musste dann nur noch abwarten und zur Stelle sein …

Musste er wirklich erst ihr Herz brechen und ihr all dieses Leid antun, bevor sie mit ihm ein neues Glück finden konnte? War das überhaupt möglich? Konnte er diese Wendung für sie beide wirklich erzwingen?

Er konnte es nicht nur, er musste.

Barbaras Worte hallten in seinem Kopf wider.

Er lächelte Miriam aufmunternd an. „Du schaffst das schon!"

Zugleich aber wünschte er, dass sie es nicht schaffen würde, dass Bernhard ihr Vorwürfe machen, dass sie ihr Vertrauen in ihn verlieren würde. Und dann …

Roman schauderte. Was ging da nur in seinem Kopf vor?

Miriam, seine Miriam, sollte ins Unglück gestürzt werden. Durch ihn! Musste er nicht irgendwas tun, um das zu verhindern?

Barbara verfolgte in der Zwischenzeit ihren Plan mit großer Zielstrebigkeit und lud Bernhard und Miriam ein, sie für ein Wochenende nach Paris zu begleiten. Paris, die Stadt der Liebe! Unmöglich, dass Miriam und Bernhard dieser Verlockung würden widerstehen können! Zumal Barbara selbst die Hotelsuiten und die Flüge buchte, bevor sie das junge Paar mit der Reise überraschte.

„Kommt schon, ich will einfach nur ein paar schöne Tage mit euch verbringen“, sagte sie. Miriam war sofort Feuer und Flamme für diese tolle Idee, die als Belohnung für Miriams tolles erstes Semester gedacht war.

„Bitte, Bernhard, du musst mitkommen!“, sagte sie beschwörend. Barbara hatte die beiden in ein feines Restaurant eingeladen und ihnen einen Gutschein für die Reise überreicht.

„Ich weiß nicht.“ Bernhard schien etwas sagen zu wollen.

„Bitte!“, rief Miriam.

„Sie wollen Miriam doch nicht enttäuschen, oder?“, fragte Barbara mit einem freundlichen Lächeln.

„Nein, natürlich nicht“, sagte Bernhard. Er gab sich geschlagen. Doch als er später Miriam nach Hause brachte, kam er noch einmal auf die Reise zu sprechen.

„Ich weiß wirklich nicht, ob das so eine gute Idee ist“, sagte er. „Ich meine, ich würde gerne mit dir nach Paris fahren. Aber dieses Hotel, und ...“

Miriam fiel aus allen Wolken. „Was ist denn gegen das Hotel einzuwenden?“, fragte sie.

Bernhard seufzte. „Es ist viel zu teuer“, sagte er nach kurzem Zögern. „Ich weiß, ihr könnt euch das leisten, aber für mich ist das einfach zu hoch.“

„Wir sind eingeladen, Bernhard“, erinnerte Miriam ihn. „Es kostet dich keinen Cent. Und ich möchte dich dabeihaben. Du gehörst doch dazu, ohne dich macht es mir keinen Spaß.“

„Darum geht es gar nicht“, sagte er. „Es geht darum, dass ich eingeladen werde. Ich weiß ja, dass ich mir die Reise allein nie leisten könnte. Ich bin froh, wenn ich am Monatsende meine Miete bezahlen kann. Es wäre etwas anderes, wenn …“

Doch er sprach nicht weiter, sondern schüttelte nur den Kopf. „Vergiss es einfach, Miriam. Ich komme gerne mit nach Paris.“

„Nein, halt.“ Bernhard wollte gehen, doch Miriam hielt ihn am Ärmel fest. „Was willst du damit sagen? Hast du ein Problem mit meinem Geld?“

„Ach, Miriam, das ist doch Unsinn. Ich muss mich einfach daran gewöhnen, das ist alles. Gute Nacht.“

Er küsste sie zärtlich auf den Mund und ging. Miriam blieb noch eine Weile im Flur ihrer Wohnung zurück. Hatte Barbara recht? Bernhard machte nicht den Eindruck, als könnte er über das Thema Geld hinwegsehen, im Gegenteil. Und war das nicht alles nur vorgeschoben – dass er sich zierte, mit ihr nach Paris zu fahren? Steckte dahinter nicht viel mehr?

Miriam schüttelte ungläubig den Kopf. Sie wusste nicht mehr, wem sie glauben sollte. Aber sie wusste, dass Bernhard nicht mehr so unverkrampft und locker mit ihr umging wie noch Ende letzten Jahres.

Damals hatte er noch nichts von ihrem Vermögen gewusst.

Dieses verdammte Geld! Wenn das nicht wäre, könnte alles so einfach sein. Miriam schluchzte. Warum konnte

Bernhard nicht einfach einer ebenso reichen Familie entstammen wie sie?

So wie Roman …

Mit ihm war es viel unkomplizierter!

Miriam konnte in dieser Nacht kaum schlafen. Immer wieder lag sie wach und fragte sich, was sie falsch gemacht hatte. War sie Bernhard mit zu viel Misstrauen begegnet? Das tat ihm sicher weh …

Andererseits konnte sie nicht anders. Sie hatte zu oft erlebt, dass Männer nur an ihrem Geld interessiert waren. Sie konnte dieses Verhalten nicht von heute auf morgen ändern, so gerne sie es vielleicht getan hätte.

Frühmorgens stand sie auf, machte sich fertig und beschloss, den Tag im Botanischen Garten zu beginnen. Sie hatte in den letzten Tagen ihre Arbeit in den Gewächshäusern ein bisschen vernachlässigt. Es war zwar eine freiwillige Verpflichtung, die sie eingegangen war, aber sie wusste, dass sie bei den Pflanzen genug Ruhe und Zeit finden würde, um über ihre Situation nachzudenken.

Was hatte sie nur falsch gemacht? Eigentlich hatten weder Bernhard noch sie sich irgendwas vorzuwerfen. Sie waren beide so ängstlich darum bemüht, sich von Miriams Vermögen nicht beeinflussen zu lassen, dass vielleicht gerade das ihr Problem war. Vielleicht redeten sie nicht offen genug darüber, was es für sie beide bedeutete.

Miriam seufzte. Sie hatte sich den Arbeitsplatz im Gewächshaus eingerichtet und versorgte die Orchideen, für die sie eine besondere Leidenschaft entwickelt hatte. Zwei der Pflanzen waren von einem Schädling befallen, und gerade, als sie damit beschäftigt war, das biologische Pflanzenschutzmittel aufzusprühen, wurde die Tür des Gewächshauses aufgeschoben. Miriam fuhr herum. Hinter ihr stand Bernhard.

„Ich habe gewusst, dass du hier sein würdest. Guten Morgen", sagte er leise.

„Guten Morgen", sagte Miriam ebenso leise. Sie spürte, wie ihre großen Gefühle für Bernhard ihr die Kehle zuschnürten. Ihr fehlten die Worte. Oh, wie gerne hätte sie ihm gesagt, dass es ihr leid tat! Ihre Hände zitterten, als sie die Sprühflasche wieder auf die Blätter der Orchideen richtete.

„Was haben die Pflanzen denn?"

Bernhard trat näher. Miriam sprühte konzentriert weiter.

„Nichts Schlimmes, ein harmloser Schädling. Ich hab mir gedacht, ich versorge lieber alle, bevor er übergreift."

„Hm", machte Bernhard. Er setzte sich neben sie auf einen umgedrehten Eimer. Miriam ließ die Sprühflasche sinken.

„Es tut mir leid", sagte Bernhard. „Ich hatte das Gefühl, du wärst gestern böse auf mich gewesen. Ich komme einfach noch nicht so gut mit der Situation klar. Ich hab es mir wohl einfacher vorgestellt ..."

„Aber Bernhard ..." Miriam sah ihn ehrlich betroffen an. „Ich hatte auch das Gefühl, irgendwas Falsches gesagt zu haben", gestand sie schließlich. „Es tut mir leid."

Sie lächelten einander an.

„Alles wieder gut?", fragte Bernhard.

„Ja", sagte Miriam, und sie hatte das sichere Gefühl, dass sie beide endlich wieder da waren, wo sie hingehörten – und der leidenschaftliche Kuss, den Bernhard ihr gab, versicherte ihr, wie schön es sein konnte, zusammenzugehören.

„Uns kann nichts auseinanderbringen", versprach Bernhard ihr. „Nichts und niemand!"

Barbara warf die Tasche auf ihr Bett. Der Page stellte die zahlreichen Tüten mit ihren Einkäufen am Fußende des Bettes ab und fragte in beinahe akzentfreiem Deutsch, ob er noch etwas für sie tun könne.

„Nein, danke." Sie drückte ihm einen Geldschein in die Hand und entließ ihn.

Sie setzte sich aufs Bett und streifte die Pumps von den schmerzenden Füßen. Es lief alles bestens. Seit gestern waren sie in Paris, und Barbara merkte, wie es hinter der Stirn von Miriam arbeitete. Bernhards Stolz trug einiges zum Gelingen ihres Plans bei. Als Barbara bei einem Herrenausstatter darauf bestand, ihm einen Anzug zu schenken, hatte er dieses Angebot beinahe empört zurückgewiesen. Barbara hatte daraufhin beleidigt den Rückzug angetreten, während Miriam aufgeregt auf Bernhard einredete, bis er schließlich zerknirscht zugab, etwas überreagiert zu haben. Aber er wurde nun auch von Miriam verschärft beobachtet, und den restlichen Einkaufsbummel – der sie durch die besten Boutiquen in ganz Paris führte, dafür sorgte Barbara – begnügte er sich damit, die zunehmende Anzahl Tüten und Taschen zu tragen. Und sein Gesichtsausdruck wurde immer düsterer.

So weit lief also alles nach Plan. Mehr als einmal hatte Barbara mitbekommen, dass Miriam Bernhard gegenüber andeutete, er könnte auch ein bisschen freundlicher sein. Woraufhin Bernhard nur freudlos lachte. Wenn Barbara nur ein bisschen nachhalf, würde diese Beziehung zerbrechen. Und dann würde sie dafür sorgen, dass Roman sich als Tröster in schwerer Stunde profilierte.

Sie hatte die Fäden in der Hand, und das machte Barbara sehr zufrieden …

Zum ersten Streit kam es bereits kurze Zeit später im Restaurant. Bernhard fühlte sich sichtlich unwohl, und als Miriam ihn fragte, ob etwas nicht stimmte, lächelte er nur gequält.

„Ich bin wirklich gerne mit dir zusammen, aber das hier ist zu viel für mich", sagte er. „Ich mag diese Schickeria einfach nicht."

„Ach komm, es ist ganz einfach", sagte Miriam. „Schau mal, ich zeig es dir. Mit den Schnecken hab ich auch immer schon Probleme gehabt."

Sie wollte ihm zeigen, wie die Schneckenzange funktionierte, aber Bernhard reagierte genervt.

„Lass doch mal diese blöden Schnecken", rief er. Gäste an den anderen Tischen drehten sich zu ihnen um.

„Die interessieren mich im Moment überhaupt nicht", fügte er leise hinzu. „Es geht um uns, Miriam."

„Um uns, ja?"

Er griff über den Tisch nach ihrer Hand, und gerade, als er ansetzen wollte, fiel sein Blick auf Barbara, die ihn lauernd beobachtete. In ihrer Gegenwart wollte und konnte er nicht mit seiner Freundin sprechen.

„Lass uns bitte nicht streiten", ruderte er zurück. „Es ist doch dein Urlaub. Tut mir leid, dass ich so ausgerastet bin."

Miriam musterte ihn stumm. Sie schüttelte den Kopf.

„Ich glaub das einfach nicht", flüsterte sie. „Warum kannst du nicht sagen, was dir nicht passt? Warum versteckst du dich hinter so einer blöden Floskel? Sag doch einfach, was los ist!"

Bernhard zog die Hand zurück und griff nach seinem Besteck. „Also, wie bekomme ich die Schnecken aus ihren Häusern?", fragte er betont munter.

Miriam starrte ihn an. Sie wusste einfach nicht mehr, was sie sagen sollte. So war das also? Er ging ganz einfach wieder zur Tagesordnung über?

Aber später, als sie in der Suite allein waren und Miriam in der Badewanne lag, kamen sie erneut auf das Thema zu sprechen.

„Ist es wirklich so schlimm hier?", fragte Miriam und pustete in den Badeschaum.

Bernhard stand vor dem Badezimmerspiegel und putzte sich die Zähne.

„Wie meinst du das?", nuschelte er.

„Erst sagst du, dass dir die Schickeria nicht passt, aber du möchtest auch nicht darüber reden, also …“

„Entschuldige.“ Bernhard schien ehrlich verwirrt. „Ich finde einfach, ich passe da nicht rein. Aber ich wollte dir den Abend nicht verderben.“

„Das hast du aber.“

Miriam griff nach dem Badewannenrand. „Hilfst du mir bitte ins Bett?“

Erst nachdem sie unter der Bettdecke lag und Bernhard sich neben sie legte, kam sie auf das Thema zurück.

„Es ist wegen dem Geld, nicht wahr?“, fragte sie. „Das macht dich fertig.“

„Ich versteh nicht, was du meinst“, sagte Bernhard.

„Ich hab doch gesehen, wie du reagiert hast, als Barbara dir den Anzug schenken wollte. Und all das andere …“ Sie machte eine unbestimmte Geste, die auch die Suite umfasste. „Ich weiß schon, was du sagen willst. Dir ist das Geld egal. Aber das glaube ich einfach nicht. Wie kann das egal sein?“

„Das Einzige, was für mich zählt, bist du“, sagte Bernhard beschwörend. „Hör doch endlich auf, von diesem blöden Geld zu reden. Was soll ich denn damit? Oder glaubst du wirklich, dass ich nur darum mit dir zusammen bin?“

Miriam wich seinem Blick aus.

„Oh nein“, flüsterte Bernhard. „Nein, das glaube ich einfach nicht. Miriam …“ Er wollte den Arm um sie legen, doch Miriam machte schnell mit der Schulter eine abwehrende Bewegung.

„Miriam, du darfst nicht glauben, dass ich mir irgendwas daraus mache. Ja, das Geld ist da, und ich gebe zu, für mich ist das nicht einfach. Aber ich würde nie einem Konflikt mit dir aus dem Weg gehen oder mich dir gegenüber anders verhalten, nur weil ich Angst habe, dich zu verlieren. Natürlich habe ich Angst, dich zu verlieren, aber dieses blöde Geldthema – das uns übrigens viel zu oft beschäftigt –, das macht noch alles kaputt, was zwischen uns ist."

„Du gibst also zu, dass es dich beschäftigt?" Miriam richtete ihren Oberkörper auf.

„Natürlich beschäftigt es mich – dich – uns! Aber ich hasse es. Ich will darüber nicht nachdenken."

„Nein!", schrie Miriam. „Du willst mich nur eines Tages heiraten! So wie alle anderen Männer auch! Du willst mich nur, weil ich erben werde! Darum geht es doch, oder?"

Bernhard schüttelte wie betäubt den Kopf. „Miriam, das darfst du nicht mal denken." Er streckte die Hand nach ihr aus. „Ich liebe dich. Nur dich."

„Lass mich!", rief Miriam. „Lass mich, bitte ..."

Bernhard zog die Hand zurück. „Ich kann das nicht", sagte er. „Dein Misstrauen tut mir weh, Miriam."

Er stand auf, raffte Decke und Kissen. „Es ist wohl besser, wenn ich auf dem Sofa übernachte."

Er warf die Schlafzimmertür hinter sich zu. Miriam lag im Licht der Nachttischlampe und lauschte. Nebenan waren noch ein paar Geräusche zu hören, dann war es still.

Sie seufzte. Sie überlegte, ob sie nach Bernhard rufen sollte. Aber nein … nein, sie wollte ja selbst allein sein.

In dieser Nacht fand sie keinen Schlaf.

Mit Genugtuung stellte Barbara am nächsten Morgen fest, dass Miriam und Bernhard beim Frühstück seltsam wortkarg waren. Auf Nachfragen antworteten sie beide sehr knapp und warfen einander unglückliche Blicke zu.

Hatten sie sich also am Vorabend noch gestritten. Barbara war zufrieden. Es fehlte nicht mehr viel.

„Was habt ihr heute geplant?“, fragte sie betont munter. „Ein paar Museen besichtigen?“

Bernhard räusperte sich. „Ich dachte, wir könnten in den Louvre gehen“, sagte er. „Wenn man in Paris ist, darf man sich den Louvre nicht entgehen lassen.“

„Gute Idee! Aber ihr seid mir nicht böse, wenn ich nicht mitkomme, oder? Ich bin von unserer gestrigen Tour noch sehr müde. Ich glaube, ich mache mir heute einen gemütlichen Tag im Hotel und gönne mir eine Massage.“

In Wahrheit hatte sie etwas ganz anderes im Sinn.

Nachdem Miriam und Bernhard eine Stunde später aufgebrochen waren, zog Barbara sich in ihre Suite zurück. Sie holte aus dem Hotelsafe einen unauffälligen Briefumschlag. Es schien ihr der richtige Zeitpunkt, um diese Waffe nun einzusetzen. Sie öffnete den Umschlag: Fünftausend Euro in großen Scheinen befanden sich darin.

Sie trat auf den Flur. Direkt gegenüber war die Suite von Miriam und Bernhard. Gerade kam die Hausdame vorbei und grüßte Barbara freundlich. Barbara bat sie, kurz in die Suite ihrer Tochter eingelassen zu werden.

„Ich möchte meine Tochter und ihren Zukünftigen überraschen“, erklärte sie und hielt den Briefumschlag hoch. Die Hausdame zögerte.

„Eigentlich darf ich das nicht“, sagte sie.

„Ich weiß“, sagte Barbara. „Aber ich nehme ja nichts weg. Sie können gerne an der Tür warten, wenn Sie glauben, ich könnte dort irgendwas mitgehen lassen.“

„Nein, schon in Ordnung.“ Sie zückte eine Schlüsselkarte und ließ Barbara die Suite betreten.

Barbara wusste, was sie tun musste. Sie hatte sich vorher schon alles ganz genau überlegt. Zielstrebig ging sie zum Kleiderschrank, öffnete ihn und zog Bernhards abgewetzte Reisetasche heraus. Sie schob den Umschlag in ein Seitenfach und stellte alles an seinen Platz zurück.

„Sehen Sie, das war's schon“, sagte sie gut gelaunt, als sie die Suite verließ.

„Ach, Bernhard, könntest du gerade noch meine Stola aus der Suite holen?“ Barbara fröstelte. „Das wäre lieb von dir.“

„Aber natürlich.“ Sie reichte ihm ihre Schlüsselkarte, und Bernhard verließ das Restaurant. Barbara wandte sich an Miriam, die ihre Suppe kaum anrührte.

„War es heute nicht schön im Museum?“, fragte sie. Miriam schüttelte den Kopf. Ach, wie sollte sie es Barbara erklären? Zwischen Bernhard und ihr kriselte es gewaltig.

Er warf ihr vor, dass sie misstrauisch war. Und sie warf ihm vor, er käme mit ihrem Reichtum nicht zurecht. Die Situation war verfahren. Sie wünschte sich, er würde einen Schritt zur Versöhnung machen …

„Danke, Bernhard, das ist nett von dir." Barbara legte sich die Stola um die Schultern, und sie beendeten das Dinner. Danach schlug Barbara vor, noch einen kleinen Bummel zu machen, doch Miriam und Bernhard lehnten ab. Sie waren beide müde.

Als sie allein waren, hielt Miriam es nicht länger aus.

„Warum können wir nicht einfach wieder zur Tagesordnung übergehen?", fragte sie. „Warum müssen wir uns wegen dieser dummen Geldgeschichte streiten, Bernhard?"

Er schüttelte den Kopf und setzte sich aufs Bett. „Ich weiß es nicht, Miriam. Ich kann das nicht mehr."

„Was sagst du da?"

Er wirkte so hilflos. Seine blauen Augen hatten ihren Glanz eingebüßt.

„Ich kann nicht mit dir zusammen sein, wenn jedes meiner Worte erst abgeklopft wird, ob nicht vielleicht doch eine versteckte Kritik an deinem Reichtum dahintersteckt. Miriam, ich liebe dich. Aber du verhältst dich so, dass ich es dir unmöglich recht machen kann. Dein Misstrauen …"

Er sprach nicht weiter, sondern trat zum Kleiderschrank. Er zerrte seine Reisetasche heraus und begann, wahllos seine Sachen hineinzuwerfen. Plötzlich hielt er inne und zog einen Briefumschlag aus dem Seitenfach.

„Ist der von dir?“, fragte er. „Ist das ...?“

Er schaute hinein und wurde aschfahl im Gesicht.

„Was ist denn?“, fragte Miriam. „Bernhard, was hast du denn?“

Sie rollte näher heran und nahm den Umschlag. Darin lag ungefähr ein Dutzend 500-Euro-Scheine ...

„Wie kann das sein?“, flüsterte sie. „Woher hast du das?“

Er trat zurück. „Ich weiß es nicht“, sagte er. „Ich habe keine Ahnung, wie das in meine Tasche kommt.“

„Lüg mich nicht an!“, schrie Miriam.

„Ich lüg dich nicht an! Aber siehst du, genau das meine ich, Miriam!“ Er ging vor ihr in die Knie und griff nach ihren Armen. „Du bist keinen vernünftigen Argumenten mehr zugänglich. Du siehst nur das, was du sehen willst, das, was in dein Schema passt. Und für dich heißt das, jeder Mann will nur dein Geld haben. Verstehst du nicht, dass ich überhaupt keine Chance habe?“

„Woher hast du das Geld?“, fragte Miriam erneut.

„Ich hab es dir gesagt“, sagte Bernhard. „Ich habe keine Ahnung, wie es in meine Tasche gekommen ist. Und wenn du mir nicht glaubst ...“ Er schüttelte den Kopf.

„Ich geh wohl besser.“

Er warf die letzten Sachen in die Tasche und stand auf. „Lebwohl, Miriam. Ich habe gedacht, es könnte klappen mit uns beiden.“

Die Tür klappte hinter ihm zu. Miriam stiegen Tränen in die Augen. Sie weinte hemmungslos, und mit ihren Tränen durchnässte sie den Briefumschlag in ihren Händen.

Zehn Minuten später klopfte es leise. Miriam rollte, so schnell es ging, zur Tür. Bitte, lass es Bernhard sein, flehte sie. Lass ihn zurückkommen.

Doch es war Barbara. Sie runzelte die Stirn, als sie Miriams verweintes Gesicht sah.

„Was ist denn mit dir passiert?", fragte sie. „Und wo ist Bernhard?"

„Er ist fort", flüsterte Miriam. „Wir haben uns gestritten, und dann hat er ... Er ist fort."

„Komisch, ich wollte ihn eigentlich fragen, ob er vorhin in meinem Zimmer einen Briefumschlag gesehen hat. Ich war natürlich so leichtsinnig und habe ihn auf dem Tisch liegen lassen, bevor wir zum Essen gingen."

„Meinst du den hier?" Miriam hielt mit zitternder Hand den Umschlag hoch.

„Ja, das ist er wohl ... Ich habe mein Bargeld darin aufbewahrt, und eigentlich war er immer im Safe."

Dann hatte Bernhard sie belogen ... Er wusste, woher das Geld kam. Er hatte es genommen und versuchte, sich selbst als Opfer einer Intrige hinzustellen ... Miriam brach erneut in Tränen aus, und es dauerte eine Zeit, bis Barbara alles aus ihr herausbekam.

„Ach, mein armes Mädchen", sagte Barbara und strich Miriam tröstend über den Rücken. „Es tut mir so leid ..."

12. KAPITEL

Bernhard war fort. Und er kam nicht zurück. Er ging nicht ans Telefon, er antwortete nicht auf die Briefe, die Miriam ihm schrieb. Es war, als hätte es ihn nie gegeben, und als das Semester wieder anfing, erfuhr Miriam von einer Kommilitonin, dass er einen Forschungsauftrag in Südengland angenommen hatte.

Das war das Letzte, was Miriam über Bernhard erfuhr. Mit dieser Nachricht verschloss sie sich. Sie wollte nichts mehr hören! Bernhard hatte sie verlassen, weil sie ihm nicht vertraut hatte, weil es zu viele Missverständnisse zwischen ihnen gegeben hatte. Ja, es war vorbei. Endgültig vorbei …

Miriam vergrub sich in ihrem Schmerz. Sie wollte niemanden sehen, einfach alleine sein. Sie kam an den Wochenenden nicht mehr nach Hause und stürzte sich mit so viel Eifer und Enthusiasmus in das Studium, als wollte sie damit vergessen, was geschehen war.

„Ach, komm doch endlich aus deinem Schneckenhaus heraus“, beschwor Barbara ihre Stieftochter, als sie das nächste Mal telefonierten. „Seit drei Wochen verkriechst du dich jetzt schon, das kann doch so nicht weitergehen!“

Miriam seufzte. Diesen Spruch hörte sie von Barbara nun schon seit zehn Tagen. Aber sie wollte es nicht anders. Für sie waren die Tage grau und trüb, seit Bernhard nicht mehr da war. Sie vermisste ihn. Sie wollte so gerne wieder mit ihm sprechen, sich mit ihm versöhnen, aber sie ahnte, das war unmöglich. Er hatte alle Leinen hinter sich gekappt. Sein Weggang nach Südengland hatte es ihr eindrucksvoll gezeigt: Für Bernhard gab es keine gemeinsame Zukunft mehr.

Und wenn sie auch einen Moment darüber nachgedacht hatte, Bernhard nachzureisen – den Gedanken verwarf sie schnell wieder. Es war zu kompliziert für sie. Wieder einmal legte ihre Krankheit ihr zusätzliche Steine in den Weg.

„Mama, ich kann nicht. Bitte, ich möchte im Moment einfach nur alleine sein."

„Kann ich dich denn gar nicht aufmuntern?"

„Ich glaube nicht, nein." Miriam lächelte traurig.

„Roman fragt schon immer nach dir. Er meint, er würde gerne was mit dir unternehmen, aber du reagierst nicht, und ans Telefon gehst du auch nicht."

„Ich habe viel zu tun, Mama."

Barbara seufzte. „Ja, ich weiß. Es tut mir leid, dass alles so kommen musste."

„Mir tut es auch leid." Miriam spielte gedankenverloren mit den Fransen der Decke, die sie sich über die Knie gelegt hatte. Sie fror immerzu. Sie wusste nicht, warum das so war, aber egal, wie dick sie sich auch anzog, ihr war ständig kalt.

„Komm wenigstens am Sonntag mal wieder vorbei."

„Vielleicht. Ich schau mal." Miriam legte auf. Sie wollte doch nur allein sein – konnte sie denn nicht endlich einfach nur ihre Ruhe haben?

Sie saß im Gewächshaus und pikierte winzige Setzlinge. Die Arbeit beruhigte sie, und sie fühlte sich inmitten der Pflanzen viel wohler als mit ihren Kommilitonen im Hörsaal. Sie hatte diese zeitraubende Aufgabe freiwillig übernommen.

„Ich wusste, dass du hier sein würdest."

Miriam fuhr herum. Hinter ihr stand Roman und lächelte. „Ich habe dich gesucht", sagte er.

„Was gibt es?", fragte Miriam abweisend und wandte sich wieder den Pflänzchen zu, die sie in winzige Töpfe setzte.

„Ich will mit dir reden."

Roman zog einen Eimer heran, drehte ihn um und setzte sich drauf. „Hey", sagte er leise. „Ich hab gehört, dass Bernhard nicht mehr da ist. War das geplant? Ich meine ..."

Miriam piekste verbissen auf die Setzlinge ein, um sie voneinander zu trennen.

„Nein, das war nicht geplant. Im Gegenteil. Aber in Paris sind einfach Sachen passiert ..."

Sie wandte das Gesicht ab, holte tief Luft und versuchte, ihr rasendes Herz wieder unter Kontrolle zu bringen. Sobald sie an Bernhard dachte, tat es weh und hüpfte aufgeregt in ihrer Brust. Sie ertrug es nicht. Es tat weh. An manchen Tagen wich der Schmerz einer stillen Resignation, aber heute konnte sie nicht vergessen, was passiert war. Er hatte das Geld gestohlen, hatte sie belogen und ihr vorgeworfen, ihm gegenüber misstrauisch zu sein!

Oh, wie hatte sie sich nur so sehr in Bernhard täuschen können? Hieß das etwa, dass sie sich von allen Männern täuschen ließ? Lag es wirklich nur am Geld, oder lag es an ihr? War sie wirklich zu misstrauisch, um einem Mann überhaupt die Chance zu geben, die er verdiente?

„Dann seid ihr auseinander?“

Miriam lachte bitter. „So kann man es auch nennen.“

Roman war ehrlich betroffen. „Entschuldige, ich wusste ja nicht ...“

Natürlich wusste er davon. Barbara hatte es ihm erzählt, gleich nachdem sie aus Paris zurückkam, in bester Stimmung. Sie hatte Roman angerufen und ihn gebeten zu kommen, sie habe einiges mit ihm zu besprechen. Letztlich ging es darum, das weitere Vorgehen abzuklären. Wenn es nach Barbaras Willen ging, sollte Roman nach und nach versuchen, mit Miriam eine Vertrauensbasis zu schaffen, die später vielleicht sogar eine Beziehung möglich machte. Und dann ...

Aber darüber wollte Roman nicht nachdenken. Im Moment lautete sein Auftrag, Miriam von ihrem Liebeskummer zu befreien. Und er tat dies nicht nur, weil Barbara es von ihm verlangte. Nein, es ging ihm auch um Miriam.

Wie traurig sie aussah ... Es zerriss ihm fast das Herz. Er hatte es anfangs nicht für möglich gehalten, aber inzwischen war er sicher, dass er sich in Miriam verliebt hatte. Der Auftrag, mit Miriam eine Beziehung einzugehen, war ihm mehr und mehr zur Herzensangelegenheit geworden. Er wollte Miriam glücklich machen. Er wollte, dass sie in seinen Armen vergaß, was Bernhard ihr angetan hat.

„Und ich kann gar nichts für dich tun?“, fragte Roman leise.

Miriam schüttelte den Kopf.

„Schade.“ Er stand auf. „Ich hab gedacht, ein kleiner Wochenendtrip könnte dich auf andere Gedanken bringen.“

„Ich hatte in letzter Zeit einen Wochenendtrip zu viel“, sagte Miriam. Sie blickte ihn an, und ein zartes Lächeln umspielte ihre Lippen. „Komisch, nicht wahr? Im ersten Moment glaubt man, die Welt geht unter und man wird nie wieder lachen können. Und dann kommst du, und ich kann schon wieder Scherze machen.“

Roman nickte. „Das ist ein gutes Zeichen, findest du nicht?“

Sie schüttelte entschieden den Kopf. „Ich bin noch nicht drüber hinweg.“

Doch als Roman an der Tür stand, rief sie nach ihm.

„Dieser Wochenendausflug – woran hast du gedacht? Wohin wolltest du mit mir fahren?“

„Ich dachte an Rom. Rom soll im Frühling wunderschön sein. Es gibt viel zu sehen.“

„Rom im Frühling … Und wann?“

„Am Pfingstwochenende?“

„Lass mich ein wenig darüber nachdenken“, sagte Miriam.

Roman wusste, sie würde mitkommen. Sie konnte dieser Einladung unmöglich widerstehen – und wenn sie darüber nachdachte, hieß das nicht, dass sie es ernsthaft wollte?

„Ich finde, du solltest dich nicht von heute auf morgen dem nächsten Mann hingeben“, sagte Viktoria.

„Herrje, wer spricht denn davon?“, fragte Miriam. „Es ist nur eine kleine Reise, ein Wochenende in Rom. Er lädt mich ein, wir verbringen ein paar schöne Tage.“

Viktoria war für ein Wochenende nach München gekommen. Und obwohl sie müde wirkte, weil das Studium ihr viel abverlangte, ließ sie es sich nicht nehmen, für Miriam da zu sein und sie zu unterstützen.

„Was findest du an Roman?“, fragte Viktoria. „Ich meine, auf mich macht er nicht gerade den Eindruck, als wäre er der Typ Mann, den du für alle Zeiten lieben wirst.“

Miriam lächelte. „Weißt du noch, wie ich früher deinem Bruder eine Szene nach der nächsten gemacht habe, weil er mit den gleichaltrigen Mädchen auf dem Scheunenboden getanzt hat?“

Viktoria grinste. „Du warst eifersüchtig! Und hast getobt, wenn man dich nicht ernst nahm.“

„Aber sieh mal, das hier ist was anderes. Felix war für mich immer unerreichbar. Und das ist inzwischen lange her … Heute muss ich mich doch der Realität stellen.“

„Und was heißt das?“

Miriam zuckte mit den Schultern. „Die Suche nach dem Märchenprinzen ist nicht einfach“, sagte sie.

„Nein, das ist sie nicht.“

„Wie geht es Felix?“

Viktoria überlegte. „Ich weiß es nicht“, gestand sie

schließlich. „Er ist sehr verschlossen und … Nachdem sich die Sache mit Marina zerschlagen hat …"

„Kann ich verstehen."

„Also willst du mit Roman nach Rom fahren." Viktoria griff nach der Zuckerdose und gab ein Stückchen in ihren Kaffeebecher. „Ich meine, ich will es dir nicht ausreden, es ist deine Sache. Ich finde nur, das geht zu schnell."

„Das hab ich eben auch gedacht. Aber bis Pfingsten sind es noch ein paar Wochen. Und ich will Bernhard wirklich vergessen, Viktoria. Mit Roman wird mir so etwas wie mit ihm nicht passieren. Seine Familie ist auch reich."

„Dann ist ja alles in bester Ordnung …"

Doch Miriam merkte Viktorias Reaktion an, dass eben nichts in Ordnung war. Sie blickte Viktoria erwartungsvoll an.

„Nein, lass nur. Ich sag nichts mehr dazu. Ich habe beide kennengelernt, und mein Urteil steht fest: Bernhard passt zu dir. Bei Roman kann ich das unmöglich sagen, dafür weiß ich einfach zu wenig über ihn."

„Vertrau mir", sagte Miriam, obwohl sie selbst an sich zweifelte.

Doch Roman vermochte es, alle Zweifel aus dem Weg zu räumen. In den nächsten Wochen wich er kaum von ihrer Seite, und nachdem sie ihm endlich gesagt hatte, dass sie ihn nach Rom begleiten würde, kannte seine Freude kaum Grenzen. Er umarmte sie stürmisch und küsste sie auf die Wange. Im selben Moment spürte er wohl, dass er Miriam etwas überrumpelt hatte, doch sie wischte seine

Bedenken schnell beiseite.

„Ist schon in Ordnung", sagte sie.

Und mit Romans Hilfe überwand sie Schritt für Schritt den Liebeskummer, der sie gefangen gehalten hatte. Sie begann, das Leben wieder zu genießen. Gemeinsam unternahmen sie immer mehr, gingen zu Konzerten oder ins Theater, trafen sich regelmäßig zum Mittagessen. Und wie selbstverständlich begleitete Roman sie sonntags zu ihrer Mutter.

Als er sie eine Woche vor der Abreise nach Rom fragte, ob es ihr etwas ausmachen würde, wenn sie eine gemeinsame Suite bezogen, schüttelte Miriam den Kopf.

„Dann kannst du in meinen Armen einschlafen", sagte er leise und lächelte sie liebevoll an.

„Ich glaube, das wird sehr schön", flüsterte Miriam. Und sie küssten sich das erste Mal.

Gutgelaunt lenkte Roman den schnittigen Sportwagen in die Einfahrt der Villa Heidenberg. Er hatte eine letzte Verabredung mit Barbara, bevor er mit Miriam nach Rom flog. Es gab noch einiges zu klären …

Barbara erwartete ihn bereits. Sie trug ein blassrosafarbenes Kostüm, das ihren Körper an den richtigen Stellen betonte und ihr sehr gut stand. Roman musterte sie. Früher hätte Barbaras Anblick ihn schier verrückt gemacht. Früher hatte er sie begehrt. Aber das war vorbei.

Er liebte Miriam.

„Nun, was gibt es?", fragte Barbara. Sie wies einladend

auf die Sitzgruppe, und Roman warf sich auf das Sofa.

„Ich brauche Geld“, sagte er ohne Umschweife.

Barbara hob in gespieltem Erstaunen die Augenbrauen. „Ist das so?“

Er zuckte mit den Achseln. „Das Leben ist teuer, wenn ich deine Tochter verwöhnen soll. Das soll ich doch weiterhin, oder?“

Barbara lächelte schmal. „Ein bisschen noch, ja.“

Roman horchte auf. Was hieß das? Wollte Barbara etwa andeuten, dass sein Auftrag nur noch eine begrenzte Dauer haben sollte?

„Wie weit bist du mit Miriam?“, fragte sie forsch.

Roman rutschte unbehaglich auf dem Sofa herum. „Wir sind inzwischen ein Paar, denke ich. Sie hat die Enttäuschung mit Bernhard überwunden.“

„Sehr schön. Verwöhne sie. Gib ihr das Gefühl, einzigartig zu sein. Und den Rest überlässt du einfach mir.“

„Ich weiß nicht …“ Roman zögerte. „Hör mal, Barbara. Das war zu Beginn ja ein hübsches Spiel, und ich habe wirklich gerne auf Miriam aufgepasst. Aber was du jetzt von mir verlangst …“

„Ich verlange nichts von dir. Noch nicht“, fügte Barbara hinzu. „Aber wenn ich den Zeitpunkt gekommen sehe, wirst du Miriam verlassen. Du bekommst eine großzügige Entlohnung für deine Dienste. Aber dann lässt du dich in Miriams Nähe nicht mehr blicken, ist das klar?“

Roman schüttelte den Kopf. „Nein“, widersprach er heftig. „Ich mach da nicht mehr mit, Barbara. Was du deiner Tochter antust, das … Vermutlich hast du auch etwas damit zu tun, dass Bernhard so schnell aus Miriams Leben verschwunden ist. Ist es das? Willst du sie brechen? Willst du aus Miriam ein berechenbares Geschöpf machen, das nur dir gehorcht?“

„Was ich will, lass nur meine Sorge sein“, erwiderte Barbara kalt. „Erledige du nur deinen Job.“ Sie stand auf und trat an den Sekretär. Sie zog ihr Scheckheft aus einer Schublade und setzte den Füller an.

„Und wenn es dir einfallen sollte, irgendwas zu tun, das mir nicht passt …“ Sie unterschrieb schwungvoll und wedelte mit dem Scheck durch die Luft, damit die Tinte schneller trocknete. „Ich habe mehr als genug Beweise, die dich vor Miriam völlig unglaubwürdig machen würden. Sieh es ein, Roman – du hast keine Chance.“

Er stand auf und schnappte nach dem Scheck. Nach einem kurzen Blick auf die Summe steckte er ihn in die Brusttasche seines Hemdes.

„Es scheint dir sehr viel daran gelegen zu sein, Miriam unglücklich zu machen“, sagte er leise. „Ich wüsste nur zu gerne, warum du das tust.“

„Ich glaube nicht, dass du dir darum irgendwelche Sorgen machen musst. Nimm das Geld und verschwinde. Wenn ich irgendwas von dir brauche, melde ich mich bei dir.“

Roman verließ die Villa. Er war wütend, und plötzlich erfasste ihn eine große Leere. Eines Tages würde Barbara ein feines Netz aus Lügen und Intrigen spinnen, um sie auseinanderzubringen. Und dann würde er Miriam verlieren.

Er startete den Motor. Kies spritzte auf, als er den Wagen schwungvoll zurücksetzte und mit durchdrehenden Reifen anfuhr.

Er wollte Miriam nicht verlieren. Aber ließen Barbaras Pläne ihm eine andere Wahl?

Nein, er wollte kämpfen. Er würde kämpfen! Er würde nicht tatenlos zusehen, wie Barbara seine geliebte Miriam ins Unglück stürzte! Er hatte gerade erst eine Ahnung davon bekommen, wie schön es an ihrer Seite sein konnte, und er würde all das nicht für Barbaras intrigante Pläne aufgeben.

Aber er musste behutsam vorgehen. Barbara durfte von seinen Bestrebungen ebenso wenig etwas bemerken wie Miriam.

Er musste vorsichtig sein. Aber er wusste, es lohnte sich zu kämpfen – für Miriam und ihr gemeinsames Glück.

Und wenn er Miriam die Wahrheit sagte?

Sie waren in Rom. Miriam genoss die Reise. Sie wollte alles besichtigen, und auch abends kam sie kaum zur Ruhe. Mit Roman am Fuße der Spanischen Treppe beisammenzusitzen und die Römer zu beobachten, die mit ihren Vespas vorbeisausten, zumeist eine junge Frau mit langem, dunklem Haar auf dem Sozius, gefiel ihr. Und überall bemerkte man die Lebensfreude der Menschen.

Sie hatten das Pantheon besichtigt und erholten sich in

einem Straßencafé.

„Was ist eigentlich mit dir los? Seit Tagen bist du schon so komisch“, sagte Miriam.

„Ich weiß nicht, was du meinst“, sagte Roman ausweichend.

„Ach, komm schon. Stimmt irgendwas nicht? Hast du es dir anders vorgestellt, mit mir in Rom zu sein?“

Roman lächelte müde. „Rom ist wunderbar“, sagte er. „Und du bist die beste Reisebegleitung, die ich mir vorstellen kann.“

„Aber irgendwas hast du doch.“

Miriam musterte Roman besorgt. Was war nur mit ihm los? Er schien oft mit seinen Gedanken woanders zu sein, und wenn Miriam ihn darauf ansprach, reagierte er abweisend, manchmal sogar direkt feindselig.

„Es ist alles in bester Ordnung“, betonte er. „Was meinst du, wollen wir uns morgen den Petersdom anschauen?“

„Du weichst mir aus!“ Spielerisch schlug Miriam ihn auf den Unterarm. „Ich mag das nicht!“

„Also gut.“ Er seufzte. Wie sollte er es nur sagen? Aber dann hatte er plötzlich wieder Barbara vor dem inneren Auge. „Ich habe dich in der Hand“ – hatte sie nicht genau das gesagt? Oh, verdammt. Was sollte er nur tun?

„Ich frage mich, ob wir vielleicht aus München wegziehen können.“

„Aus München fort?“ Miriam runzelte die Stirn. „Aber mein Studium …“

„Du kannst auch woanders Biologie studieren.“

„Und meine Freunde, meine Mutter ... Wie kommst du darauf?"

„Ich stelle es mir schön vor", sagte Roman bedächtig. „Stell dir vor, wir ziehen ins Ausland – es muss ja nicht gleich Australien sein." Er lächelte. „Wien stelle ich mir schön vor, oder was hältst du von Rom? Eine neue Stadt, viele neue Eindrücke, eine neue Sprache vielleicht sogar ..."

Die Firma seines Vaters stand vor dem Ruin. Aber das verschwieg Roman lieber. Früher oder später musste er sich nach einem Job umsehen, wenn er von Barbaras Zahlungen loskommen wollte – und wenn dies bedeutete, Miriam zu verlieren? Nein. Es musste einen anderen Weg geben.

„Was hältst du denn von Wien?", fragte Roman vorsichtig. „Von Wien wäre man schnell wieder in München, und auch Kitzbühel wäre nicht allzu weit weg."

Miriam lächelte. Roman wusste um ihre Leidenschaft für Kitzbühel.

„Wien klingt schön", sagte sie. „Aber du sagtest, Rom wäre auch eine Möglichkeit? Willst du denn auf jeden Fall ins Ausland? Ich meine ..." Ihre Stimme hatte plötzlich etwas Ängstliches.

„Nein, keine Sorge", beeilte sich Roman zu sagen. „Ich würde niemals gehen, wenn es bedeuten würde, dich allein zurückzulassen. Das verspreche ich dir. Aber Rom – das klingt schön, nicht wahr? Dort ist es das ganze Jahr über angenehm warm, und mit dem Flugzeug ist man in anderthalb

Stunden wieder in München."

„Wir könnten zurückkommen, wann immer wir wollen – ob das nun für eine Woche oder zwei ist oder für ein paar Tage."

„Heutzutage ist das ja nichts Ungewöhnliches mehr", bekräftigte Roman. „Man reist umher, und in wenigen Stunden ist man auf einem anderen Kontinent, wenn man möchte. Und Rom gefällt dir doch, nicht wahr?"

Miriams Augen glänzten. „Ja", sagte sie. Wie es wohl wäre, hier zu leben …?

„Dann würdest du mitkommen?"

„Ich weiß nicht." Miriam blickte auf ihre Hände, die im Schoß ruhten. „Es kommt alles so plötzlich …"

„Es war auch nur so eine Idee", sagte Roman beschwichtigend. „Du kannst ja erst mal dein Studium zu Ende bringen, und dann …" Er sprach nicht weiter.

Wie hoffnungsvoll Miriam ihn anblickte! Ihre blauen Augen ruhten voller Stolz und Liebe auf ihm.

Er durfte sie nicht verlieren. Aber was sollte er tun? Was konnte er tun? Wenn er Miriam die Wahrheit über die Machenschaften ihrer Stiefmutter erzählte – würde das etwas ändern? Würde Miriam ihm glauben? Oder doch Barbara?

Es war noch zu früh, um diese Fragen zu stellen. Miriam sollte glücklich sein, zusammen mit ihm. Und wenn Barbara eines Tages meinte, sie auseinanderzutreiben, dann blieb ihm nichts anderes übrig als zu hoffen, dass Miriam ihm glauben würde.

Obwohl er wusste, dass die Beweise eindeutig gegen ihn sprachen.

Der Sommer kam mit Macht. Miriam verbrachte jede freie Minute mit Roman. Sie war glücklich. An seiner Seite fühlte sie sich endlich sicher. Als Barbara vorschlug, zur Rennwoche nach Baden-Baden zu fahren, stimmte Miriam begeistert zu. Roman würde auch mitkommen, und sie wollten im besten Hotel der Stadt wohnen.

Und mit Roman war es auch so herrlich unkompliziert! Miriam war so froh, dass das Geld kein Thema für sie beide war, das machte alles so viel leichter. Er liebte sie um ihretwillen, und nicht, weil er sich davon Reichtümer erhoffte.

Sie blühte förmlich auf. Als sie Roman von der Rennwoche in Baden-Baden erzählte, verdüsterte sich seine Miene. „Ich glaube, ich hab da keine Zeit“, sagte er kurz angebunden.

„Ach bitte, tu mir das nicht an! Barbara freut sich auch schon, mit uns gemeinsam zu verreisen. Und es wird bestimmt schön, all die Empfänge, es gibt ein großes Sommerfest, und dann werden wir tagsüber auf der Rennbahn sein. Ist das nicht herrlich?“

Natürlich musste Roman ihr zustimmen. Aber ihn beschlich ein ungutes Gefühl. Er besuchte ein letztes Mal Barbara, und seine Ahnung bestätigte sich auf grausame Weise.

„Ich werde dich nach Baden-Baden nicht mehr

brauchen", sagte Barbara, als sie ihm den letzten Scheck ausschrieb. „Ich denke, es ist das Beste, die Sache jetzt zu beenden, meinst du nicht auch?"

„Nein!", schrie Roman. „Das kannst du nicht verlangen!"

Barbara lächelte kalt. „Ist das so? Wenn ich mich recht entsinne, haben wir eine Abmachung getroffen, Roman."

„Warum tust du das?", fragte Roman. Er seufzte, sank auf das Sofa und blickte zu Barbara auf, die am Sekretär stand und mit dem Scheck wedelte, damit die Tinte trocknete. „Miriam ist deine Tochter! Erklär es mir, ich will es verstehen! Warum ist dir so sehr daran gelegen, dass sie unglücklich ist?"

„Das geht dich nichts an", erwiderte Barbara kühl. „Dein Job wird nach unserer Rückkehr aus Baden-Baden erledigt, mehr brauchst du nicht wissen."

„Du hintergehst sie. Du betrügst sie um ihr Glück. Macht es dir Spaß, sie unglücklich zu sehen?" Roman sprang auf und trat zu Barbara. Sie maßen einander mit Blicken, doch Roman gab nicht nach.

„Weißt du, Roman, das ist interessant, dass du das ansprichst. Ich meine, du hintergehst Miriam doch auch, oder sehe ich da was falsch? Du gaukelst ihr falsche Gefühle vor und kassierst dafür eine nicht unbeträchtliche Summe ..."

„Ich gaukele ihr nichts vor", fuhr Roman dazwischen.

Barbara hob die Augenbrauen und musterte ihn. Dann hellte sich ihre Miene auf, und sie lachte.

Roman runzelte die Stirn. Was sollte das? Lachte sie ihn aus?

„Ich glaub es nicht, der Auftragsliebhaber meiner Tochter hat sich verliebt!“, rief Barbara. „Herrje! Das ist aber eine äußerst delikate Situation …“

Doch schlagartig wurde sie ernst.

„Versuch nicht, mir im Weg zu stehen“, sagte sie mit gefährlich leiser Stimme. „Glaub nur nicht, dass du Chancen hast, Miriam davon zu überzeugen, dass ich hinter der Sache stecke. Ich bin ihre Mutter, und ich beschütze sie schon seit Jahren vor habgierigen Männern. Was meinst du, wem wird sie mehr glauben?“

Roman antwortete nicht. Seine Gedanken drehten sich im Kreis. Würde Miriam ihm glauben?

„Ich werde mit ihr fortgehen“, sagte er schließlich. „Wir werden ins Ausland ziehen. Mir ist egal, wohin es uns verschlägt, aber ich will, dass Miriam endlich aus deinem Dunstkreis herauskommt. Du machst sie mit deinem kranken Verhalten doch noch völlig kaputt!“

Barbaras Augen verengten sich. „Das würdest du tun?“, fragte sie. „Du würdest mit Miriam woanders von vorne anfangen wollen?“

Roman erwiderte nichts. Er atmete tief durch. „Ich werde um Miriam kämpfen“, sagte er. „Und wenn ich ihr erzählen muss, was ich getan habe, dann gehört das dazu. Aber sie wird mir glauben, wenn sie sieht, was du ihr antust.“

Barbara schüttelte den Kopf. „Wenn du dich da mal

nicht irrst … Aber bitte, es ist deine Sache. Tu, was du nicht lassen kannst."

„Was wird sie wohl von dir denken, wenn sie von deinem Verrat erfährt?", fragte Roman herausfordernd.

„Das lass nur meine Sorge sein", erwiderte Barbara kühl. „Ich habe meine Mittel und Wege …"

Die Rennwoche in Baden-Baden war *das* gesellschaftliche Ereignis des Sommers schlechthin. Wer etwas auf sich hielt, mietete sich eine Suite in einem der zahlreichen Luxushotels und blieb für die ganze Woche. Es war eine wunderbare Gelegenheit, zu sehen – und gesehen zu werden. Und Barbara nutzte die Rennwoche Jahr für Jahr, um ihre gesellschaftlichen und geschäftlichen Kontakte zu pflegen und den Sport zu genießen.

Dieses Jahr bereitete sie sich besonders gewissenhaft auf diese Woche vor. Sie hatte zwei nebeneinanderliegende Suiten reserviert, und als sie mit Miriam und Roman am Samstagnachmittag anreiste, fühlte sie, wie sich eine gewisse Hochstimmung ihrer bemächtigte.

Intrigen waren ihr Lebenselixier. Und ihr Ziel schien zum Greifen nahe – denn wenn alles so klappte, wie sie es sich vorstellte, würde Miriam kaum noch einmal Anstalten machen, einen Mann nah an sich heranzulassen.

Sie trafen sich abends im Restaurant zu einem exquisiten Dinner. Das Essen war von erlesener Qualität, die badischen Weine spritzig und ausgewogen. Es war ein perfekter Abend.

Miriam strahlte vor Glück, und Roman zweifelte plötzlich nicht mehr daran, dass die gemeinsame Zukunft mit ihr, und er konnte sich nicht Schöneres vorstellen, zum Greifen nah war. Er musste nur noch den richtigen Moment abpassen, um mit ihr darüber zu reden, wie ernst es ihm damit war.

Doch Miriam kam ihm zuvor.

„Stell dir vor, Roman und ich haben uns überlegt, ins Ausland zu gehen." Gerade wurde das hausgemachte Pistazieneis serviert. Barbara hielt in der Bewegung inne und blickte zwischen Roman und Miriam hin und her.

„Ins Ausland?", echote sie mit Erstaunen, und Roman bemerkte, wie sie ihn scharf musterte. „Das kommt aber überraschend."

Miriam strahlte. „Nicht wahr? Aber ich finde die Idee toll. Was hältst du von Rom? Du kannst uns natürlich jederzeit besuchen", fügte sie eilig hinzu, als sie bemerkte, dass Barbara die Stirn runzelte.

„Das kommt wirklich sehr überraschend", wiederholte Barbara langsam.

„Aber ich stell mir das toll vor", sagte Miriam. „Roman könnte sich dort einen Job suchen, und ich studiere ein paar Semester im Ausland. Es wäre ja auch nicht für immer."

„Nein, natürlich nicht", sagte Barbara. Sie winkte den Kellner heran und wies ihn an, ihr Wein nachzuschenken. Sie griff nach dem Glas und nahm einen großen Schluck.

„Entschuldige, ich wollte dich damit nicht überrumpeln", sagte Miriam leise. „Es war nur … Ich freu mich so!“ Sie streckte die Hand nach Roman aus und drückte seine Rechte. Er lächelte sie liebevoll an. Er bewunderte Miriam. Sie war so mutig! Und stark! In diesem Moment war er sicher, dass sie die grausame Wahrheit ertragen würde …

Rom! Miriam lag auf dem Hotelbett und lächelte still in sich hinein. Sie konnte es noch gar nicht fassen, dass Roman und sie wirklich ernsthaft erwogen, ins Ausland zu gehen! Doch das hatte sie nicht geträumt. Sie wollten tatsächlich schon bald wieder nach Italien fliegen, um sich nach einer Wohnung umzusehen …

Jetzt war alles möglich! Sogar, dass sie jetzt einen erneuten Versuch unternahm, das Laufen zu lernen. Seit ihrer überstürzten Abreise aus Nizza hatte Miriam sich nicht mehr damit beschäftigt.

Aber Romans Liebe gab ihr Kraft, und sie würde kämpfen! Er liebte sie, er trug sie auf Händen, las ihr jeden Wunsch von den Augen ab … Konnte es etwas Schöneres für sie geben?

Aber eine merkwürdige Traurigkeit erfasste sie in manchen Momenten. Sie vertrieb die düsteren Gedanken. Es gab kein Misstrauen, keine Missverständnisse, es war alles perfekt! Sie vertrieb die dunklen Gedanken.

Ein leises Klopfen an der Tür ließ Miriam aufschrecken. Kam Roman zurück? Sie hatte nach dem anstrengenden Tag auf der Rennbahn ein wenig ausruhen wollen, und Roman hatte sich verabschiedet, weil er einen kleinen Spaziergang machen wollte.

„Roman?“ Wieder gab es ein merkwürdiges Klopfen, dann hörte sie, wie sich der Schlüssel im Schloss drehte.

Roman trat ein. „Miriam, mein Liebling“, sagte er mit schwerer Zunge, dann plumpste er in den Sessel am Fußende des Bettes und schloss die Augen.

„Roman, was ist los? Hast du getrunken?“

Miriam war beunruhigt. So kannte sie Roman gar nicht. Er hatte nur einen Spaziergang machen wollen und kam nach zwei Stunden betrunken zurück?! Was war nur passiert?

„Alles in Ordnung, mein Liebchen.“ Roman richtete sich auf. Er stand schwankend auf und wankte durchs Zimmer. „Wir müssen uns fürs Dinner umziehen, Liebchen.“

„Roman, warum hast du getrunken?“ Miriam war besorgt. „Soll ich dir einen Kaffee bestellen?“

„Das wäre eine tolle Idee. Ich geh duschen“, nuschelte Roman, dann schlug er die Badezimmertür hinter sich zu. Miriam starrte hinter ihm her. Dann griff sie zum Telefonhörer und bestellte beim Zimmerservice eine Kanne besonders starken Kaffee.

Nach zwei Stunden brachten der Kaffee und die eiskalte Dusche Roman wieder zur Vernunft. Er schüttelte das schwammige Gefühl der Trunkenheit ab und setzte sich zu Miriam aufs Bett.

„Tut mir leid“, sagte er. „Das eben, das …“

„Schon gut. Warum warst du nicht spazieren?“

Roman seufzte. Was sollte er schon sagen? Er war nicht

spazieren, weil er auf dem Weg an der Hotelbar vorbeigekommen war, und er wusste zwar, dass Alkohol keine Lösung war, aber genauso wusste er, dass er nicht mehr viel Zeit hatte. Jeden Moment konnte Barbara zum alles entscheidenden Schlag ansetzen, und das Warten machte ihn mürbe.

Er fand einfach nicht den Mut, Miriam die Wahrheit zu sagen. Seit zwei Tagen schon wartete er auf den richtigen Moment, doch immer, wenn er glaubte, den Mut zu finden, kam irgendwas dazwischen – und der Moment verstrich.

Das Telefon klingelte. Miriam hob ab, lauschte kurz und legte auf.

„Kannst du gerade Barbara helfen?“, fragte sie. „Sie hat Probleme mit ihrem Kleid. Und mir musst du gleich auch noch helfen, sonst kommen wir zu spät zum Dinner.“

Roman stand auf. „Klar, ich geh grad rüber.“

Die Suite lag auf der anderen Seite des Flurs. Er klopfte leise, und Barbara öffnete so schnell, als habe sie hinter der Tür auf ihn gewartet.

„Du meine Güte, hast du getrunken?“, fragte sie, nachdem sie ins Zimmer gezogen hatte. „Dafür gibt es ja wohl wirklich keinen Grund.“

„Was willst du?“ Roman verschränkte die Arme vor der Brust.

„Hat Miriam das nicht gesagt? Ich will, dass du mir mit meinem Kleid hilfst.“

„Also, bitte. Bringen wir es hinter uns.“ Roman blieb

nahe der Tür stehen und musterte Barbara feindselig. Sie stand im seidenen Negligé vor ihm.

„Gut, dann …"

Sie wandte sich von ihm ab, band den Mantel auf und ließ ihn von ihren Schultern gleiten. Sie wusste nur zu gut, welche Wirkung sie auf Männer hatte. Und auch Roman würde ihr nicht widerstehen können. Dazu war er viel zu schwach …

Roman lehnte sich an die Zimmertür. Er schloss für einen Moment die Augen, um die unbändige Wut zu zügeln, die plötzlich durch ihn hindurchströmte. Diese Hexe. Dieses Biest. Wenn er Miriam doch nur die Augen öffnen könnte …

„Ist alles in Ordnung?", fragte Barbara. Sie ging zum Bett, auf dem das Kleid, das sie an diesem Abend tragen wollte, bereitlag. „Hilfst du mir bitte?", gurrte sie und wandte ihm den Rücken zu. „Du solltest Miriam nicht zu lange warten lassen …"

Roman trat näher und zog den langen Reißverschluss mit einem Ruck nach oben. Seine Hände zitterten.

„Früher hast du mich lieber ausgezogen … Weißt du noch?"

„Das ist lange vorbei."

Sie drehte sich zu ihm um und ließ ihre Zungenspitze lasziv über ihre Lippen gleiten, bevor sie die Finger ihrer linken Hand abrupt in seiner Gürtelschnalle verhakte, während sich ihre Rechte in der Tasche seines Jacketts vergrub. „Und früher warst du nicht so schüchtern", flüsterte sie.

Roman starrte sie voller Abscheu an. Wie niederträchtig konnte ein Mensch sein?

Im gleichen Moment schlang sie ihre Arme um seinen Hals und küsste ihn.

Roman befreite sich mit schnellem Griff und sprang einen Schritt zurück.

Nein, diesen Triumph würde er ihr nicht gönnen.

Sie würde Miriam und ihn nicht mit ihren Lügengeschichten auseinanderbringen.

Barbara seufzte zufrieden, nachdem Roman aus dem Zimmer gestürmt war. Fast tat er ihr ein bisschen leid. Er schien Miriam ja tatsächlich aufrichtig zu lieben. Wie rührend. Sie lachte höhnisch auf. Glaubte er denn wirklich, dass er gegen sie eine Chance hatte?

Miriam seufzte und blickte auf die Uhr. Wie lange dauerte das denn noch? Roman war nun schon fast eine halbe Stunde bei Barbara.

Endlich hörte sie den Schlüssel im Schloss.

„Habt ihr das Kleid erst gekauft?“, fragte sie amüsiert, als Roman sich zu ihr hinunterbeugte und sie zart auf die Wange küsste. „Komm, wir müssen uns beeilen.“

„Ja, natürlich.“ Er sah sie lange an. In ihrem hellblauen Satinkleid sah sie aus wie ein Engel. Ja, sie war die Richtige für ihn, und er musste ihr endlich die Wahrheit sagen, bevor Barbara ihr Glück, ihre Liebe und ihre Zukunft mit einer weiteren Intrige zunichtemachte. Roman seufzte verhalten, gab sich schließlich einen Ruck und eilte ins Bad, um sich für das Essen fertig zu machen. Sein Jackett warf er achtlos aufs Bett.

„Was …?“

Roman streckte den Kopf ins Zimmer. Miriam hielt etwas Kleines, Schwarzes in der Hand und sah ihn fragend an.

„Was ist das?“, fragte sie. Ihre Stimme hatte jede Kraft verloren. Im selben Moment erkannte Roman, was sie da in der Hand hatte, und ihm wurde schlagartig schlecht.

„Roman, was ist das?“, fragte Miriam.

Er atmete tief durch und versuchte, die Übelkeit zu bekämpfen. Barbara, diese Schlange. Er war ihr in die Falle gegangen.

„Ich glaube, ich kann das erklären“, sagte er.

„Miriam, ich …“ Er streckte die Hand nach ihr aus.

„Fass mich nicht an!“, fauchte Miriam. „Wem gehört dieser Slip?“

Er schloss die Augen. Wenn er jetzt nicht die Wahrheit sagte, war er ihrer nicht würdig. „Er ist von Barbara“, murmelte er wie betäubt.

Miriam erstarrte, und als er sie anblickte, wusste er, dass er verloren hatte.

„Sag das noch mal“, forderte sie mit leiser Stimme.

„Ich …“ Er hob in einer hilflosen Geste die Hände. „Das ist Monate her …“, stammelte er verzweifelt. „Das hatte nichts zu bedeuten …“

„Sei still!“

„Miriam! Ich liebe dich! Lass mich doch erklären …“

„Nein!“, murmelte Miriam tonlos. „Nein, ich will nichts hören!“

Sie blickte ihn an. In ihren blauen Augen glitzerten Tränen.

„Sag mir einfach, dass es nicht stimmt“, flehte sie. „Sag mir, dass ihr nicht ...“

Er schüttelte den Kopf.

„Ich kann dich nicht belügen“, sagte er leise. Aus seinem Gesicht war jegliche Farbe gewichen. Er stand langsam auf.

Miriam warf den kleinen Stofffetzen weit von sich.

„Lass mich allein“, flüsterte sie.

Mit hängenden Armen stand Roman neben dem Bett. Miriam hatte sich von ihm abgewandt. Sie schluchzte leise.

„Miriam, lass mich erklären ...“

„Geh!“, zischte sie. „Pack deine Sachen und geh ...“

Er stand noch einen Moment neben dem Bett.

„Miriam ...“

„Verschwinde!“, schrie sie, und Roman von Bortschek verließ den Raum.

„Miriam?“ Barbara klopfte an die Tür der Suite. „Miriam, bist du noch da?“ Sie legte ihr Ohr an die Tür und lauschte. Drinnen war alles still.

„Miriam, hörst du mich? Geht es dir gut?“

Barbara blickte sich suchend um. Nie war das Personal in der Nähe, wenn man es brauchte!

„Bitte mach die Tür auf, Miriam."

Die Tür öffnete sich einen Spalt. Barbara trat ein. Miriam saß im Rollstuhl, das Haar zum Pferdeschwanz gebunden, das Gesicht dezent geschminkt. Trotzdem sah Barbara ihr an, dass sie geweint hatte.

„Was ist denn passiert?", fragte sie scheinheilig.

Miriam drehte den Rollstuhl mit hastigen Handbewegungen um und sah ihrer Stiefmutter forschend in die Augen, bevor sie verzweifelt den Kopf schüttelte, die Hände vors Gesicht schlug und in Tränen ausbrach.

„Roman und du ...", schluchzte sie. „Seit wann ...?"

„Miriam ..." Barbara kniete neben Miriams Rollstuhl nieder und griff nach ihren Händen. Sanft bog sie sie vom Gesicht fort.

„Miriam, ich wollte dir nie wehtun. Glaub mir. Wenn ich gewusst hätte ..."

„Was ist passiert?", fragte Miriam leise.

Barbara hockte sich auf die Bettkante. „Ich gebe zu, ich bin nicht ganz unschuldig daran. Roman und ich haben uns regelmäßig zum Golfen getroffen, und eines Tages ist es eben passiert ... Damals warst du mit Bernhard glücklich, und ich hätte nie gedacht, dass diese kleine Affäre solche Probleme bringen würde."

Sie atmete tief durch. „Als Roman sich in dich verliebt hat, hatten wir diese Episode schon längst beendet, und ich glaubte, es würde ... ich habe gedacht, er würde dich wirklich lieben. Und ich habe mich für euch gefreut. Aber dann kam er zu mir und verlangte Geld."

Miriam erstarrte plötzlich.

„Aber warum denn?", flüsterte sie mit tränenerstickter Stimme. „Er ist doch auch … ich meine, seine Familie …?"

„Das habe ich auch gedacht. Du kannst dir vorstellen, wie entsetzt ich war. Ich habe Nachforschungen angestellt. Das Unternehmen seiner Familie steht vor dem Bankrott. Er hat nichts. Und er erpresste mich. Wenn ich nicht zahlte, würde er dir von uns erzählen."

Barbara zuckte hilflos mit den Schultern. „Was hätte ich denn tun sollen?", fragte sie. „Ich wollte nicht, dass du schon wieder enttäuscht wirst. Und als er eure gemeinsame Zukunft in so leuchtenden Tönen ausgemalt hat, habe ich geglaubt, er liebt dich wirklich."

„Und dann?", flüsterte Miriam.

Barbara rang um Fassung. „Dann kam er heute Abend zu mir und verlangte mehr. Er wollte alles. Dich, das Geld und … mich." Barbara schüttelte den Kopf. „Er hat mich nur benutzt …"

Miriam blickte beiseite. „Ich soll wohl nicht glücklich werden."

„Miriam … es tut mir so leid …"

„Ich möchte jetzt gerne allein sein", sagte Miriam leise.

Barbara stand auf. „Natürlich", sagte sie gefasst. „Ich schaue später noch mal nach dir."

Sie ging und ließ Miriam mit ihren Gedanken allein.

Miriam griff nach der Stola auf dem Bett und legte sie sich um die Schultern. Dann rollte sie zur Balkontür und stieß sie weit auf. Der Balkon ging hinaus zum Park, der um diese Zeit langsam in das Dunkel der Nacht getaucht wurde. Eine milde Brise wehte ihr Haar in das zarte Gesicht, das vom Schmerz gezeichnet war.

Verloren! Sie hatte alles verloren. Barbara hatte recht.

Sie würde niemals einen Mann finden, der sie um ihretwillen liebte.

Sie würde niemals glücklich werden.

Sie würde immer nur die Erbin des Heidenberg-Vermögens sein.

Und allein …

– ENDE –

Valerie Schönfeld
Sturm der Liebe
Bittersüße Küsse

Der spannende Hintergrundroman zu „Sturm der Liebe“, der nicht nur verrät, woher Lauras Leidenschaft für Pralinen kommt, sondern auch von ihrer ersten großen Liebe erzählt …

Band-Nr. 75024
7,95 € (D)
ISBN-10: 3-89941-281-8
ISBN-13: 978-3-89941-281-9
304 Seiten

Valerie Schönfeld
Sturm der Liebe
Der Traum vom Abenteuer

Alexander weiß, was er will. Im „Fürstenhof“ in die Fußstapfen seines Vaters treten – mit Katharina an seiner Seite. Doch dann bricht er nach Kanada auf, und seine Zukunftspläne geraten ins Wanken …

Band-Nr. 75025
7,95 € (D)
ISBN-10: 3-89941-302-4
ISBN-13: 978-3-89941-302-4
304 Seiten

Valerie Schönfeld
Sturm der Liebe
Triumph der Rache

Cora hat ihren Traummann gefunden und erwartet ihr erstes Kind. Endlich führt sie das Leben, das sie sich immer gewünscht hat. Doch dann wird ihr Glück bedroht. Als sie alles zu verlieren droht, kennt sie keine Gnade …

Band-Nr. 75026
7,95 € (D)
ISBN-10: 3-89941-303-2
ISBN-13: 978-3-89941-303-8
304 Seiten

Valerie Schönfeld
Sturm der Liebe
Sommer voller Liebe

Charlotte und Alfons entdecken eine große Zuneigung füreinander. In dem Wissen, dass Charlottes Eltern Alfons nie akzeptieren würden, entscheiden sie sich für ein heimliches Leben zu zweit. Doch wie lange werden sie ihre Liebe verbergen können?

Band-Nr. 75027
7,95 € (D)
ISBN-10: 3-89941-308-3
ISBN-13: 978-3-89941-308-3
304 Seiten

Valerie Schönfeld

Sturm der Liebe
Der Geschmack des Erfolgs

Robert kennt nur ein Ziel: Er will in der Küche Erfolg haben. Gegen den Willen seines Vaters verfolgt er seinen Traum und arbeitet für einen Spitzenkoch. Doch eines Tages muss er sich entscheiden, was ihm wichtiger ist – Erfolg oder Liebe?

Band-Nr. 75028
7,95 € (D)
ISBN-10: 3-89941-309-1
ISBN-13: 978-3-89941-309-0
304 Seiten

Valerie Schönfeld

Sturm der Liebe
Schmerzliches Glück

Als Elisabeth ihr Kind zu verlieren droht, kämpft sie mit allen Mitteln um sein Leben!

Band-Nr. 75035
8,95 € (D)
ISBN: 978-3-89941-278-9
304 Seiten